Udo Scheu

Frankfurter Kreuz

Udo Scheu

Frankfurter Kreuz

Ein Frankfurt-Krimi

SOCIETÄTS VERLAG

Die Personen dieses Krimis hat der Autor ins Leben gerufen, die Handlungsabläufe hat er frei erfunden. Jegliche Übereinstimmung mit der Lebenswirklichkeit wäre rein zufällig.

Satz: Julia Desch, Societäts-Verlag
Umschlaggestaltung: Julia Desch, Societäts-Verlag
Umschlagabbildung: © charles taylor - Fotolia.com
Druck und Verarbeitung: freiburger graphische betriebe
Printed in Germany 2015

ISBN 978-3-95542-142-7

„Imagine there's no heaven,
it's easy if you try.
No hell below us,
above us only sky.
...
Imagine there's no countries,
it isn't hard to do.
Nothing to kill and die for,
and no religion too.
Imagine all the people,
living life in peace ..."

(John Lennon, Imagine)

„Erst wenn du jedem Wunsch entsagst,
Nicht Ziel mehr noch Begehren kennst,
Das Glück nicht mehr mit Namen nennst,
Dann reicht dir des Geschehens Flut
Nicht mehr ans Herz und deine Seele ruht."

(Hermann Hesse, Glück)

Prolog

Mit unsagbarem Stolz nahm der athletisch gebaute junge Mann vor der Prüfungskommission sein hervorragendes Ergebnis des psychologischen Tests entgegen. Dies war die zweite und damit letzte Stufe, um in der Armee zu den Jungfüchsen zu stoßen, also Teil der Elitetruppe zu werden. Nach seiner dreimonatigen Grundausbildung war die Wahl zunächst deshalb auf ihn gefallen, weil seine auffällige Physis ihn von der Masse der übrigen Soldaten unterschied. Mit dem Abschluss des Tests war er von nun an Teil dieser schnellbeweglichen Kräfte, für die er sich freiwillig zur Truppe gemeldet hatte. Dass er über einen heimlichen Verbündeten verfügte, dessen Hilfe den sicheren Erfolg versprach, hatte er der Kommission selbstverständlich verschwiegen. Denn diese verborgene Stimme, die nur er hörte, und dieses versteckte Gesicht, das nur er sah, waren die Garanten seines Erfolgs gewesen. Selbst die hochkarätigen Psychologen hatten nichts durchschaut.

Riesig würde sich sein kauziger Vater im Sauerland freuen, wenn er ihm seinen militärischen Karrieresprung mitteilen würde. Der alte Herr, der sein Arbeitszimmer voller Säbel und Schusswaffen hängen hatte und sich nur für Kriegsthemen erwärmen konnte. Selbst als er ihm sein herausragendes Abiturzeugnis gezeigt hatte, war dem wortkargen Alten nicht mehr als ein „Akzeptiert“ zu entlocken gewesen.

Vor einem Besuch bei seinem Vater musste er zu einer erneuten dreimonatigen militärischen Ausbildung nach Altenstadt. Seine Einheit war dreigeteilt. Allen voran das sogenannte Grüngemüse, also das Kanonenfutter, dann die Offiziersanwärter, zu denen er gehörte und schließlich ab dem Zugführer die Offiziere. Schießen, Sprengen, Gruppen führen und Fallschirmspringen standen auf der Tagesordnung. Alles nur im Laufen, niemals im normalen Schritttempo.

Die Gehirnwäsche begann mit einer Zwiebacktüte. Sein Ausbilder nagelte sie in einiger Entfernung an einen Baum. In der Mitte der Tüte war ein süßes lächelndes Mädchen abgebildet. Mitten in die Stirn sollte er schießen. Ohne Zögern, ohne erkennbare Gefühlsregung legte er an. Und traf.

Er absolvierte alles bravourös. Selbst die Liegestütze über geöffneten Klappmessern schreckten ihn nicht. Warum auch? Dass es Schinder unter den Ausbildern gab, stimmte ihn nicht nachdenklich. Zynisch in Worten, sadistisch in ihrem Handeln. Und selbstverständlich kam es abends auch zu organisierten Alkoholexzessen. Er ließ alles über sich ergehen, machte mit und war damit Teil des Apparats. Niemand konnte ihm etwas anhaben. Er ruhte in sich.

Am Ende dieses Ausbildungsteils gab es endlich das ersehnte Barrett. Mit der Abkürzung *AMF* für Allied Mobile Forces. Als Träger dieses Barretts war er nicht mehr verpflichtet, die Offiziere anderer Einheiten zu grüßen, nur noch die eigenen. Das machte ihn stark. Rangabzeichen waren verpönt. Je höher der Dienstgrad, umso größer die Gefahr, vom Feind zuerst getötet zu werden.

Drei weitere Monate Vollausbildung schlossen sich also an. In einem Bataillon mit sechs Kompanien. Darunter ein Jagdkampfzug, dem er mit etwa 20 Kameraden angehörte. Hier herrschte ausschließlich das Gesetz der Faust. Inhalt der Ausbildung war, fürs Vaterland möglichst effektiv zu töten. „Wir machen keine Gefangenen“, prägte der Ausbilder ihnen ständig ein.

Training nachts, tagsüber Schlaf. Hubschrauber setzten ihn irgendwo in den Wäldern ab. Er machte Orientierungsmärsche von 30 bis 40 Kilometern mit, übte Nahkampf und Überleben. Manchmal gab es in den Pausen Erbsen und Weißbrot, manchmal nichts. Dann wurde ihm das Messer abgenommen, Bajonette gab es eh nicht.

In der Phase größten Hungers fing der Ausbilder ein Huhn und forderte ihn auf, es küchenfertig zu machen. Ohne große Worte und langes Nachdenken riss er dem Vorgesetzten das Huhn aus den Händen und biss dem lebenden Tier den Kopf ab. Das trug ihm die Hochachtung seiner Mitstreiter ein. „Das Opfer muss in spätestens 15 Sekunden tot sein", hieß es anschließend wieder vom Trainer.

Eine Art chirurgische Ausbildung folgte. Töten mit Messern, Stöcken, Steinen, mit dem Doppel-Nelson-Griff oder mit dem Klappspaten, alles war nicht nur erlaubt, sondern erwünscht. Hauptsache Töten. Lautlos. Und schnell.

Mit dem Messer erreichte er absolute Perfektion. Am Anfang übten sie mit einem Gummimesser. Er hatte innerlich darüber gelacht. Als sie das erste Mal mit dem echten Messer probten, konnte er nur noch in letzter Sekunde davon abgehalten werden, seinen Trainingspartner zu erstechen. Die Eigenkontrolle hatte nicht mehr funktioniert.

Nach dieser Zeit ging es für vier Wochen in die Kampftruppenschule nach Hammelburg, die Fabrik der Offiziere. Gastdozenten aus aller Welt kümmerten sich in einem umfassend angelegten Lehrgang um die Einzelkämpfer aller Truppen, vor allem um Gebirgsjäger, Jäger und Fallschirmspringer. Später verließen viele von ihnen die Einheit. Sie schlossen sich Aufständischen in der Dritten Welt oder der Fremdenlegion an.

Die Lehrer vermittelten ihm auch Kenntnisse über Gifte, biologische und chemische Kampfstoffe. Dabei lernte er, giftige Substanzen in Gas zu verflüchtigen, Aerosole herzustellen.

Ansonsten bewegte er sich nur im Wald und führte auf sich gestellte Gruppen. Das Ziel war, hinter feindlichen Linien abgesetzt zu werden und loszulegen. Mit einem kleinen Kern sollte aus dem Stehgreif eine Kampftruppe gebildet werden, die einen verschleierten Einsatz im Stil der Partisanen bewältigte.

„Wenn ich mit Ihnen fertig bin, werden Sie nie mehr mit Ihrer Freundin in den Wald gehen, ohne im Geist Ihre Kampftruppe zusammenzurufen", hatte der erfahrene Ausbilder visionär zu ihm gesagt. „Am Schluss sind Sie zu allem fähig."

Sein Ausbilder sollte recht behalten. Nach dieser Zeit war er eine Kampfmaschine, nicht mehr in die Gesellschaft integrierbar. Nichts war mehr wie früher. Er war ein Pulverfass, das irgendwann explodieren musste. Das ständige Führen falscher Namen, Töten und Überleben als Lebensinhalt laugten ihn aus, ließen ihn nur noch so vor sich hin leben. Alles, was er während seiner Kindheit und Jugend an Anstand, Moral, Nächstenliebe und Zivilisation mitbekommen hatte, war wie weggeblasen.

Übrig blieb ein verrohter, gleichgültiger, gefühlloser Mensch. Was man so Mensch nannte. Mit ihm schlich sich unbemerkt ein gewaltsam verändertes Wesen in die Gesellschaft. Das exzellent gelernt hatte, sich zu verstellen.

Von höchster Gefährlichkeit und Perfektion.

1

Als am Gründonnerstag die abendliche Dunkelheit hereinbrach, schlich sich ein Mann vom *Mainkai* aus die Treppe zur *Untermainbrücke* herunter. Seine Haare waren ungewaschen, seine Kleidung zerschlissen und schmutzig, sein Gang schleppend. Der typische Gang eines stark angetrunkenen Menschen.

Mit einer Hand hielt er sich am Brückengeländer fest. Er hatte Schwierigkeiten, das Gleichgewicht zu halten. Auf seinem Rücken wackelte ein schweres Gitarrenetui hin und her. Aufpassen musste er auch deshalb, weil seine ausgetretenen Schuhe eingerissen waren. Neue konnte er sich nicht leisten. Außerdem umschlang sein anderer Arm eine noch volle Zweiliterflasche Rotwein. Er presste sie fest gegen seinen Körper. Ein Glücksgefühl durchströmte ihn dabei. Der harte Winter war vorüber. Ein Winter, der ihn zwei Zehen gekostet hatte. Sie waren erfroren, als er sich am Main schlafend im Traum aus seinem Schlafsack gewickelt hatte und über längere Zeit der nächtlichen Kälte ausgesetzt war. Wären die *Malteser* nicht gekommen und hätten ihn in das Krankenhaus in der Schifferstraße gefahren, wer weiß, wie die Sache ausgegangen wäre. Noch immer sah er das verständnislose Lächeln des sympathischen Arztes mit dem dunklen Haarkranz vor sich, der ihm anscheinend den Rest seiner Füße gerettet hatte. Was hätte sonst aus einem Tippelbruder werden sollen, der nicht mehr tippeln konnte?

Aber nun war erst einmal Frühjahr. Die Sorgen mit dem Wetter waren vertrieben. Das hatte bis zum nächsten Herbst Zeit.

Trotzdem! Den Rotwein konnte er gut gebrauchen. Immer! Auch jetzt, wo es wärmer geworden war. Tagsüber jedenfalls. In den Nächten war es immer noch frisch. Außerdem liebte er Rotwein. Der wärmte so schön im Bauch, und er brauchte ihn dringend, um über den Tag und durch die Nächte zu kommen. Und um diese Gedanken zu verscheuchen, die ihm die alten Erinnerungen zurückholen wollten. An sein früheres bürgerliches Leben, als er noch eine Familie, Arbeit und Wohnung hatte.

Dann der Zusammenbruch der Idylle. Unaufhaltsam und vor allem unabänderlich. Die alte Welt war unwiederbringlich verloren. Erst war er sich wie der *Hauptmann von Köpenick* vorgekommen und hatte dagegen angekämpft. Erfolglos! Und dann hatte er zu trinken begonnen. Am Anfang noch mäßig, dann von morgens bis abends. Das war besser, denn die Gedanken nahmen ab, verschwammen, kamen immer seltener und blieben schließlich ganz aus.

Er hatte die steile Treppe hinter sich gebracht. Dankbar lachend drückte er seine Lippen auf das Etikett der Weinflasche. *Valpolicella* stand dort. Wann hatte er sich den zuletzt leisten können? Ein Hauch von Luxus.

Heute war ein Glückstag für ihn gewesen. Seinen Platz hatte er am *David- und Goliath-Brunnen* an der *Hauptwache* genommen. Immer seine abgetakelte Gitarre im Arm. Vor sich den Betttelteller und ein Pappschild. Handschriftlich hatte er mit einem weggeworfenen Edding-Stift, den er beim Durchforsten der Papierkörbe und Abfalleimer nach leeren Pfandflaschen gefunden hatte, auf die Pappe geschrieben, dass er auch Schweigegeld nehme. Irgendeinem alten Typen hatte das heute so imponiert, dass er ihm einen Fünf-Euro-Schein in den Teller legte. „Für Ihre Ehrlichkeit“, hatte der Spender gesagt, „und weil Sie nicht vorlügen, Hunger zu haben, sondern es wahrscheinlich lieber versaufen wollen.“

Im Getränkeshop waren die fünf Euro für die Zweiliterflasche *Valpolicella* ausreichend. Damit würde es ein angenehmer Abend werden. Sorgenfrei!

Mit gebücktem Körper wackelte er unter den Teil des Brückenbogens, der zur Uferstraße hin geneigt war. Dort lagen zerlumpte Decken, Plastiktüten, leere Flaschen und andere Überbleibsel der Bettler herum, die hier mehr oder weniger regelmäßig übernachteten. Er stupste da und dort mit dem Fuß dagegen, aber es war noch keiner der Kumpels in eine der Zudecken eingewickelt. Möglich, dass er einen übersehen hatte, der schon schlief. Die Lichtverhältnisse unter dem Brückenbogen waren zu dieser Zeit so diffus, dass man auch bei sternenklarer Nacht nur undeutliche Umrisse erkennen konnte. Ihm war es auch gleichgültig. Dann machte ihm niemand den Rotwein streitig. Irgendwann würden sie schon alle kommen. Später, viel später. Bis dahin wäre die Flasche leer. Und keiner würde ihm mehr vorwerfen können, geizig zu sein.

Er ließ sich auf ein paar ausgerollten Pappkartons nieder und lehnte sich mit dem Rücken gegen die Ausläufer der Brücke. Dann trank er. Zügig und viel. Gelegentlich musste er aufstoßen. Er lachte laut auf und trank weiter. Allmählich fühlte er mit einem süßen Schauer, wie ihn der Alkohol immer mehr umnebelte und seinen Körper schwer machte. Zwischendurch rauchte er noch eine selbstgedrehte Zigarette. Irgendwann war er aber zu betrunken, um noch selbst drehen zu können. Und einen Vorrat hatte er nicht angelegt.

Langsam rutschte er in die Horizontale. Sein Kopf war schwer wie Blei. Er wollte nur schlafen. Oder sollte er noch schnell bei den Bäumen im Park nebenan, dem *Nizza*, austreten? Sonst konnte ihn der andauernde Druck der Blase beim Schlafen stören.

Er straffte seinen Oberkörper und zwang sich, die Augen offenzuhalten. Mühsam sah er sich um. Der Blasendruck nahm weiter zu. Er wollte aufstehen.

Da! Seitlich des Stützbogens der Brücke, auf seiner Mainseite, tauchte der Schatten eines Menschen auf. Er sah ihn immerhin verschwommen, zumal er zugleich eine graduelle Ernüchterung spürte. Den Bewegungen nach war es ein junger Mann. Er lief auf und ab, als warte er auf jemand. Dann trat dort aus dem Dunkel eine weitere Person. Der Größe nach konnte es noch ein Kind sein. Klein und zierlich. Die beiden Leute gingen aufeinander zu und blieben eine Weile beieinander stehen. Den Gesten nach besprachen sie etwas. Sie gestikulierten, kamen sich näher und rückten wieder voneinander ab. Einmal schlang der junge Mann die Arme um die kleine Person, küsste sie vielleicht. Doch es dauerte nicht lange, bis sie sich wieder lösten.

Der Bettler rieb sich die Augen. Im Grunde konnte es ihm gleichgültig sein, ob es sich vielleicht um Vater und Kind oder um ein streitendes schwules Paar handelte, das aus Angst, gesehen zu werden, hierher gegangen war. Bei diesem Licht und seinem Alkoholquantum erkannte er sowieso nicht genau, was dort drüben vor sich ging. Ihn erfüllte nur noch ein Interesse. Er wollte nur möglichst unbemerkt urinieren, um anschließend in Ruhe zu schlafen.

Als er sich erhob, stürzte der junge Mann gegenüber gerade auf die kleine Person los. Das sah nach Gewalt aus. Der Bettler meinte sogar, ein paar aggressive Wortlaute zu hören.

Auf einmal überstürzten sich dort drüben die Ereignisse. Eine dritte Person tauchte wie aus dem Nichts auf. Den Umrissen nach war es ein Mann. Von großer Statur und stark gebaut. Oder waren es sogar zwei Menschen, die hinzu eilten? Sah er jetzt schon doppelt? Gaukelte ihm der übermäßige Alkoholgenuss etwas vor, das es gar nicht gab? Ihm war unklar, was er überhaupt noch wahrnahm. Jedenfalls aufgeregte Bewegungsabläufe, zerrissene Wortfetzen.

Dann holte der kräftige Neuankömmling zu einem mächtigen Schlag aus. Dabei blitzte im fahlen Licht der Sterne irgendetwas in seiner Hand. Der Hieb traf offenbar den jungen Mann, der ohne einen Laut zusammenbrach. Wie angewurzelt stand die kleine Person daneben und schaute zu. Plötzlich war sie verschwunden. Der Schläger kniete nieder und schien nach irgendetwas zu suchen. Alles blieb still.

Der Bettler schüttelte sich und lächelte. Die zwei Liter *Valpolicella* hatten ihm wahrscheinlich einen bösen Albtraum serviert. Morgen würde er sich an nichts mehr erinnern. So gut kannte er sich. Und selbst wenn: Wen interessierte auf dieser Welt noch, was er erlebte oder glaubte, in seinem hochprozentigen Dauerzustand gesehen zu haben?

Nicht einmal ihn selbst! Ihn interessierte nur noch, dass er urinieren wollte. Und dann einschlafen, um das, was sich Leben nannte, zu vergessen.

2

„An ihren Haaren habe ich sie gezerrt. So, dass sie mich ansehen musste. Dann habe ich ihr ins Gesicht geschrien: Karina, du vom Teufel besessenes Tier. Meinen Sohn hast du verhext. Dafür wirst du büßen. Wenn es nach mir gegangen wäre, hätte er dich niemals geheiratet." Josef Weiss, breit gebaut, über einsachtzig groß, schob seine Goldrandbrille von der Nasenspitze nach oben und sah seine beiden Gesprächspartner erwartungsvoll an. In seinem Blick lag ein Hauch von Triumph, der mit einer unterdrückten Angst kämpfte. Begierig suchten seine Augen den Kontakt mit den beiden Gesprächspartnern, während er mit den klobigen Fingern seiner abgearbeiteten Hände das dünne, weißblonde Haar glättete. „Ihr kennt ja die Vorgeschichte, oder?"

Johannes und Mario Beckstein schauten sich an. Der ältere der zwei Brüder, Johannes, zuckte resignativ mit den Schultern und druckste etwas Unverständliches vor sich hin. Er wandte sich ab und begann, mit den Fingern an den Nähten seiner Anzughose zu spielen, deren Bund sich wegen des übermäßigen Bauchumfangs nach außen geklappt hatte.

Für Mario schien die Reaktion seines Bruders das verabredete Zeichen zu sein, die Gesprächsinitiative zu übernehmen. Er lächelte Weiss verhalten an. Mit den verschmitzten Augen, seinen vollen schwarzen Locken und dem feinen Oberlippenbart sah er aus wie das Idealbild eines verführerischen Liebhabers. „Wie hat Karina darauf reagiert?"

Weiss errötete. „Ganz unverschämt! Sie hat mich ausgelacht. Ich sei wohl irre, einfach nicht von dieser Welt."

Mario Beckstein nickte nur. Ihm war anzusehen, dass er sich noch keine feste Meinung gebildet hatte und das Gespräch mit

Weiss nicht vertiefen wollte. „Wir müssen auf Harro warten. Mit ihm besprechen wir, wie es weitergehen soll. Er regelt das auf seine Weise. Das ist seine Aufgabe. Dafür haben wir ihn in den Vorstand gewählt."

Johannes trat wieder hinzu. Er schlug seinen Mantelkragen hoch. Ein leichter Wind kam vom Main herüber und ließ die grauen Haarlocken um seinen Kopf tanzen. Er ging ein paar Schritte die Uferpromenade entlang auf die *Alte Brücke* zu. Mit beiden Händen zeigte er zum Neubau der *Europäischen Zentralbank*. „Dort ist das eigentliche Problem. Das goldene Kalb unserer Zeit. Nur das Geld zählt noch. Der Mensch ist verloren gegangen."

Sein Bruder winkte ab. „Hör auf damit. Das ist jetzt nicht der richtige Ort. Schau, da kommt Harro. Und mit ihm der größte Teil unserer Gemeinde."

Ein hoch aufgeschossener, schmaler Mittfünfziger näherte sich samt einer Gruppe von etwa 40 Frauen und Männern in bürgerlich-konservativer Bekleidung. Alle Frauen trugen lange Röcke. Als er die Beckstein-Brüder und Weiss erreicht hatte, zeigte er mit einer halbkreisförmigen Bewegung hinter sich. „Wir sind vollzählig." Sein Gesichtsausdruck war äußerst ernst und düster, der lange dunkle Mantel gab ihm ein fast finsteres Aussehen. Seine Stimme glich einem tiefen Bass. „Die Vorstandsmitglieder bitte nach vorn zu mir."

Die Becksteins und Weiss gingen auf ihn zu und nickten zur Begrüßung. Harro Spangenberg schien es nicht zu registrieren. Seine wasserblauen Augen verloren sich im Nirgendwo. Gleichwohl machte er klar, die volle Kontrolle zu haben. „Peter Felbrich fehlt. Wo ist unser fünfter Mann?"

Aus der Gruppe löste sich ein dunkelhaariger, gut aussehender Abenteurertyp. Grußlos forderte Spangenberg ihn mit einer Handbewegung auf, sich neben ihm zu postieren. „Wir ziehen sofort los. Bitte die Devotionalien zu mir."

Zwei Frauen und zwei Männer traten aus dem Kreis der Gemeindemitglieder heraus. Sie trugen ein helles, meterhohes Holzkreuz und eine ebenso große dicke weiße Kerze mit dem aufgedruckten Abbild eines stilisierten Fischs, dem Ichtios, Erkennungszeichen der Urchristengemeinde. Außerdem eine gläserne Laterne und eine weiße Fahne mit purpurner Aufschrift: *Freie Christengemeinde Golgatha/Bergen-Enkheim.* Spangenberg ließ die Sachen mit knappen Anweisungen auf die Vorstandsmitglieder verteilen. Josef Weiss bekam die weiße Fahne zugewiesen, Peter Felbrich die Kerze, Johannes und Mario Beckstein die Laterne. Er selbst bemächtigte sich des Kreuzes und übernahm die Spitze der Gruppe. Als er den Arm in die Luft streckte, formierten sich zunächst die Vorstandsmitglieder und hinter ihnen die übrigen Teilnehmer in Zweierreihen. Sie hielten sich bei den Händen. Dann bewegte sich die Prozession in gemessenen Schritten Richtung *Untermainbrücke.*

Die verbissenen, teils versteinerten Gesichter der Prozessionsteilnehmer waren auf den Asphalt der Uferpromenade gerichtet. Ihre Füße traten gleichförmig auf, die gefalteten Hände ruhten bewegungslos in Höhe der Brust. Über allem lag ein seltsamer Hauch von Kampfer, so als seien in die Säume der Kleider Mottenkugeln eingenäht. Die Monotonie hätte nur noch durch die Musik von *Popol Vuh* gesteigert werden können. Den oberhalb am *Mainkai* abgestellten Streifenwagen der Polizei schien die Gruppe trotz eingeschalteten Blaulichts nicht zu bemerken. Sie gingen an dem restaurierten Altstadtviertel Frankfurts vorbei, ohne Kaiserdom, Nicolaikirche und Römer eines Blickes zu würdigen. Auch das gegenüber liegende Herzstück der Stadt, das Ebbelwoi-Viertel in Sachsenhausen, streiften sie nicht einmal aus den Augenwinkeln.

Tatsächlich ereignete sich wenig, was die Kolonne von ihrer inneren Konzentration hätte ablenken können. Karfreitag. Nur wenige Menschen waren auf den größtenteils höher gelegenen

Straßen nördlich und südlich des Mains unterwegs. Einige Neugierige schauten dem Aufzug kurz zu, gingen dann aber ihres Weges. Da und dort bellte ein Hund. Und gelegentlich strich ein Radfahrer an der Gruppe vorbei. Das war schon alles.

Wie auf ein unsichtbar erteiltes Kommando blieb die Prozession stehen. Alle Teilnehmer scharten sich im Halbkreis um einen Baum. Daran war eine gerahmte Tafel befestigt, die mit einer durchsichtigen Plastikhülle überzogen war. Spangenberg stellte sich seitlich neben der Tafel auf, je zwei der übrigen Vorstandsmitglieder an seiner Seite. „Hier beginnt unsere nachgestellte *Via Dolorosa*, der Kreuzigungsweg unseres Herrn. Wir sind jetzt an der ersten Station angekommen." Er senkte die Stimme, schloss halb die Augen. Seine Miene verfinsterte sich noch über das angeborene Maß hinaus. Er zeigte auf die Tafel. „Hier sind die Bibelstellen aufgeschrieben, die in den vier Evangelien die erste Station des Leidenswegs Christi bezeugen. Das war der Ort, wo er zum Tode verurteilt wurde. Ich zitiere jetzt aus dem Markusevangelium." Spangenberg las vor. Die Gemeinde verhielt sich andächtig still. Als er fertig war, zeigte er auf den Fisch. „Ich bitte euch, Brüder und Schwestern: Lobet den Herrn!"

Alle Gemeindemitglieder nahmen sich bei der Hand und stimmten ein Lied an. Sie sangen eine Strophe. Anschließend formierten sie sich wieder wie zuvor und schritten weiter auf der Uferpromenade. An jeder folgenden Station vollzog sich dasselbe Ritual. Kurz hinter dem *Eisernen Steg*, der Brücke, an deren Eisengeländer tausende Pärchen durch das Anbringen von Sicherheitsschlössern die Ewigkeit ihrer Beziehung beschwören wollten, erreichten sie ihre elfte Station. Den Evangelien nach sollte hier Jesus ans Kreuz geschlagen worden sein. Bevor Spangenberg die Tafel erläutern und mit dem Vorlesen beginnen konnte, stürzte Josef Weiss auf ihn zu, griff nach seinem Arm und zeigte auf die Inschrift. Mit einer schrägen Falsettstimme schrie er auf. „Da schau! Es hängt ein Foto daneben. Wer hat das hier angebracht? Das ist dieses Teufelsweib, das meinen Sohn um den Verstand gebracht hat. Karina Weiss." Den gemeinsamen Nachnamen betonte er abfällig und spuckte aus. „Sie verhöhnt uns schon damit, dass sie noch meinen und den Namen meines Sohnes tragen darf. Runter mit dem Bild, zerreißt oder verbrennt es."

Johannes und Mario hängten sich rechts und links bei ihm ein und beruhigten ihn. Auch Felbrich kam hinzu und beschwichtigte. „Das war ich. Als wir den Prozessionsablauf organisiert haben, hat Harro als unser oberster gewählter Glaubenswächter es so vorgeschlagen."

Irritiert schaute Josef Weiss Spangenberg an. „Warum hast du das getan?"

Spangenberg setzte ein entrücktes, gefährliches Lächeln auf. „Da, wo sich die Hölle für unseren Herrn auftat, nämlich an der elften Station des Kreuzigungswegs, hängt nun das Bildnis der größten Feindin des Glaubens."

Weiss schüttelte sich. Er schaute verständnislos in die Runde der Vorstandsmitglieder. „Wie soll ich das begreifen? Als Ehrenplatz neben der Leidensgeschichte unseres Erlösers?"

Mario erhob die Arme, als wolle er Weiss segnen. „Denk nach. Das bedeutet, dass *sie* statt unseres Herrn ans Kreuz gehört. Sie hat sich durch ihren Lebenswandel versündigt und der Gotteslästerung schuldig gemacht. Schlimmer geht es nicht. Jetzt ist sie eine vom Glauben Abgefallene. Dieses Foto soll uns eine Mahnung sein und an eine überlebenswichtige Verpflichtung der Gemeinde erinnern. Entweder es gelingt uns, diese Sünderin zu befreien und zurückzuführen. Oder aber wir überantworten sie unserem Glaubenswächter, unserem Großinquisitor. Er weiß, mit solchen Problemfällen umzugehen. Wie wir alle wissen, gab es schon einmal einen Glaubensverräter in unseren Reihen. Damals haben wir es für ausreichend angesehen, ihn zu exkommunizieren. Wird Karina nicht wieder einsichtig, mag sie in den Klauen des Teufels zugrunde gehen."

Weiss befreite sich und fixierte Spangenberg. „Ich erinnere mich gut an den Fall, den du ansprichst. Das war die Geschichte mit Lucius. Dabei ging es um etwas ganz anderes. Weniger schlimm. Er hat schließlich niemanden mit sich in den Abgrund gerissen. Niemanden verführt. Karina muss bestraft werden, damit sie nie mehr so etwas anrichten kann. Sie muss endgültig ausgeschaltet werden. Die Methoden überlasse ich dir. Ich vertraue dir blindlings. Das weißt du. Mach etwas, aber schnell! Es fällt ein langer Schatten auf unsere Gemeinde."

„Du sorgst dich ohne Grund. Entweder kümmere ich mich unmittelbar nach Ostern selbst darum. Oder ich übertrage es einem verlässlichen Glaubensbruder aus dem Vorstand. Vielleicht wäre auch Mario der geeignete Mann. Wie wir wissen, kann er mit seinem ausgeprägten Einfühlungsvermögen eine Vertrauensgrundlage schaffen. Insbesondere bei Frauen." Spangenberg warf Mario einen verschwörerischen Blick zu. „Wir wollen das morgen besprechen." Er wandte sich allen Gemeindemitgliedern zu. „Lasst uns jetzt weiter den Weg unseres Herrn gehen."

Der Himmel spielte mit und schenkte der versunken westwärts schleichenden Kolonne einen erträglichen trockenen Frühlingstag. Einige milde Sonnenstrahlen drückten sich durch ein weißes Wolkenband und spiegelten sich in den zahllosen Fensterscheiben der Frankfurter Bankentürme. Die Ansammlung dieser Hochhauspaläste hatte der Stadt den Zweitnamen *Mainhattan* eingetragen. Wie mahnende Finger ragten sie bis zu den Wolken. Die feiertägliche Menschenleere verlieh ihnen einen bedrohlichen Charakter, vermittelte eine gespannte Atmosphäre und schuf eine Art Angstraum.

Die Prozession näherte sich der Station 14 kurz vor der *Untermainbrücke* und damit dem Endpunkt des Umzugs. Die Tafel am Baum zeigte ein Foto der Grabeskirche in Jerusalem, den Platz, wo nach althergebrachter Tradition der Leib Jesu ins Grab gelegt wurde. Wieder las Spangenberg vor und die Gemeinde sang. Zum Schluss beteten sie das Vaterunser. Als alle etwas unschlüssig herumstanden, ergriff Johannes Beckstein das Wort. Er deutete auf die Bögen der *Untermainbrücke*. „Wir gehen zusammen dort hindurch. Dahinter, in der Gaststätte im *Nizza* haben wir einen kleinen Saal reserviert. Dort können wir etwas essen und trinken."

Das *Nizza*, ein kleines Stück des Mainufers, versprach mit seinen subtropischen Anpflanzungen ein bisschen Entspannung in mediterraner Umgebung. Die Gemeindemitglieder hatten den Brückenbogen fast durchschritten, als der Blick von Josef Weiss zu den Obdachlosen wanderte. Sie lagen in der rechten Ecke, eingehüllt in dicke Decken oder Schlafsäcke, umgeben von leeren Flaschen und Plastiktüten mit verborgenen Habseligkeiten. Einige hatten sogar ein paar minderwertige Möbel aufgestellt, darunter eine Couch, die mit zerschlissenem dunkelroten Velours bezogen war. Als Sichtschutz waren ein paar Kunststoffzäune in den Boden gerammt, die üblicherweise von Touristen an Meeresstränden benutzt werden. Eine totale Stille lag über der Szene.

Dann schaute Josef gebannt zu der dem Main zugewandten Ecke des Brückenbogens. Dort drang das Licht nur am späten Abend hin, wenn die Sonne im äußersten Westen stand. Weiss kniff die Augen zu Schlitzen zusammen, um in dem diffusen Licht etwas sehen zu können. Mit einem Mal schüttelte er den Kopf und hielt Peter Felbrich am Arm fest. Er deutete in die finstere Ecke. Sein Gesicht drückte Verwunderung aus, seine Stimme vibrierte. „Schau doch mal genau dort hin. Das sieht aus wie ein Kreuz, das im Boden vertieft ist. Und obendrauf scheint ein Mensch zu liegen. Seltsam. Hat der Herr uns ein Zeichen gegeben?"

Felbrich machte die übrigen Vorstandsmitglieder auf das ungewöhnliche Szenario aufmerksam. Spangenberg bedeutete der Gemeinde, zu warten. Dann forderte er Weiss, die beiden Becksteins und Felbrich auf, ihn zu dem mutmaßlichen Büßer zu begleiten. „Falls hier ein Mensch in Gewissensnot ist, müssen wir beistehen." Er zögerte einen Augenblick. „Ich halte es allerdings auch für möglich, dass unser exkommuniziertes Gemeindemitglied Lucius Tillich sich eine besondere Art der Provokation für uns ausgedacht hat. Es wäre nicht das erste Mal."

Sie hatten die Stelle noch nicht erreicht, als Weiss laut aufschrie und schneller zu laufen begann. „Benedikt", rief er, als er dessen Gesicht erkannte. „Wir müssen ihm helfen. Er ist gefesselt."

Als die fünf Männer das Ende des linken Brückenbogens erreichten, bot sich ihnen ein Bild, das den Anlass des Feiertags auf ebenso makabre wie entsetzliche Weise entweihte. Auf dem Boden lag leblos ein junger Mann. Seine ausgebreiteten Arme steckten in Lederschlingen, ebenso seine Füße. Die Lederschnüre waren durch Heringe gezogen und damit fest in der Erde verankert. Die herausfordernd inszenierte Präsentation des Toten sollte zweifellos den Eindruck einer symbolischen Kreuzigung erwecken.

Der Mann war unauffällig bekleidet. Um den Hals und über die Schultern hatte er einen roten Wollschal gewickelt, der einer spanischen Mantilla glich, wie sie eher von Frauen getragen wurde. Außerdem trug er einen grauen Trainingsanzug. Am linken Oberschenkel hatte die rundum verschmutzte Trainingshose einen kleinen Winkelriss.

Das Gesicht war leicht zum Inneren des Brückenbogens geneigt. Die dunkelblonden Haare klebten wirr am Kopf. Ein Augenlid war geschlossen, das andere Auge halb geöffnet. Die Pupille war trüb und glanzlos, der Blick gebrochen. Der Gesichtsausdruck war friedlich. Er drückte weder Angst noch

Schmerz aus, schon eher Überraschung. Unverkennbar war der Mann tot.

Aus dem zur Brust hin aufgeklappten Unterkiefer ragte ein kleines Stück die Zunge hervor. Irgendwelche äußeren Verletzungen waren nicht zu sehen.

Josef Weiss stierte fassungslos vor sich hin. „Und wir haben ihm noch erlaubt, ausnahmsweise bei der Prozession zu fehlen. Er hatte uns doch davon überzeugt, ein paar dringliche Gespräche wegen seiner Scheidung führen zu müssen. Jetzt weiß ich nicht einmal, mit wem er zuletzt gesprochen hat." Sichtlich bewegt trat er ganz nahe an seinen toten Sohn heran. Er beugte sich zu ihm und wollte eine Haarlocke aus der Stirn streichen. Spangenberg war sofort bei ihm und fiel ihm in den Arm. „Nicht anfassen! Du vernichtest vielleicht wichtige Spuren. Das sieht so aus, als wäre Ben Opfer eines Gewaltverbrechens geworden."

Nervös betupfte Mario Beckstein seinen Schnurrbart. „Wie soll das passiert sein? Man sieht doch nichts."

„Das muss man auch nicht." Felbrich richtete sich zur vollen Größe auf. „Er kann Verletzungen unter den Kleidern haben. Vielleicht hat er eine Giftspritze bekommen."

Josef schaute bleich, hilflos und verloren in die Runde. Tränen liefen über seine Wangen. Jetzt meldete sich auch Johannes Beckstein zu Wort. „Das ist zwar sehr unwahrscheinlich. Aber kann es nicht auch Selbstmord gewesen sein? Aus einer Depression heraus, weil er unglücklich war? Die ganzen Utensilien um ihn herum könnte er ja vorher arrangiert haben."

Inzwischen war die gesamte Gruppe der Prozessionsteilnehmer hinzugekommen und hatte einen Halbkreis um die Vorstandsmitglieder und den Toten gebildet. Viele stellten sich auf die Zehenspitzen, um die fürchterliche Inszenierung des Toten besser sehen zu können. Erst hörte man nur ein unheimliches Raunen, dann erschrockenes Gemurmel und schließlich zischendes Geflüster.

Josefs Gesicht lief plötzlich puterrot an. Er stürzte auf Harro Spangenberg zu. „Das ist doch alles gleichgültig. Falls er wirklich Hand an sich gelegt haben sollte, hat er das aus Scham getan. Dann hat Karina ihn mit ihrem gotteslästerlichen Lebenswandel dazu getrieben. Und er hat die Verantwortung dafür übernommen." Er schluchzte. „Dein Handlungsspielraum ist jetzt hauteng geworden. Praktisch gleich null. Ich will damit sagen, dass es nur noch eine richtige Antwort gibt, diesem Teufelsweib das Handwerk zu legen. Und zwar die Antwort aus dem Alten Testament. Auge um Auge!"

Spangenberg blieb erstaunlich ruhig. Er legte den Arm um Josef. „Das will alles sorgfältig bedacht sein. Erst einmal müssen wir wissen, was genau geschehen ist. Egal wie wir anschließend reagieren. Alles muss gründlich vorbereitet sein."

Weiss stieß Spangenbergs Arm von seiner Schulter. „Soll das heißen, du willst die Sache aussitzen? Soll diese Verbrecherin ungeschoren davonkommen?"

Spangenbergs Stimme blieb sachlich. „Nein. Aber eine richtige Lösung gibt es immer nur, wenn man das Rätsel kennt." Er forderte mit ein paar Fingerzeigen alle Gemeindemitglieder auf, respektvoll einige Schritte von dem Toten zurückzutreten. Dann wandte er sich an Mario. „Gehe bitte ins *Nizza* und erkläre dem Wirt, warum wir nicht kommen können. Biete ihm an, dass wir seine Auslagen erstatten." Im Anschluss wollte er Felbrich ansprechen.

Er kam nicht dazu. Johannes Beckstein war inzwischen noch einmal ganz nahe an den Toten herangetreten und hatte sich über dessen Gesicht gebeugt. Mit einem Mal winkte er heftig. Seine Stimme überschlug sich. „Kommt doch einmal her. Ein Selbstmord kann das jedenfalls nicht gewesen sein. An dem roten Schal sind lauter Verkrustungen, die wie getrocknetes Blut aussehen. Genau kann ich das nicht sehen, will aber auch diesen Umhang nicht anfassen. Und seht mal, Ben hat den Mund voller Goldfäden."

Allen voran Weiss und Felbrich stürzten jetzt sämtliche Gemeindemitglieder herbei, um den Toten näher zu betrachten. Mario Beckstein, der schon Richtung *Nizza* abgedreht war, lief ebenfalls hinzu. Nur Spangenberg blieb ruhig an seinem Platz. Etwas wie Ungewissheit, ja sogar Misstrauen spiegelte sich in seinen Augen, als er die Vorstandskollegen musterte. „Zeigt doch im Angesicht des Todes etwas mehr Würde. Und benutzt euren Verstand, bevor ihr irgendwelche Panikparolen ausstreut. Selbstverständlich kann es ein Freitod sein. Jemand kann Ben im Nachhinein dieses Zeug in den Mund geschoben haben."

Johannes Beckstein signalisierte Unglauben. „Das halte ich nicht für wahrscheinlich. Es sieht aus wie metallenes Garn oder wie ganz feine Metallfäden. Von solchen Sachen trennt sich niemand, um damit solchen Frevel zu begehen."

Mit einer energischen Handbewegung wischte Spangenberg Johannes' Hinweise weg. Sein Versuch zu sprechen wurde von einem langen Pfiff der historischen Dampflok übertönt, die gerade am *Eisernen Steg* angehalten hatte, um ein paar Ausflügler aufzunehmen. Mächtige, tiefschwarze Rauchwolken breiteten sich aus. Es roch intensiv nach verbrannter Kohle. Spangenberg wartete das Ende des Pfiffs ab und erhob dann seine Stimme. „Dahinter könnte ja auch eine Symbolik stecken. Im griechischen Kulturkreis hat man vor Jahrhunderten den Toten eine Goldmünze in den Mund gelegt. Sie sollte der Lohn für den Fährmann sein, der den Verstorbenen über den Fluss ohne Wiederkehr rudern musste." Seine Miene verhärtete sich. „Schluss damit. Das führt nicht zur Erkenntnis."

Er setzte sich einige Schritte von der Gemeinde ab. Die halb geschlossenen Augenlider gaben seinem Gesicht einen rätselhaften verschwörerischen Ausdruck. Mit einer lässigen Geste und beiläufigem Tonfall wandte er sich an die Gruppe. „Bitte nur die

Vorstandsmitglieder zu mir. Wir müssen uns beraten, wie wir weitermachen."

Felbrich, Johannes und Mario Beckstein traten zu ihm. Auf den zögernden, leichenblassen Weiss ging Spangenberg kurz entschlossen zu und zog ihn mit sich. Als alle in ausreichendem Abstand von den übrigen Gemeindemitgliedern um ihn versammelt waren, verlegte sich Spangenberg auf ein Flüstern. „Hört mir bitte zu! Bei aller Tragik der Situation kann es sich bei den Goldfäden in Benedikts Mund auch um eine Anspielung handeln, mit der uns gedroht werden soll. Ihr wisst, was es mit diesem goldenen Garn auf sich hat. Die Enthüllung des Hintergrunds kann unserer Gemeinde die Existenz kosten. Wir kommen hier ohne Polizei nicht aus. Ich hoffe, dass ihr euch der schwierigen Lage bewusst seid, in der wir uns befinden. Wenn die Polizei uns fragt, ob wir uns auf die merkwürdigen Fäden einen Reim machen können, gibt es nur eine Antwort: Schweigen! Sind wir uns da einig?"

Die Becksteins und Felbrich nickten. Nur Weiss reagierte aufgeregt. „Ja, aber, wer kann denn noch die Bedeutung der Goldfäden kennen?"

Spangenberg hob energisch den Arm. „Das tut jetzt nichts zur Sache. Wir klären das unter uns. Eventuell müssen wir dann mit jemandem ein sehr ernstes Wort reden."

Mit einem charmanten Lächeln, das zwar aufgesetzt wirkte, ihm aber gleichwohl etwas Unwiderstehliches verlieh, meldete sich Mario zu Wort. „Könnten wir das Zeug nicht einfach wegnehmen und unauffindbar entsorgen? Dann wäre ja wohl das Problem gelöst."

Felbrich sah ihn verschmitzt an und klopfte ihm sacht auf die Schulter. „Ich habe immer geglaubt, für die Rolle des Draufgängers sei ich zuständig. Meine Anerkennung. Gut gebrüllt, Löwe."

Spangenbergs Gesicht drückte Unmut aus, zeigte aber auch eine Spur von Überheblichkeit. „Das klingt wenig durchdacht.

Woher wollen wir wissen, wer hier nicht schon vorbeigegangen ist und die Fäden gesehen hat." Er zeigte zunächst auf die übrigen Gemeindemitglieder, richtete dann aber schnell seinen Finger auf die Obdachlosen unter der gegenüberliegenden Seite des Brückenbogens. „Ein einziger Zeuge genügt, der die Polizei informiert. Dann können uns unangenehme Fragen gestellt werden. Das sollten wir uns ersparen." Er stöhnte gequält auf. „Wir müssen, soweit es geht, bei der Wahrheit bleiben. Sonst verstricken wir uns immer mehr. Das halten wir nicht durch." Laut richtete er das Wort an Peter Felbrich. „Sei so gut und ruf die Polizei an. Und sag ihnen, dass wir hier auf sie warten."

Dann versammelte Spangenberg die Gruppe um das Lager des Toten, faltete die Hände und begann zu singen: „Großer Gott, wir loben dich!"

Währenddessen hatte Peter die bessere Idee, hinüber zum Mainkai zu laufen und die Beamten in dem Streifenwagen anzusprechen, der ihnen die ganze Zeit gefolgt war.

Nach wenigen Minuten glich die Umgebung einem Tollhaus. Eine Vielzahl von uniformierten und zivilen Polizisten sowie ein Trupp der Spurensicherung, deren weiße Overalls dem Outfit von Astronauten nachempfunden schienen, bevölkerten die Gegend um das *Nizza* und vermittelten das Bild eines geordneten Ameisenhaufens. Bis auf eine Handvoll Reporter, die aufgeregt hin und her schwärmten und noch nicht die richtigen Ansprechpartner für inhaltsreiche Interviews gefunden hatten.

Die Polizisten hörten kurz die Vorstandsmitglieder der Kirchengemeinde an und nahmen ihre Personalien auf. Zeitgleich weckten andere Beamte die Obdachlosen und stellten die Identitäten fest. Zeitgleich untersuchte die Spurensicherung die Leiche und den Fundort.

Nach dem Eintreffen der Gerichtsmedizinerin, einer kleinen rothaarigen Dame, und des Staatsanwalts, eines mittelgroßen, ein wenig korpulenten, dynamischen Mannes, lupfte ein Beamter der Spurensicherung in Abstimmung mit den Anordnungen eines vollbärtigen, pockennarbigen Kriminalbeamten den roten Wollschal, der um den Hals und die Schultern der Leiche geschlungen war.

Der Kopf der Gerichtsmedizinerin schnellte nach vorn. Eine längliche mit schwarzrotem Blut verkrustete Wunde am Hals des Opfers machte die Annahme eines Selbstmordes zunichte.

Benedikt Weiss war zweifellos Opfer eines Verbrechens geworden.

3

Als der Fahrer des unauffälligen silbernen *Golf* mit dem Frankfurter Kennzeichen auf den letzten Metern der geschotterten Straße dem Wegweiser zur *Felsen-eremitage Bretzenheim* in der Nähe der Stadt Bad Kreuznach folgte, passierte er noch eine letzte Wohnstätte. Sie war gepflegt, architektonisch jedoch Dutzendware. Auf einem Schild an der Haustür war zu lesen, dass es sich um ein Projekt der Wohnungslosenhilfe handelte. Ein paar Männer saßen in Plastikstühlen davor, rauchten und tranken. Ihrem Äußeren nach waren sie nicht gerade auf Rosen gebettet.

Nachdem er die Behausung hinter sich gelassen hatte, stellte er sein Auto auf einem parkähnlichen Gelände neben ein paar Bäumen ab. Die letzten Schritte lief er zu Fuß. Die Sicherheit seiner Bewegungen machte deutlich, dass er sich hier auskannte.

Am Ende des gestampften Weges ragte eine breite Felswand in die Höhe. In den Stein getriebene Rundbögen und quadratische Öffnungen zeigten ihm, dass er die Eremitage erreicht hatte. Ein Ort mit Kultcharakter. Schon in vorchristlicher Zeit genutzt, errichteten christliche Baumeister hier im sechsten Jahrhundert ihren Rückzugsraum, eine Einsiedelei.

Das gesamte Gelände war, wie meistens, menschenleer. Der Besucher griff in seine Hosentasche und holte einen Schlüssel hervor. Das hatte er gut eingefädelt. Auf einem Hinweisschild am verschlossenen Zugangstor befand sich die Kontaktadresse, falls man das Innere des Baus besichtigen wollte. Als er vor einiger Zeit diese Fluchtburg entdeckt hatte, war er mit dem schon betagten Verwalter in Verbindung getreten und hatte ihm eine Geschichte über seine langwierigen Forschungsinteressen erzählt. Ihm war es schließlich gelungen, dem Verwalter, der einige Kilometer weit entfernt wohnte, einen Zweitschlüssel abzuschwatzen. Er hatte richtig eingeschätzt, dass sein erheblich älteres Gegenüber keine Lust haben würde, ihn ständig zur Eremitage zu begleiten.

Mit einem kräftigem Ruck schloss er die Eisentür auf und betrat das Innere. Die Taschenlampe benötigte er nur kurz. Es gab seit einigen Jahren eine elektrische Beleuchtung.

Die Felsenwohnung war in fünf Räume aufgeteilt. Klause, Küche mit Kamin, Kirche und schließlich Andachts- und Schlafräume sowie Refektorium reihten sich aneinander. In einem vorgebauten Erker befand sich die Toilette.

Der Mann zog sich in die Kapelle zurück. Auf einer Bank sprach er ein kurzes Gebet. Anschließend setzte er sich in einen Lehnstuhl hinter einem Pult. Nach mehrmaligem kräftigem Durchatmen kam er etwas besser zur Ruhe. Offenbar schmerzte ihn, sich immer wieder von inneren und äußeren Zwängen lösen zu müssen. Schon sein ganzes Leben lang stürzte er dabei ins Chaos, aus dem er sich dann befreien musste, um irgendwann, nach vielen Kämpfen, Opfern und unsicheren Neuanfängen den Weg in die Gemeinschaft wiederzufinden. Ein Leben wie auf dem Karussell, wie auf der Achterbahn. Er fuhr gerne darauf. Immer wieder ein Ticket zu lösen, machte ihm Spaß. Immer wieder vom Leben zu lernen. Nicht als Maschine, als Rädchen im Getriebe. Er lag im ständigen Kampf mit sich und der Welt, auf der Suche nach einer Unterscheidung von richtig und falsch. Das war sein Spiel des Lebens. Und er würde gewinnen. Denn er war der Joker. Davon war er überzeugt. Das würde auch sein Ticket für die Ewigkeit sein. An dieses, sein ewiges Leben glaubte er fest. Weil es nach seiner Kenntnis, keine Substanz gab, die jemals vernichtet wurde. Vielmehr mündete alles nur in Veränderungen.

Er beugte sich über das Pult, kramte Papier und Bleistift hervor und begann zu zeichnen und zu schreiben. Mit einem

Lineal zog er Kästchen. Waagerecht und senkrecht jeweils gleich viele. So, dass sie ein Kreuz bildeten. Dann dachte er sich biblische Fragen aus. Von der Antwort sollte jeweils der Reihe nach nur der erste Buchstabe in die Kästchen eingetragen werden. Dort, wo sich die zwei Kästchenreihen überkreuzten, war der zu suchende Buchstabe natürlich nur einmal einzutragen. Auf diese Weise musste am Schluss waagerecht und senkrecht dasselbe Wort stehen. Dieses Wort sollte nach seiner Vorstellung immer ein Vorname sein. Der Träger dieses Namens gehörte wegen unerhörter Verfehlungen und Laster ans Kreuz. Weil er gegenüber Gott und sich selbst nicht die Spielregeln des Lebens einhalten und seine Sünden eingestehen wollte. Dies sollten die überkreuzten Kästchen symbolisieren. Und es würde nicht beim Symbol bleiben. Dafür würde er sorgen. Die Namensträger in diesen Kreuzworträtseln mussten sterben! Das würden sehr viele Menschen sein. Nur die Namen der Opfer kannte er noch nicht alle. Hier musste er noch ein wenig Geduld aufbringen, bis er seinen vollständigen Auftrag erhielt.

Plötzlich schrak er auf. Ein gewaltiges Krachen vor der Tür versetzte ihn in Angst. Ob ein Teil des Gebäudes eingestürzt war? Er trat hinaus.

Der Himmel hatte sich zugezogen. Ein Sturm bog die Äste der umstehenden Bäume fast bis zum Boden. Grelle Blitze stießen aus schwarzgrauen Wolkenmassen, die der Wind wie eine aus den Fugen geratene Viehherde vor sich her trieb. Die Szenerie blieb gespenstisch, weil kein erlösender Tropfen Regen fiel.

Der Mann wurde ganz ruhig. Er lächelte vor sich hin. Diese Kulisse gefiel ihm. Sein Leben lang hatte er die Gewalten der Natur gemocht. Sie verschafften ihm eine unmittelbare Verbindung zu seinem Gott. Hier fand er den Weg zu ihm, sogar zum Gespräch.

Das Naturschauspiel steigerte sich noch. Immer wieder überzog eine gewaltige Kette von Blitzen den Horizont und tauchte die Landschaft in ein unwirkliches, fahles Licht. Heulende Windböen ließen die Baumkronen erzittern. Eine Sinfonie von Donnerschlägen entlud sich in alle Richtungen aus dem düsteren Wolkenmeer. Und eine weitere Orgie von Blitzen versetzte das erste zarte Blattgrün eines mächtigen Birnbaums vor der Eremitage in eine dunkelgraue, diffuse Farbmonotonie.

Der Mann nahm den einzigen an die Wand des Felsens gelehnten Plastikstuhl und setzte sich unter den gewaltigen Birnbaum. Das war sein Lieblingsplatz, dies war das Naturschauspiel, auf das er immer wieder hoffte und wartete.

Durch die teilweise noch kahlen Äste des Baumes entwarf das Inferno eine Wahnsinnsszenerie. Aus gleißendem Licht, pfeifendem Sturm und donnerndem Gebrüll formten sich Schatten. Der Mann lächelte zufrieden vor sich hin. Und mit einem Mal erkannte er in diesen leuchtenden Schatten und Schemen die Gestalt, auf die er so sehnsüchtig gewartet hatte. Erst waren es nur blasse Konturen, dann ein Körper, ein Gesicht. Die Physiognomie eines alten, bärtigen Mannes, der ihn wohlwollend väterlich ansah. Ein leichtes Zittern durchfuhr seinen Körper. Er neigte den Kopf. Seine Stimme geriet leise und ehrfürchtig. „Ja! Ich höre."

Sein Gesicht drückte höchste Anspannung aus. Mehrmals nickte er. Die Namen derer, die verflucht waren, die ans Kreuz gehörten, hatte er deutlich vernommen.

Als er wieder aufblickte, war das Schauspiel beendet. Die Erscheinung war verschwunden. Alles war gesagt!

Der Sturm ließ nach. Auf wankenden Beinen ging der Mann wieder in den Andachtsraum. Im stillen Gebet dankte er, auserwählt worden zu sein. Noch einmal las er jene Unterlagen genau durch, die er als Muster für sein späteres Handeln benutzen wollte. Der bulgarische Geheimdienst hatte im Jahr 1978 beim sogenannten Regenschirmattentat den Schriftsteller und Dissidenten Georgi Markow in London auf offener Straße unauffällig und unbehelligt angegriffen. Der Täter stach ihm mit der giftgetränkten Spitze eines Regenschirms in den Unterschenkel. Markow starb einige Tage später in einem Krankenhaus an Kreislaufversagen als Folge der Vergiftung, die seine roten Blutkörperchen verklumpen ließ. Genauestens studierte der Mann, welche Vorbereitungen die Täter getroffen und welches Mittel sie eingesetzt hatten. Zufrieden steckte er anschließend seine Papiere wieder ein. Er war hervorragend für seinen Auftrag präpariert.

In bester Laune trat er an ans Pult. Wieder musste er vor sich hin lächeln. Jetzt durfte er weiterspielen. Durfte die endgültigen Fragen für die Kreuzworträtsel formulieren. Nun kannte er sämtliche Namen, auf die es ankam. Er würde die Regeln festlegen. Eine faire Chance würde er lassen. Nicht den Opfern. Nein, die hatten keine verdient. Ihre Strafe musste endgültig sein. Aber den Ermittlern. Das gehörte zum Spiel dazu. Er wollte ja schließlich seinen Spaß haben.

4

Einen Steinwurf entfernt von der *Zeil*, Frankfurts geschäftiger Lebensader, brannte am Abend des Ostersamstags in der Staatsanwaltschaft noch Licht im dritten Stock. Staatsanwalt Hanspeter Schultz hatte Kriminalhauptkommissar Bernd Schreiner, mit dem er am Vortag wegen der Leichensache Benedikt Weiss die Ermittlungen aufgenommen hatte, zu dieser unchristlichen Zeit zu sich gebeten. Er musste dabei kein schlechtes Gewissen haben. Schreiner hatte ihn vertrauensvoll unterrichtet, er stehe jederzeit zur Verfügung, da sein früherer Mitstreiter Köhler noch immer ins Ministerium abgeordnet und für die Ermittlungen nicht verfügbar sei. Außerdem habe er sich von seiner Frau getrennt. Trennung auf Probe, sozusagen. Er wohne jetzt in den hübsch möblierten Paragon-Apartements in der Schwarzwaldstraße im Stadtteil *Niederrad*. Dort werde vertraglich „Wohnen auf Zeit" angeboten. Das sei genau, was er jetzt brauche.

Schultz schaute mürrisch vor sich hin. Sein Magen knurrte laut unter der dunkelblauen Anzugsweste. Er sog tief die Luft ein. Dabei bildete sein akribisch geschnittener grauer Oberlippenbart eine perfekte Horizontale über beide Wangen bis hin zu den Ohrläppchen. Dieser modische Gag war sein Markenzeichen. Er pflegte ihn täglich.

Mit einer ruckartigen Bewegung öffnete Schultz seine Schreibtischschublade, nahm eine Tüte belgische Pralinen heraus und steckte sich eine davon mit genüsslichem Gesichtsausdruck in den Mund. Dann schob er Schreiner die Tüte zu, ging zur Kaffeemaschine und goss zwei Becher voll. Schreiner streckte ihm seine Hand entgegen und nahm einen Humpen in Empfang. Er grinste spöttisch, was seinem pockennarbigen

Gesicht mit dem wirr gelockten schwarzen Vollbart einen mephistophelischen Zug gab. „Wenn es mit dem Beruf hier nichts mehr wird, haben Sie jedenfalls noch das Zeug zum Kellner."

Schultz ließ sich wieder in seinen selbst gekauften schwarzen Ledersessel fallen, der sich erfreulich von dem spartanischen Behördenmobiliar abhob. Der drohende Unterton in seiner Stimme wirkte aufgesetzt. „Sie spielen mit dem Feuer. Wenn Sie nichts Besseres zu bieten haben, halten Sie lieber den Mund. Essen Sie eine Ihrer Mohrrüben, die Sie vermutlich in Ihrer Jeansjacke stecken haben. Dann laufen Sie keine Gefahr, wieder mit dem Rauchen anzufangen."

„Wer im Glashaus sitzt, sollte vorsichtig sein. Wo sind denn Ihre wertvollen *Partagas-Zigarren* geblieben. Hat die Kreisleitung zu Hause die Bestände eingezogen?"

Tiefe Sorgenfalten zeichneten sich auf Schultzes Stirn ab. „Lassen wir das. Wir müssen arbeiten. Wo stehen wir? Sagen Sie mir, was die Obduktion heute Vormittag ergeben hat. Sie waren doch im Gerichtsmedizinischen Institut in der Kennedyallee, oder? Frau Doktor Lubitsch hatte gestern im *Nizza* versprochen, dass sie die Autopsie uns zuliebe heute macht. Sie hat sich ziemlich bedeckt gehalten, weil zu allem Unglück die Presse schon Wind von dem Vorfall bekommen hat."

„Ich war heute Morgen dort, die Ergebnisse liegen vor. Benedikt Weiss ist vorsätzlich getötet worden. Erstochen mit einem Messer. Klingenlänge 15 Zentimeter. Mit einem einzigen Stich. Der wurde laut Frau Lubitsch mit solcher Wucht geführt, dass er bis zu den inneren Wirbelkörpern vorgedrungen ist und sogar noch die Wirbelsäulenschlagader durchdrang." Schreiner strich sich über seine schwarzgelockten Haare. „Weitere Verletzungen gibt es keine. Auch nicht am Bein, wo die Trainingshose einen Riss hatte. Der Täter hat nur ein einziges Mal zugestochen. Er muss sich seiner Sache sehr sicher gewesen sein. Wir suchen also einen Täter, der den Stichkanal so setzen kann, dass das Opfer keine Überlebenschance hat."

Schultz fuhr sich gedankenverloren mit einer Hand durchs Haar. „Apropos Presse. Da war gestern wieder dieser Regenbogen-Reporter vom *Klartext* dabei. Mit dem hatten wir ja schon öfter zu tun. Nicht immer angenehm, aber durchaus erfolgreich. Er hat mich unter vier Augen gefragt, ob er mich in dieser Sache mal aufsuchen dürfe. Ich habe ihm gesagt, dass wir heute hier im Büro sind."

„Nichts dagegen. Das ist ein ganz cleverer Kerl. Vielleicht können wir ihn für ein paar Aufgaben brauchen, an die wir nicht so ohne Weiteres rangehen dürfen."

Ein lautes Räuspern von Schultz stoppte weitere Ausführungen Schreiners, zu denen er gerade ansetzen wollte. „Herr Kriminalhauptkommissar. Ich darf doch sehr bitten. Wie Sie sehr wohl wissen, läuft so etwas bei mir nicht."

Schreiner setzte ein breites, gewinnendes Lächeln auf. „Aber Herr Staatsanwalt. Nichts Ungesetzliches. Nur ein bisschen dem Glück nachhelfen. Wir wollen doch herausfinden, wer es war."

Schultz winkte ab. „Genug davon. Haben die Obdachlosen irgendetwas zur Aufklärung beitragen können?"

Schreiners Augenbraue berührte fast seinen Haaransatz. „Die Jungs sind sämtlich üble Alkoholiker. Die erinnern sich nicht einmal, wo sie ihr letztes Bier herbekommen haben. Von denen gab es keine brauchbaren Beobachtungen oder Aussagen."

„Und dieser fromme Club?"

Schreiner brauchte eine Weile, bis er antwortete. Er hielt die Faust vor den Mund und überlegte. „Wenn ich all meine Berufserfahrung in die Waagschale werfe, würde ich sagen, dass die Typen mauern. Alle! Aber ich weiß nicht warum. Ich habe lediglich erfahren, dass der Tote, Benedikt Weiss, ein Eheproblem gehabt haben soll."

„Haben Sie einen Vorschlag, wie wir diese Mauer des Schweigens brechen können?“

„Wir werden zumindest die Ehefrau des Toten und die fünf Vorstandsmitglieder förmlich vernehmen. Entweder hier bei Ihnen oder im Präsidium. So werden wir hoffentlich etwas über die inneren Strukturen dieser Freikirche erfahren. Vielleicht lassen sich daraus Rückschlüsse auf den Täter und die Tat ziehen.“

„Und wenn das nichts bringt?“

Ein verschmitztes Grinsen zeichnete sich auf Schreiners Gesicht ab. „Nun, dann könnte ich zum Beispiel meine atheistische Einstellung überdenken, zu den Frommen gehen und versuchen, Mitglied der Gemeinde zu werden.“

Schultz rang noch mit sich, wie er der Flapsigkeit Schreiners begegnen sollte, als sein Telefon klingelte. Er ging ran, hörte kurz zu und versprach, den Anrufer am Hintereingang der Staatsanwaltschaft neben der Tiefgarage abzuholen. Anschließend kramte er aus seiner Westentasche eine Plastikkarte hervor und ging zur Tür. „Das war unser Reporter von gestern. Dennis Hauschild. Ich gehe ihn rasch unten holen.“

Schreiner schmunzelte. „Dann schaue ich mir mal an, was noch so alles auf Ihrem Schreibtisch herumliegt.“

Bis Schultz zurückkehrte, vergingen nur wenige Minuten. Ein mittelgroßer dunkelblonder Mann war in seiner Begleitung. Sein kurz geschnittenes Haar zeigte am Hinterkopf eine nur einigermaßen kaschierte kreisförmige Lücke. Er trug eine markante schwarze Hornbrille. Nach der Begrüßung mit Schreiner folgte er Schultzes Einladung, Platz zu nehmen. Zuvor hängte er seine Cordjacke über die Rückenlehne. Dabei entblößte er seine muskulösen Arme, die von den Handgelenken bis zum Ärmelansatz seines T-Shirts mit bunten Tätowierungen überzogen waren.

Ohne Hauschild weiter zu beachten, wandte sich Schultz an Schreiner. „Bevor wir uns anhören, was Herr Hauschild von uns will, habe ich noch eine Frage an Sie. Hat sich ergeben, was es mit diesen Goldfäden im Mund des Opfers auf sich hat?“

Schreiner schüttelte den Kopf. „Die Bedeutung ist uns nach wie vor unklar.“ Er verzog das Gesicht zu einer Fratze. „Fest steht nur, dass es kein echtes Gold ist. Es könnte eher so etwas wie Goldlametta sein, das manche Leute auf ihre Weihnachtsbäume hängen.“

Schultz war sich nicht sicher, ob Schreiner ihn auf den Arm nahm. Bevor er reagieren konnte, meldete sich Hauschild zu Wort. „Auf das Gold will ich auch zu sprechen kommen.“

Schultz wehrte ab. „Langsam! Sagen Sie uns erst einmal, weshalb Sie um diese Audienz gebeten haben.“

Hauschild zögerte nicht lange. „Wie wir es schon öfter mit Erfolg getan haben, wollte ich Ihnen meine Dienste anbieten. Sie haben, wie ich bestens unterrichtet bin, zurzeit nur die Unterstützung von Herrn Schreiner. Der mag wie immer nach Recht und Gesetz ermitteln. Ich dagegen könnte Ihnen meine unkonventionelle Hilfe anbieten.“

„Inwiefern? Nichts, was verboten ist. Da warne ich Sie gleich.“

Hauschild blieb unbeirrt. „Keine Sorge. Ich wollte Ihnen vor allem sagen, dass ein früherer Studienkollege von mir Anhänger dieser Frommen in Bergen-Enkheim war. Er hat damals vergeblich versucht, mich zu bekehren. Aber wir sind nicht im Streit auseinandergegangen. Kontakt zu ihm habe ich zwar seit einiger Zeit nicht mehr. Das ließe sich aber arrangieren. Vielleicht könnte ich ganz zwanglos bei einem Treffen etwas Nützliches erfahren. Oder ich gehe in die Freikirche zum Gottesdienst und heuchele Interesse. Für diesen Fall müssten Sie mir eine konspirative Wohnung der Polizei überlassen, falls man heimlich meine privaten Verhältnisse überprüfen will.“

Schultz wiegte den Kopf hin und her. „Nicht ganz sinnlos. Aber woher wollen Sie wissen, dass die Polizei über solche Wohnungen verfügt? Und worin soll meine Gegenleistung bestehen? Sie tun das doch nicht umsonst."

Aus der Innentasche seiner Cordjacke zog Hauschild ein Papier hervor. „Lassen Sie uns Ihre Frage erst einmal zurückstellen. Ich habe noch eine andere Idee." Er entfaltete den Zettel. „Haben Sie die Berichte über die Tat heute in den Zeitungen gelesen?"

„Natürlich. Aber wieso soll uns das weiterbringen?"

Hauschild warf sich in die Positur eines Lehrers. „Interessant waren die Überschriften. Fast alle gingen auf die Goldstreifen im Mund der Leiche ein. Vom Film *Goldfinger* über das *Goldene Dreieck* bis hin zum Sprichwort *Schweigen ist Gold* wurden alle Register gezogen, um Parallelen mit möglichem kriminellen Bezug herzustellen." Er legte eine Kunstpause ein. „Schließlich titulierte eine oberhessische Zeitung *Der goldene Schädel.* Sie verwies auf ein Beinhaus in Oppenheim, wo es so etwas schon einmal gegeben haben soll."

Schreiner sah Schultz mit zusammengekniffenen Augen an und runzelte die Stirn. „Ich verstehe nur Bahnhof. Warum gerade Oppenheim? Auch hier in Hessen gibt es viele Beinhäuser. Beispielsweise in Marburg. Vielleicht sind da auch Schädel dabei, die man mit irgendwelchem goldenen Firlefanz geschmückt hat. Heilige oder Kirchenfürsten, die immer gerne mit Schmuck behängt werden."

Die zarte Andeutung, seine Hinweise seien nicht ernst zu nehmen, beeindruckten Hauschild keineswegs. Er gab sich überlegen. „Weil nach meinen Überprüfungen in Wirklichkeit nur Oppenheim mit einem goldenen Schädel aufwartet, also ein goldenes *Golgatha* ist. Im Internet habe ich recherchiert, dass es in Oppenheim tatsächlich einen mysteriösen goldenen Schädel gibt. Das ist aber noch nicht alles. Ich habe den dortigen Küster angerufen. Mein Abschluss als Kunsthistoriker hat mir dabei geholfen. Ich kann mit dem Begriff Goldfäden durchaus etwas anfangen. Einzelheiten dazu erzähle ich Ihnen ein anderes Mal. Jedenfalls sagte mir der Küster, und jetzt hören Sie gut zu, dass an dem Schädel Goldfäden klebten. Daher komme der Name." Er sah triumphierend in die Runde. „Und, meine Herren, wissen Sie was *Golgatha* heißt? Der Name, den sich diese merkwürdige Gemeinde gegeben hat?" Wieder ließ er seine Worte eine Weile wirken. „Schädelstätte. Die Übersetzung lautet Schädelstätte. Deshalb ist mein zweiter Vorschlag an Sie, dass ich mir diese Schädelstätte in Oppenheim einmal anschaue." Er beugte sich zu Schultz hinüber. „Von einer Gegenleistung wollen wir noch gar nicht reden. Erst abwarten, ob ich etwas bieten kann. Wenn Sie mir dann irgendwann ein kleines besonderes Ermittlungsergebnis einen Tag früher als meinen Kollegen verraten, sind wir quitt."

Schultz verständigte sich durch Blickkontakt mit Schreiner und zuckte mit den Schultern. „Ich will sie nicht hindern, Ihren Ideen nachzugehen. Obwohl ich sie für weit hergeholt halte."

„Haben Sie etwas für mich, was ich schon wissen darf?"

Schreiner rieb sich die Hände. „Sie werden staunen. Ich habe noch etwas für Herrn Schultz, was Sie noch nichts angeht."

Unbeeindruckt stand Hauschild auf. „Wir werden uns schon einig."

Schultz brachte ihn zum Ausgang und kehrte wieder in sein Büro zurück. Noch im Stehen sprach er Schreiner an. „Jetzt haben Sie mich aber neugierig gemacht. Haben Sie tatsächlich ein weiteres Bonbon?"

Mit verschränkten Armen genoss Schreiner Schultzes Neugier und weidete sich an dessen Ungeduld. „Vorher ein Satz zu Hauschilds Angebot. Die Idee, eine Art Verdeckten Ermittler in die Kirchengemeinde einzuschleusen, ist gar nicht so dumm."

Schultz reagierte unwirsch. „Keinesfalls lasse ich zu, dass Hauschild sich in unserem Auftrag dort einschleicht. Das ist viel zu gefährlich. Ein Toter genügt. Und Hauschild hat weder die Ausbildung noch die Erfahrung, um einen solchen Job zu übernehmen." Er lächelte maliziös. „Das wäre eher was für Sie, Herr Schreiner. Zumal es endlich an der Zeit wäre, dass sie in sich gehen und ein paar christliche Wertvorstellungen kennenlernen." Mit einer wegwerfenden Handbewegung unterbrach er sich selbst. „Genug davon. Spannen Sie mich nicht länger auf die Folter. Was gab es an weiteren Ermittlungsergebnissen in unserem Tötungsdelikt?"

„Eine Art Kreuzworträtsel."

Schultzes Miene drückte Ungläubigkeit und Unwillen aus. „Geben Sie jetzt bitte mal Butter bei die Fische. Auf den Arm nehmen kann ich mich selbst. Dazu ist nicht die Zeit."

Schreiner feixte und entbot einen militärischen Gruß. „Na gut. Der Klügere gibt nach. Wir haben in der Trainingshose des Opfers einen Zettel gefunden. Darauf war ein Kreuz gemalt, senkrecht und waagerecht in drei Kästchen unterteilt, die sich in der Mitte überschneiden. Darunter waren drei Fragen formuliert. Das Ganze scheint auf dem Computer gemacht worden zu sein."

Schultz drängte. „Erzählen Sie weiter. Das ist die seltsamste Geschichte, die ich je gehört habe. Was denn für drei Fragen?"

„Der Verfasser fragt nach dem Geburtsort Jesu, nach einem Wort für Einsiedelei und nach dem Herkunftsort seiner Eltern. In dieser Reihenfolge. Der erste Buchstabe jeder Antwort soll in das jeweilige zur Frage gehörende Kästchen sowohl horizontal als auch vertikal eingesetzt werden."

„Ergibt das einen Sinn?" Schultz war aufgesprungen und hatte sich ans Fensterkreuz gelehnt. „Oder will uns da jemand auf eine falsche Fährte locken?"

Schreiner stand ebenfalls auf und goss sich etwas Kaffee nach. Er sah Schultz dabei an. „Ich darf doch?" Nachdem er Schultzes Geste als Zustimmung interpretiert hatte, nahm er genüsslich einen großen Schluck, bevor er fortfuhr. „Ich glaube eher, hier will jemand ein „lustiges“ Spielchen mit uns treiben. Wir können sicher davon ausgehen, dass es sich bei den gesuchten Orten um Bethlehem und Nazareth handelt.“

Schultz dämpfte seine Aufregung mit einer weiteren Praline. Eilig zerkaute und schluckte er sie. „Ich kann nicht folgen. Haben Sie doch die unendliche Güte und sagen Sie, was dieser Blödsinn soll.“

Schreiner antwortete nicht sofort. Er war ernst geworden. Seine Stimme klang kernig. „Die Frage nach der Einsiedelei habe ich mit dem Wort Eremitage beantwortet. Wenn wir nun die drei Anfangsbuchstaben der gefundenen Antworten senkrecht und waagerecht in die Kästchen des Rätsels einsetzen, ergibt dies ein Kreuz mit dem Namen BEN.“

Schultz stutzte. Langsam begann er zu begreifen. Noch zögernd nickte er mehrere Male, als wolle er sich selbst überzeugen. „Unser Toter hieß mit Vornamen Benedikt.“ Er hielt kurz inne. „Die Kurzform dieses Namens ist Ben.“

Schreiner nickte zustimmend. „Ben lautet unser Kreuzwort und unsere Leiche war im *Nizza* aufgebahrt und präsentiert, als wäre sie ans Kreuz geschlagen. Die Bedeutung des Rätsels ist wohl, dass Ben ans Kreuz gehört hat. Wir haben die Auflösung. Aber Täter und Motiv fehlen uns noch. Außerdem sind am linken unteren Ende des Kreuzworträtsels acht Ziffern eingetragen. Den Sinn konnten wir noch nicht ermitteln.“

Mit kleinen Schritten durchmaß Schultz sein Büro. „Was ist mit den Goldfäden im Mund des Opfers? Haben Sie dazu eine Meinung? Was halten Sie von Hauschilds Idee mit dem Oppenheimer Beinhaus?“

„Viele Fragen auf einmal. Es ist kein echtes Gold, das dem Opfer in den Mund gesteckt wurde. Eher ein Symbol oder ein Hinweis. Wir wissen noch nicht wofür oder worauf. Hauschilds Ansatz scheint mir sehr weit hergeholt zu sein. Andererseits haben wir schon öfter erlebt, dass er uns mit seiner Fantasie weiterhelfen konnte. Lassen wir ihn doch einfach gewähren. Wir machen zunächst das kleine Einmaleins. Vorarbeiten aus dem Schubfach Routine."

Schultz hörte offensichtlich nicht mehr zu. Hauschild hatte ihn auf eine Idee gebracht, die ihn nicht mehr losließ. Sie war noch gefährlicher als die vorgeschlagene Aktion, die er Hauschild ausgeredet hatte. Aber er würde bessere Kontrollmöglichkeiten haben. „Ich habe da einen Plan, Herr Schreiner, bei dem ich Ihre Unterstützung brauche. Hören Sie gut zu!"

5

Der athletisch gebaute Mann mittleren Alters verließ seinen unscheinbaren weißen Bungalow. Er überquerte einen der geschotterten Feldwege, die im Frankfurter Ortsteil *Bergen* einige Häuser im Außenbereich zwischen Dorfelder und Bischofsheimer Straße verbanden. Sie standen in gehöriger Entfernung zur malerischen Dorfmitte. Dort machte schmuckes Fachwerk klar, warum sich der Vorort mit gehobenen Gaststätten wie der *Schelmenstube* und dem edlen Domizil für populäre Schriftsteller, die jährlich wechselnd hier als Stadtschreiber lebten, einen Namen gemacht hatte.

Die ausgesiedelten Bauten befanden sich in gutem Zustand. Sie präsentierten allerdings architektonisches Einerlei. Zweckbauten für Familien. Nur zwei Häuser stachen von allen übrigen ab. Eines war eine prächtig aufgeführte, weiß getünchte Kirche mit der Aufschrift *Freie Christengemeinde Golgatha/Bergen-Enkheim*. Der andere Bau war zweistöckig, mit dunkelroten Klinkern und einem Schieferdach. Alle vier Seiten waren bis unter den Giebel mit Efeu überzogen. Das zugehörige, großzügig geschnittene Grundstück war mit einem schmiedeeisernen Zaun umgeben. Den Zugang gewährte ein schweres Tor mit Blumenornamenten.

Durch dieses Gartentor ging eben der sportliche Nachbar von gegenüber. Dabei beugte er seine rechte Schulter nach vorn und ließ die Tasche in seine Arme gleiten. Er öffnete den Reißverschluss und nahm eine Sitar heraus. Mit suchenden Augen musterte er die zahlreich herumstehenden Skulpturen, schüttelte gelegentlich den Kopf und fröstelte.

Etwa 15 mannshohe Figuren mochten hier stehen, die ihn teils faszinierten, teils abstießen. Sie waren aus Ästen zusammengebaut. Viele trugen altmodische Waffen und Kleider oder waren mit undefinierbaren technischen Apparaten verbunden. Besonders markant waren ihre Köpfe. Der Künstler hatte ausschließlich weiß polierte Schädel aus der Tierwelt verwendet, die meisten mit auffällig furchterregendem Gebiss. In die Augenhöhlen waren gläserne Augäpfel eingelassen. Ein Teil davon war bunt beleuchtet. An die Nachbarschaft dieses Gruselkabinetts hatte er sich erst mit der Zeit gewöhnt. Sonst wäre er bei dem Schauer, den die entsetzlichen Gestalten eines albtraumartigen Geisterreiches ihm einjagten, längst geflohen.

Der Musiker hielt sich nicht lange bei den Skulpturen auf. Er fand einen abgesägten Baumstamm, den er als Hocker benutzte. Mit professioneller Behutsamkeit platzierte er die Sitar in seinen Schoß. Eine wehmütige Melodie begleitete seinen fremdartigen, leicht monotonen Gesang. Fast konnte der Eindruck entstehen, als tanzten die makabren Figuren zu den Klängen. Passend dazu strömte der verhaltene Duft einer weihrauchähnlichen Substanz aus der Instrumententasche.

Nach einigen Akkorden öffnete sich die aus massivem Eichenholz gefertigte Haustür. Ein kräftiger, großer Mann mit pechschwarzen, kurz geschorenen Haaren trat heraus. In der Hand hielt er einen Affenschädel. Er winkte dem Sitarspieler zu. „Schön, dass du wieder im Lande bist, Indy. Du kommst gerade recht. Ich war am arbeiten und hatte keine Lust mehr. Lass uns deine Rückkehr feiern. Hast du alles dabei?"

Indy hatte sich erhoben. Jetzt klopfte er auf seine Tasche und lächelte geheimnisvoll. „Hier ist alles drin, was wir brauchen, Lucius." Er ging auf den Hausherrn zu, zog dessen Kopf an seine Schultern und tätschelte ihn. „Feinster schwarzer Afghane. Wir werden ein paar nette Stunden miteinander verbringen."

Lucius Tillich legte den Finger auf den Mund. „Nicht so laut. Ich halte es für möglich, dass wir beobachtet werden. Komm erst einmal rein."

Er öffnete weit die Tür. Von drinnen war in gehöriger Lautstärke die Musik von *Pink Floyd zu* hören. Indy nickte im Takt mit, seine schulterlangen blonden Haare wippten bei jeder Kopfbewegung. Beim Eintreten sah er Lucius mit forschenden Augen an. „Ist sie schon da? Oder wird sie wegen ihres verstorbenen Mannes weg bleiben?"

„Nein! Sie kommt. Sie ist so heiß auf dich, sie will dich auf jeden Fall sehen. Zumindest hat sie mir das gesagt. Sie muss nur damit rechnen, auf Schritt und Tritt verfolgt zu werden. Ich kann nicht einschätzen, wie gefährlich das für sie sein wird. Vorsichtshalber soll sie durch die Garage hinter unserem Haus kommen."

Die beiden Männer waren im Wohnzimmer angekommen, dessen Ausstattung einer Safari-Lodge glich. Lucius bot Indy einen Platz auf der Couch aus Büffelleder an. „Auf der Beerdigung war sie nicht, weil es für sie zum Spießrutenlauf geworden wäre. Ist auch richtig so. Die zwei Leutchen hatten sich eh nichts mehr zu sagen."

Lucius' Frau Helena, groß gewachsen und mit langen dunklen Haaren, kam von irgendwoher ins Zimmer und begrüßte Indy mit einem Küsschen. Lachend machte er eine galante Verbeugung, griff in seine Tasche und drückte ihr das Haschisch in die Hand. „Du kannst doch so gut Kippen drehen. Sei so lieb und bastle uns eine Runde."

Helena verließ wieder das Zimmer. Indy ließ sich auf die Couch fallen und strahlte Lucius an. „Dann wollen wir mal auf die schöne Karina warten. Falls sie nicht kommt, ist es auch gut. Auf alle Fälle trinken wir einen und ziehen uns einen Joint rein."

„Du gibst dich ganz schön cool, mein Junge."

„Das Leben ist ein Spiel. Für mich jedenfalls. So sehe ich das. Die Regeln stelle ich selbst auf. Und was die Mädels anlangt, halte ich es mit diesem südamerikanischen Schriftsteller.

Der hat irgendwann einmal geschrieben, dass man nicht mit jeder Frau schlafen kann, es aber jedenfalls versuchen sollte."

„Ist das nicht ein bisschen oberflächlich und arrogant? Ich will gar nicht darauf herumreiten, dass ich euch hier eine sturmfreie Bude, ein Versteck und eine Art Alibi vor den Frommen biete, damit Karina nach außen hin ihr Gesicht wahren kann. Vor allem Karina scheint doch bereit, für dich Opfer zu bringen."

Indy zog seine Schuhe aus und setzte sich in den Schneidersitz. „Unsinn! Du hast eine zu hohe Meinung von ihr. Sie ist wie ich. Ein bisschen Abenteuer, ein bisschen Flirt. Nur keinen hohen Einsatz und am Ende gar das Herz mitspielen lassen."

Tillichs Miene sah plötzlich abweisend überlegen aus. „Gib es auf, Indy, vor mir den starken Mann zu spielen. Dafür hast du zu oft besoffen hier gesessen und mir dein Innenleben offenbart. Wie ein Beichtvater musste ich dir manchmal wieder Boden unter die Füße schieben. Du willst doch von allen geliebt werden. Das brauchst du wie die Luft zum Atmen. Ich kenne alle deine Versagensängste, deine Sucht nach menschlicher Anerkennung, deinen Drang, gefeierter Hauptdarsteller auf der Bühne zu sein."

Indy schaltete sofort um. Sein Tonfall geriet patzig. „Und du? So langsam kapiere ich, warum sie dich aus der Golgatha-Truppe rausgeworfen haben, obwohl du zwei Häuser und eine Menge Kohle hast. Glaubst du, ich kenne deine Schwächen nicht? Soll ich sie dir aufzählen?"

Während Lucius noch mit der Retourkutsche zögerte, kam Helena mit einer kleinen jungen Frau herein, die den zwei Männern zunächst nur zurückhaltend zunickte. Ein rotbrauner Bubikopf umrahmte ihr zartes Gesicht, aus dem ein auffällig strahlendes wasserblaues Augenpaar herausstach. Indy griff mit seiner Hand zum Herzen und schmachtete sie gespielt an. „Endlich bist du da, schöne Witwe. Komm und setz dich zu mir."

Karina Weiss wirkte verlegen und irritiert. Ihre Stimme klang ausdruckslos. „Vielleicht könntest du deine Witze etwas weniger geschmacklos rüberbringen."

Indy legte seine Hände ineinander und streckte sie ihr entgegen. „Ist ja gut. Ich gelobe Besserung."

Währenddessen war Lucius Tillich aufgestanden. Er trat an Karina heran, ließ seinen Arm lange auf ihrer Schulter liegen, streichelte sanft ihren Rücken und schob sie dann vorsichtig zur Couch. „Er ist halt ein Großmaul, Kleines. Verzeih ihm. Sonst ruinieren wir unseren schönen Abend." Er sah ihr intensiv in die Augen. „Du kannst auch gerne zu mir auf den Zweisitzer kommen. Ich hätte großes Verständnis, wenn dir das lieber wäre, als bei diesem Flegel zu sitzen. Bist du denn draußen unbehelligt geblieben?"

Karina setzte sich mit einem kleinen Abstand neben Indy. „Seit Benedikt ausgezogen war und bei seinem Vater wohnte, sind ständig Gemeindemitglieder um unser Haus geschlichen. Ich sehe nicht ein, warum ich aufgeben und mich verdrücken soll. Das ist mein Haus. Ich habe es mit in die Ehe gebracht." Sie hielt die Hand vor den Mund und kicherte. „Übrigens nehme ich die Drohgebärden nicht so ernst. Zwei von den selbsternannten Moralaposteln waren in den letzten Tagen nämlich schon mit anderen Vorstellungen bei mir. Jeweils abends. Zuerst kam Mario Beckstein, dieser Heuchler. Flott gekleidet, schick frisiert und mit seinem einnehmenden Zahnpastalächeln. Wie ein italienischer Papagallo erklärte er mir an der Haustür, dass er alles für mich tun werde, um mir Unannehmlichkeiten in der Gemeinde zu ersparen. Ich müsse ihm nur voll vertrauen. Wir könnten das ja bei einem Gläschen bereden. Dabei zwinkerte er mir süßlich zu. Er hält sich für unwiderstehlich."

Indy verschränkte die Arme und sah Karina provokant an. „Und? Hast du ihn rein gebeten und ihm einen Schmatzer auf seinen Schnauzbart gedrückt?"

Sie schüttelte fast unmerklich den Kopf. „Ich habe ihm ganz freundlich gesagt, ich würde auf sein Angebot im Notfall zurückkommen. Ich wüsste ja, zu welchen Zeiten ich ihn in der Gemeinde antreffe."

„Gut gemacht, Baby," sagte Indy.

Karina fixierte Helena, die sich neben Lucius gesetzt hatte und Zigaretten drehte. „Wie die Männer so sind. Einen Tag später kam Peter Felbrich, Großsprecher und Weltenbummler der Gemeinde, und zog vor meiner Haustür genau dieselbe Nummer ab. In der Ansprache war er etwas eindeutiger, dieser Pharisäer. Das traute er sich wohl zu, weil seine Erfolge bei Frauen Legende sind. All die feinen frommen Damen haben immer geglaubt, niemand bekomme etwas mit. Irrtum. Über kurz oder lang waren sie alle Stadtgespräch."

Indy applaudierte gekünstelt. „Und du gehörst jetzt auch zu seinen Trophäen, oder?"

Sie gab ihm einen Klaps. „Ich frage mich, was ich an dir finden soll. Du hast den Charme eines Dickhäuters."

Lucius Tillich füllte eine Runde Weingläser, stellte sie mit einer Handbewegung zur Selbstbedienung auf den Tisch und warf Karina einen melancholischen Blick zu. „Sie werden den väterlichen Johannes Beckstein mit irgendeiner drohenden Botschaft zu dir schicken. Er bot sich früher schon immer an, wenn du Probleme hattest. Daher werden sie denken, dass du ihm vertraust."

Helena stellte ein Silberkästchen mit den selbst gedrehten Zigaretten auf den Tisch. Sie schien mit ihren Gedanken ganz woanders zu sein. „Bedient euch." Sie zündete sich selbst eine Zigarette an. „Ich gehe nach nebenan und puzzle noch ein bisschen. 2.000 Teile. Eine bescheidene Herausforderung."

Eine kleine Weile herrschte Schweigen. Nach und nach war der Raum vom unverwechselbaren Duft des Haschisch geschwängert. Indy fummelte an Karina herum. Lucius schaute zu. Seine Miene war ausdruckslos, aber angespannt. Vom Flur näherten sich schlurfende Schritte. Eine junge Frau blieb im Türrahmen stehen. Sie sah verschlafen aus und wuschelte sich mehrfach durch ihre langen, blond gefärbten Haare. Ihre bunte, nachlässig um das Dekolleté geschnürte Seidenbluse hing über einem Paar ausgewaschener Jeans. „Hallo!“ Ihre Stimme klang hohl. Mit dem Finger zeigte sie auf die Zigaretten. „Ich will auch so eine.“ Ohne eine Reaktion abzuwarten, ging sie an das Silberkästchen und bediente sich.

Lucius Tillich war anzumerken, dass ihm der Auftritt nicht gefiel. Offensichtlich musste er sich beherrschen, nicht laut zu werden. „Silvana, mein Schatz. Ich glaube nicht, dass deine Beteiligung an unserer Party deinen Karrierewünschen nützlich ist. Ich möchte doch, dass meine Tochter bald zu einer großen Künstlerin heranwächst.“

„Nützlich! Nützlich!“ Sie äffte ihn nach. „Erstens bin ich nur deine Adoptivtochter. Und außerdem zu alt, um mir von dir noch etwas sagen zu lassen.“

Das Lächeln von Lucius wirkte hilflos. Um seine Verlegenheit zu überspielen, ging er ans Fenster. Er schob die Gardinen unmerklich zur Seite und spähte hinaus. „Da draußen stehen ein paar von den Frommen und glotzen in der Gegend herum. Wenn ich jetzt rausgehe und sie zur Rede stelle, bekomme ich eine dumme Antwort. Sie werden sagen, dass sie sich vor dem Haus getroffen haben, um zur Bibelstunde zu gehen. Irgendwie würde ich sie gerne schockieren.“

Sichtlich „stoned“ kam seine Frau zurück ins Zimmer. „Ich habe nicht nur deine letzten Worte gehört, sondern sogar eine prima Idee.“ Sie wandte sich an Karina und Silvana. „Kommt mal mit und unterstützt mich. Das ist etwas für Frauenpower!“ Im Abdrehen schaute sie noch einmal zu den beiden Männern hin. „Geht in ein paar Minuten ans Fenster, Kinder. Ihr werdet gleich ein amüsantes Spektakel erleben.“

„Schenk mir noch was nach," sagte Indy zu Lucius. „Du bist ein schlechter Gastgeber."

„Ich habe vorhin jedem angeboten, sich zu nehmen, was er möchte. Dabei bleibt es. Auch wenn du mich wieder provozieren willst." Er lauerte auf eine Reaktion. Als sie ausblieb, machte er eine Kopfbewegung zum Fenster. „Komm! Wir schauen mal, was unsere Damen sich einfallen lassen."

Sie schlüpften hinter die Vorhänge und zupften sich kleine Sehschlitze zurecht. Es dauerte eine Weile. Dann kreischte Lucius laut auf, beugte sich nach vorn und schlug sich auf die Oberschenkel. „Guck dir das an. Das ist der Wahnsinn. Ich frage mich, woher sie die Klamotten haben. Die lassen Männerherzen höher schlagen. Latex, Hot Pants, Rüschen. Unglaublich. Und die Typen stehen immer noch da und proben die gespielte Empörung."

Indy hörte zuerst gar nicht zu. Wie gebannt starrte er nach draußen. Auf einmal gab er die Deckung auf. Er schob den Vorhang zurück, packte Lucius am Arm und prustete los. „Das ist der Hammer. Unsere Supermiezen haben ihre BHs ausgezogen und schwingen sie über den Köpfen herum. Wie die südamerikanischen Gauchos mit ihren Bolas, wenn sie das Vieh einfangen wollen." Er stockte. „Und jetzt schau hin. Die Frommen flüchten. Das haben sie noch nie erlebt."

Er ging zurück ins Zimmer, ließ sich auf die Couch fallen und nahm einen tiefen Schluck. Lucius folgte ihm. Er wirkte nachdenklich und setzte mehrfach zum Reden an. Es kam nicht dazu. Die drei Frauen kehrten zurück, setzten sich wie Models in Szene und fixierten die beiden Männer.

„Und? Wie waren wir?, fragte Helena Tillich.

Indy erhob sich und kam auf sie zu. „Umwerfend. Wo habt ihr denn die Fummel her?"

„In der Töngesgasse gibt es einen hippen Laden. Der nennt sich *Sündige Mode*. Da kriegst du alles, was das Herz begehrt."

Völlig desinteressiert ignorierte Indy Karina, die verträumt ihren Zeigefinger ablutschte und ihm vielsagend aus halb geschlossenen Augen zuzwinkerte. Aufgedreht schnappte er sich Silvana, die in lasziven Posituren auf und ab lief. Er zog sie fest an sich heran. „Komm Kleines. Du weißt ja, wie es geht. Zu deinen Spielsachen kannst du nachher wieder gehen. Dann setzt du deinen zerzausten Teddy vor die Tür und träumst wieder von der verlorenen Kindheit." Er begann, sie heftig abzuküssen und zu befummeln.

Silvana drehte den Kopf zur Seite. Sie schien unschlüssig zu sein, wie sie mit Indys Attacke umgehen sollte. Dabei traf ihr überforderter Blick ihren Adoptivvater.

Lucius sah wütend aus. Er sprang auf, stürzte auf Indy und riss ihn von Silvana weg. „Schluss jetzt. Wir leben zwar unter lauter Frommen. Aber wir sind nicht bei den Mormonen und treiben Vielweiberei."

Indy baute sich mit verschränkten Armen vor ihm auf. „Das sagt gerade der Richtige."

Lucius' Augen waren stark gerötet. Wild fuchtelte er mit den Armen. Seine Stimme überschlug sich. „Haut alle ab! Verschwindet! Ab ins Verderben. Ich will niemanden mehr sehen." Er begann plötzlich zu schluchzen. Ein Weinkrampf schüttelte ihn. „Mich provozieren, mich ignorieren, mich ausnutzen. Das könnt ihr. Aber ich vergesse nichts. Und verzeihe auch nicht mehr."

Helena war zuerst aus dem Zimmer gerannt. Mit gemessenen Schritten war ihr Silvana gefolgt, ein abfälliges Lächeln auf den Lippen. Fast gleichzeitig ergriff jetzt Karina Indys Arm. Sie schaute gelangweilt und wirkte teilnahmslos, fast apathisch. „Komm, wir gehen zu dir. Die Frommen sind bestimmt nicht mehr draußen." Sie lächelte abwesend und sah ihn mit weit aufgerissenen Augen an. „Du musst aber ganz lieb zu mir sein. Nicht so brüllen wie Lucius. Das macht mir Angst."

Lucius Tillich hatte sich wieder gefangen, jedoch nicht beruhigt. „Zur Hölle mit Euch allen. Lasst mir endlich meinen Frieden.“ Er wandte sich sichtlich gereizt ab. Trotzdem brachte er ein Lächeln fertig. Das sah allerdings gequält aus. Wie die Reaktion eines enttäuschten Verlierers. Seinem verstellt lockeren Unterton in der Stimme war deutlich anzuhören, dass er verletzt war. „Ihr gemeinen Verführer! Für Euch Gesindel habe ich alles organisiert. Das ist nun der Dank dafür. Nie wieder!“

6

Als Dennis Hauschild die *Klartext*-Redaktion in der Eschersheimer Landstraße, einen Steinwurf von der Musikhochschule entfernt, betrat, strahlte er Zufriedenheit aus. Beim Besuch in der Staatsanwaltschaft nicht sofort alle Karten auf den Tisch zu legen, war richtig gewesen. Sonst hätten die Ermittler wahrscheinlich seine Idee zum Besuch des Beinhauses in Oppenheim selbst umgesetzt und ihm damit das Heft aus der Hand gerissen. Dann wäre ihm womöglich die Schlagzeile zu einem Sensationsartikel entgangen. Das war nicht in seinem Sinne. Nach dem Studium war er wegen seiner ständigen Geldnot zunächst freier Mitarbeiter bei der Zeitung geworden. Einige Zeit danach hatte man ihm jedoch eine feste Anstellung als Redakteur angetragen. Zum Glück. Wenig später brachte seine Frau Susanne Zwillinge auf die Welt. Zwei Buben. Julius und Julian. Sein ganzer Stolz, immerhin war er schon in einem leicht gehobenen Alter. Seine Buben kosteten allerdings auch Geld. In diesen unsicheren Zeiten für das Zeitungsgewerbe lag ihm deshalb daran, sich durch herausragende Leistungen unentbehrlich zu machen. Man wusste ja nie, wohin die ständig diskutierten Einsparungen führen würden. Personalabbau war stets das Hauptthema.

Mit breiter Brust reichte er auf den Kaffeerunden mit den Kollegen immer wieder sein Handy herum. Darauf waren die aktuellen Fotos seiner Söhne gespeichert. Er hing derart an ihnen, dass er seit der Geburt sogar eine seiner großen Leidenschaften, den Besuch von Heavy-Metal-Konzerten, insbesondere seiner Lieblingsband *Motörhead*, stark eingeschränkt hatte. Nur die Dauerkarte zu Spielen der Frankfurter Eintracht setzte er noch regelmäßig ein.

Sein Arbeitsplatz war fast am Ende des Großraumbüros. Die schwirrenden Unterhaltungen, die Telefonate und das Geklapper der Computertastaturen störten ihn schon lange nicht mehr. Er hatte sich im Laufe der Zeit daran gewöhnt und konnte sich problemlos auf seine Arbeit konzentrieren.

Bevor er nach Oppenheim aufbrach, wollte er noch einmal genau die überraschende Mail studieren, die vor seinem Besuch bei Staatsanwalt Schultz bei ihm in der Redaktion eingegangen war. Er rief sie auf und las.

Zwei Vorstandsmitglieder der Freien Christengemeinde Golgatha Bergen-Enkheim haben das Gemeindemitglied Benedikt Weiss getötet. Es handelt sich um Mario Beckstein und Peter Felbrich. Sie hatten beide ein Liebesverhältnis mit der Ehefrau des Toten, Karina Weiss. Der Ehemann war dabei im Weg. Die Goldfäden im Mund des Toten sollen auf eine falsche Spur führen. Dabei geht es um ein anderes Verbrechen. Näheres darüber erfahren Sie in der Schädelstätte Oppenheim. Ich werde bei Ihnen sein. Falls Sie nicht weiterkommen, hören Sie wieder von mir.

Der Absender in der Mail ließ keine Rückschlüsse auf die Identität des Verfassers zu. Hauschild machte sich erst einmal keine Gedanken darüber, ob er den Unbekannten auf irgendeine Weise enttarnen könnte. Vorerst gab es genug andere Ansätze zum Recherchieren. Er druckte die Mail vorsorglich aus und steckte das Papier ein.

Auf dem Weg in die Tiefgarage aktivierte er das Navigationsgerät. Wenig später fuhr er mit seinem alten Peugeot los und erreichte nach einer knappen Stunde die Oppenheimer Katharinenkirche. Er meldete sich bei dem Küster Reinhard Böttcher und folgte ihm unter die Friedhofskapelle. Dort schlug ihm ein unangenehmer Geruch entgegen. Zumindest bildete er sich das ein. Ihm war unbehaglich zumute. Ein unerklärlicher Schauer jagte ihm über den Rücken. Als Böttcher das Licht anknipste, sah Hauschild sofort das Objekt, für das er die Fahrt auf sich genommen hatte. Leicht erschrocken starrte er in die leeren Augenhöhlen eines der rund 20.000 aufeinander geschichteten Schädel in dem unheimlichen Kellergewölbe. Sie waren vor Jahrhunderten hier abgelegt worden.

Böttcher gab Hauschild die passende Erklärung dazu. „Früher fehlte es an ausreichend Grabplätzen. Die Gebeine stapelte man in der Nähe des Kirchenaltars, weil dadurch nach christlichem Glauben die Verheißung der Auferstehung am Tag des Jüngsten Gerichts sichergestellt wurde."

Hauschild fröstelte. Er war sich nicht sicher, ob dies auf die Temperatur im Verlies oder auf sein inneres Gefühl einer undefinierbaren Unbehaglichkeit zurückzuführen war. Um nicht ängstlich zu wirken, überbrückte er die Situation mit Flapsigkeit. „Hier sieht es aus wie in den Regalen eines Antiquariats."

Der verhaltene Blick Böttchers ließ nicht erkennen, ob er – als erfahrener Führer – Hauschild durchschaute. „Mag sein. Aber das soll nicht immer so gewesen sein. Im Siebenjährigen Krieg, so geht die Sage, haben sich die Knochen um Mitternacht in Schlachtordnung aufgestellt, um als verfeindete Truppen gegeneinander zu kämpfen. Als die Geisterstunde vorüber war, nahmen sie wieder ihre alten Plätze ein."

Mit festem Griff packte Hauschild das Revers seiner Jacke und presste es gegen seinen Hals, als wolle er sich gegen eine aufkommende innere Kälte schützen. „Die 20.000 Schädel sehen sich alle mehr oder weniger ähnlich. Mal fehlen ein paar Zähne, mal findet sich eine Verletzung in der Schädeldecke. Aber einer fällt aus dem Rahmen." Er ließ seine Jacke los und streckte den Zeigefinger aus. „Der da drüben. Ein goldener Schädel. Würden Sie mir bitte etwas über seine Geschichte erzählen?"

Böttcher, ein kleiner Mann, dessen graue Kleidung seine Temperamentlosigkeit unterstrich, nickte nahezu teilnahmslos, ja desinteressiert. „Seltsam! Sie sind nicht die erste Person, die mich in den letzten Tagen nach diesem goldenen Schädel fragt. Der verdient wirklich nicht Ihre besondere Aufmerksamkeit. Sie sind doch Kunsthistoriker, haben Sie mir am Telefon gesagt. Nun, das hier ist zwar auch Kunst. Aber nichts Besonderes. Als vor einigen Jahren eine Handvoll Studenten im Beinhaus einen Film drehte, haben sie diesen Goldschädel als filmischen Blickfang mitgebracht. Er sollte eine gespenstische, unheilvolle Atmosphäre garantieren. Nach Abschluss der Dreharbeiten wurde er hier gelassen. Ich habe ihn zu den anderen Gebeinen gelegt, weil unter der Goldfarbe ein echter menschlicher Schädel ist. Woher ihn die Studenten hatten, weiß ich nicht. Ich habe aber dafür gesorgt, dass er jetzt in Würde seine Ruhe gefunden hat."

Die Enttäuschung war Hauschild anzumerken. „Ich bin etwas ratlos. Am Telefon hatte ich Sie auf goldene Fäden angesprochen, nicht auf einen mit Goldfarbe bemalten Schädel. Sie kündigten an, mir etwas bieten zu können. War das ein Missverständnis ?"

Der kleine, unscheinbare Mann zögerte. Wollte er nicht mit der Sprache heraus? Schließlich schüttelte er sich, als würde er frieren. Mit abgehackten Worten begann er zu erzählen. „Vor diesem fragwürdigen Kunstwerk der Studenten soll es früher einmal den Oberteil eines Schädels, also ohne den Unterkiefer, gegeben haben. Angeblich klebten an dessen Oberkiefer und in den Augenhöhlen goldene Fäden. Dünn, wie Garn. Aus reinem Gold. Aber das ist wohl nur ein dummes Gerücht."

Die Aufmerksamkeit von Hauschild war geweckt. Er bedrängte den Küster mit neugieriger Mimik und Gestik. „Also doch! Erzählen Sie weiter. Dafür bin ich extra hergekommen. Bitte!"

Körperhaltung und Gesichtsausdruck des Küsters drückten eine Mischung von Resignation und Wichtigkeit aus. „Das soll alles vor sehr langer Zeit gewesen sein. Ende des 18. Jahrhunderts. Zur Zeit der Französischen Revolution. Die Franzosen überzogen zuerst das linksrheinische Deutschland. Sie plünderten und brandschatzten. Als sie hierher kamen, sollen sie den Schädel mitgeführt haben. Sie spielten damit Fußball. Der Volksmund meint, der Schädel habe einer hochgestellten Persönlichkeit gehört, die auf diese Weise herabgewürdigt werden sollte."

„Wissen Sie noch mehr darüber?"

Böttcher zog die Stirn kraus. „Nur ein bisschen. Der goldene Schädel soll von den Menschen hier mit großer Ehrfurcht angesehen worden sein."

Hauschild spielte mit seinen Fingern. „Helfen Sie mir bitte noch mit einer weiteren Auskunft. Die Frage drängt sich ja förmlich auf. Wo ist denn nun dieser goldverzierte Schädel geblieben? Wieso ist er nicht mehr hier in Ihrem Beinhaus?"

Der Küster dachte lange nach, bevor er antwortete. „Das kann ich Ihnen so genau nicht sagen. Ein weiteres Gerücht besagt, dass ein Teil der französischen Truppen ihn mitgenommen hat, als sie im Rahmen der sogenannten Koalitionskriege nach Frankfurt zogen. Frankfurt war damals zeitweise von den Franzosen besetzt. Napoleon soll ja im Vorort Höchst gewohnt haben." Er lächelte verlegen. „Als die Franzmänner wieder abziehen mussten, weil deutsche Truppen die Stadt befreiten, soll der Schädel dort geblieben sein. Man munkelt, er sei dem Domschatz einverleibt worden. Da man nicht gewollt habe, dass das alte Stück herumliege. Aus Pietät. Immerhin könne es sich um eine Reliquie handeln. Innerkirchlich lasse sich das nicht mehr klären."

„Haben Sie ihn nicht zurückgefordert?"

Böttcher reagierte gelassen, nahezu gleichgültig. „Welches Recht hätten wir dazu gehabt? Außerdem ist der Schädel in guten Händen, sollte er nach Frankfurt gekommen sein. Wir wollen nur, dass Totenruhe und Würde gewährleistet sind. Das ist im Frankfurter Dom der Fall."

Hauschild bohrte weiter. Er mochte nicht einsehen, dass niemand der Sache nachgegangen war. „Haben Sie nicht ein einziges Mal in Frankfurt nachgefragt?“

Ein listiger Blick Böttchers traf ihn. „Haben Sie mir nicht erzählt, Sie seien Kunsthistoriker? Ihre Fragen gehen gar nicht in diese Richtung. Ich habe den Eindruck, Sie sagen mir nicht die ganze Wahrheit.“

Verlegen schaute Hauschild zu Boden und druckste herum. „Es war nur, weil ich Angst hatte, dass Sie mich sonst nicht empfangen würden. Ich habe tatsächlich Kunstgeschichte studiert, arbeite aber als Reporter.“

Böttcher nahm die Klarstellung ungerührt auf. „So etwas dachte ich mir schon. Dann sehen Sie mal zu, wie Sie weiterkommen.“

„Können Sie mir nicht noch ein paar Tipps geben?“

Böttchers Körpersprache vermittelte seine innere Abwehrhaltung. „Da werden Sie nach Frankfurt gehen müssen. Das habe ich den anderen Personen, die sich in der letzten Zeit für den Schädel interessierten, ebenfalls geraten.“

Hauschild spürte, dass der Küster sich, in sein Schneckenhaus zurückgezogen hatte. Er ärgerte sich, nicht von Anfang an mit offenen Karten gespielt zu haben. Seine Reaktion fiel trotzig aus. „Worauf Sie sich verlassen können.“ Er bewegte sich Richtung Ausgang. „Trotzdem vielen Dank.“

7

Die Kirche der *Golgatha-Gemeinde* in Bergen-Enkheim lag auf einer kleinen Anhöhe und blickte nach Westen über das restliche Frankfurt. Der Andachtsraum war im Stil einer Hallenkirche gebaut. Am östlichen Ende stand ein bescheidener, mit Blumen geschmückter Altar, hinter dem sich ein übergroßes Holzkreuz erhob. Daneben befand sich ein bis zur Brusthöhe holzverkleidetes Podest, eine Art Kanzel, der Platz für den Prediger. In einigem Abstand waren mehrere lose Stuhlreihen aufgestellt. Der geflieste Zwischenraum blieb üblicherweise frei. Heute jedoch stand in der Mitte ein Tisch, der von einem weißen Tischtuch verdeckt wurde. Darauf lagen auf einem purpurnen Samtkissen zwei schwarze Doktorhüte und zwei Mappen, deren äußere Struktur wie Pergament aussah.

Von der Kanzel hielt Harro Spangenberg gerade einen Vortrag über alle Sünden dieser Welt und rief auf zu einem gottesfürchtigen Leben. Aufgabe jedes Menschen, der dieses Leben erkannt habe, sei das Missionieren, um Sünder auf den richtigen Weg zu bringen. Diese unverzichtbare Aufgabe verschlinge allerdings viel Geld. Der Wirkung seiner Worte schien er sich besonders bewusst zu sein, weil er immer wieder über den roten Saum der schwarzen Samtrobe strich, die er zum passenden Barett trug.

Sein Zuhörerkreis in der ersten Stuhlreihe war klein. Neben den übrigen Vorstandsmitgliedern der Gemeinde, den Brüdern Mario und Johannes Beckstein, Josef Weiss und Peter Felbrich, saßen hier noch zwei weitere Herren. Alle Vorstandsmitglieder trugen wie Spangenberg Samtroben und Barette, die beiden Gäste dagegen dunkle Anzüge, weiße Hemden und Krawatten. Auf den hinteren Plätzen hatten sich zahlreiche Gemeindemitglieder eingefunden, ebenfalls in gehobener Kleidung.

Während Spangenberg sich auf den Tisch vor dem Altar zubewegte, bat er die erste Reihe zu sich nach vorn. Die Vorstandsmitglieder rahmten die beiden Gäste ein und stellten sich vor dem Tisch in eine Reihe auf. Spangenberg nahm die beiden Mappen zur Hand und reckte sich zur vollen Größe auf. Sein Blick war zu Boden gerichtet, als müsse er sich außerordentlich konzentrieren. „Meine Herren! Sie sind heute hier, weil Ihnen eine hohe Ehre zuteil wird. Diese Auszeichnung haben Sie verdient. Sie haben beide zu wichtigen kirchenrechtlichen Fragen eine beachtliche, ich möchte sagen wegweisende Ausarbeitung vorgelegt." Er schaute zu dem älteren der zwei Männer auf. „Deshalb verleihen wir Ihnen, Herr Grundstein, heute den Titel eines Professors *of divinity*."

Spangenberg öffnete eine der Mappen, überreichte Grundstein daraus eine Urkunde und setzte ihm einen der Doktorhüte auf. Grundstein nickte ehrfürchtig dankend. Die Vorstandsmitglieder applaudierten. Peter Felbrich machte unter großem akrobatischen Aufwand einige Fotos.

Anschließend vollzog sich die gleiche Zeremonie noch einmal. Der zweite Mann, ein Herr Pistorius, wurde zum Doktor *of divinity* gekürt. Auch er war überwältigt von der eigenen Bedeutung und deshalb außerstande, mehr als ein gerührtes Antlitz zu präsentieren.

Nun war Grundstein mit seiner Dankesrede an der Reihe. Angesichts der hohen Ehre, die man ihm erweise, sei es selbstverständlich, eine bescheidene Spende zu leisten. Die von der Gemeinde erbrachten Leistungen wären nicht hoch genug einzuschätzen.

Als auch Pistorius erleichtert und daher langatmig zum Dank ansetzte, nahmen die Nebengeräusche im Zuhörersaal deutlich zu. Taschentücher wurden benutzt, Handtaschen durchsucht und schließlich auch flüsternd einige Gespräche geführt.

Spangenbergs Ehefrau Isolde, eine resolute stämmige Blondine, schien ebenfalls entschieden zu haben, sich mit ihrer Nachbarin ein wenig über den feierlichen Ablauf der Veranstaltung auszutauschen. Sie zupfte leicht am Ärmel ihres Lodenkostüms und beugte sich zu ihr hinüber. „Ist das nicht alles wunderbar feierlich? Ich liebe solche Veranstaltungen. Sie nicht auch?" Sie hielt einen Augenblick inne. „Schade nur, dass man sich dabei nicht ungezwungen unterhalten kann. So, wie vorige Woche auf unserem Kaffeeplausch bei Ihnen." Isolde Spangenberg schob sich noch ein Stückchen näher an ihre Gesprächspartnerin heran. „Ich hätte nie gedacht, dass es hinter dem *Frankfurter Haus* in Neu-Isenburg derart gemütliche Wohnungen gibt. Immerhin gehört die Umgebung dieser jahrhundertealten Gaststätte doch ebenfalls zur Altstadt, oder?"

Die Nachbarin mit den großen, sprechenden Augen und einem schicken, dunkelbraunen Pagenschnitt tuschelte in beherrschter Lautstärke zurück. Konzentriert achtete sie darauf, ihre Lippen nur minimal zu bewegen. „Da hat sich auf dem Immobilienmarkt in den letzten Jahren einiges getan. Jedenfalls freut es mich, dass es Ihnen und den anderen Ehefrauen der Vorstandsmitglieder so gut gefallen hat. Kommen Sie jederzeit wieder. Ich freue mich."

„Sie haben die Wohnung neu, Frau Maier?"

„Noch nicht sehr lange. Meine vorige Wohnung an der *Mainkur* in Fechenheim wurde mir wegen Eigenbedarfs gekündigt." Gundula Maier hüstelte in ihr Taschentuch. „Was reden die zwei Gäste da vorn eigentlich von Spenden? Wofür spenden sie denn?"

Frau Spangenberg zögerte eine Weile mit der Antwort. „Das ist alles bestens geregelt. Unsere Kirche darf diese Titel vergeben. Sie hat dafür eine staatliche Genehmigung. Soweit unsere Vorstandsmitglieder akademische Abschlüsse haben, betreuen sie die Arbeiten der Interessenten. Eigentlich müssten wir uns das bezahlen lassen. Mit Gebühren oder so etwas. Doch wir wollen für kirchliche Dienste keine direkten Gegenleistungen. Deshalb rufen wir zu Spenden auf."

„Kann man denn sicher gehen, dass sich die Summen nicht im Trinkgeldbereich bewegen, wenn erst einmal die Titel verliehen sind?"

„Die meisten Aspiranten fragen nach einer angemessenen Summe. Wenn sie dies nicht tun, nennen wir auch schon mal unaufgefordert einen Rahmen."

Gundula Maier senkte verständnisvoll die Augenlider. „Natürlich! Schließlich hat die Kirche bei ihren verdienstvollen Tätigkeiten wohl erhebliche Ausgaben zu tragen."

Ein dankbares Nicken von Isolde bestätigte Frau Maiers Annahme. „Sie sagen es. Was machen wir nicht alles unentgeltlich. Und bei diesen Interessenten handelt es sich durchweg um wohlhabende Leute. Wer sonst ginge mit einem solchen Anliegen auf unsere Internetseite?"

Gundulas Lächeln hatte Verlegenheitscharakter. „Ich habe gar keine Vorstellung. Was kostet denn so ein Titel?"

„Sie müssen dabei bedenken, dass diese Menschen anschließend viel Geld damit verdienen. Ist jemand erst einmal Professor oder Doktor und darf sich damit schmücken, gewinnt er doch zweifelsohne einen viel größeren Kreis an Geschäftspartnern. Dadurch holt er die Spende in kürzester Zeit wieder rein." Sie ruckte leicht mit dem Kopf, als wollte sie ihre eigene Aussage bestätigen. „Wir erwarten von einem Professor eine Spende von 40.000 Euro." Sie kicherte. „Der Doktor kommt natürlich günstiger davon, weil er ein geringeres Ansehen in der Öffentlichkeit hat. Er muss nur die Hälfte aufbringen."

Wieder ließ Frau Maier eine Pause eintreten, bevor sie weiter fragte. „Sie sprachen gerade davon, dass diese Leute sich mit dem Titel schmücken können. Dürfen sie den tatsächlich auch offiziell führen?"

„Warum denn nicht? Wir sind eine kirchliche Institution mit allen Rechten aus der Verfassung. Das geht schon in Ordnung. Der Staat akzeptiert das gern, weil wir uns damit selbst finanzieren, ohne öffentliche Hilfe zu benötigen." Sie musterte Gundula Maier intensiv von der Seite. „Schade, dass Sie nicht verheiratet sind. Als neues Mitglied der Gemeinde hätten wir Ihrem Mann bei Interesse ein Sonderangebot machen können." Sie machte eine kleine Pause. „Aber Sie sagten ja, dass Ihr Mann sich einer anderen Frau zugewandt hat und kein Kontakt mehr besteht." Sanft streichelte sie über Gundulas Hand. „Sie Arme! Wir werden Sie in unserer Kirche auffangen und Ihnen ein neues Zuhause geben." Sie hob andeutungsweise den Zeigefinger. „Ihrem Mann wird das kein Glück bringen. Jede Sünde findet ihre Strafe."

Gundula Maier gab sich überzeugt. „Das ist sicher richtig. Aber manchmal sind die Wege des Herrn auch unergründlich. Wenn ich an diesen armen Jungen denke, den sie neulich tot unter der Brücke am Main gefunden haben. Warum er wohl sterben musste? Können Sie sich einen Reim darauf machen?"

Isolde Spangenberg rutschte unbehaglich auf ihrem Stuhl herum. Sie sah eine Weile zu Pistorius hin, der noch immer ununterbrochen redete. Ein Anflug von Misstrauen überzog ihr Gesicht. Sie warf die Augen zu dem schwülstigen Kronleuchter an der Decke und schien dort Rat zu suchen. Ein Ruck ging durch ihren Körper und machte deutlich, dass sie sich zur Weiterführung des Gesprächs entschlossen hatte. Sie sprach langsam, so als legte sie jedes Wort auf die Goldwaage. „Sie wissen noch zu wenig über die persönlichen Beziehungen unserer Gemeindemitglieder. Da gibt es auf der einen Seite handfeste Animositäten. Andererseits aber auch Sympathien, die zu intensiv gepflegt werden."

Nur einen kurzen Augenblick gab sich Gundula mit der Antwort zufrieden. Dann näherte sich ihr Mund erneut Isoldes

Ohr. „Gab es eine verbotene Liebe? Musste dieser Benedikt deshalb sterben? Das macht mich richtig traurig. Er war so jung und hatte das ganze Leben noch vor sich."

Isoldes angeregte Miene zeigte, dass sie mit einem Mal Gefallen an dem Thema gefunden hatte. „Liebe gab es schon. Aber auf seiner Seite eine enttäuschte. Er hing sehr an seiner Frau Karina. Ein sehr hübsches, lebendiges Frauchen. Aber den Teufel im Leib und die Männer im Kopf. Ben genügte ihr irgendwie nicht. Auf welchem Gebiet auch immer. Jedenfalls wandte sie sich anderen Männern zu. Nicht nur einem. Sie war vergnügungssüchtig. Auf eine krankhafte Weise. Und das ist sie immer noch." Sie drückte ihr Gesicht nahe an Gundulas Wange. „Man munkelt, sie sei nymphoman."

Gundula Maier schüttelte sich ein wenig und zeigte mit spitzem Mund ihr Missfallen. Dann lockerten sich ihre Gesichtszüge wieder. „Wie rätselhaft. Sicher wissen Sie mehr darüber?"

„Sie müssten Karina erleben. Dann wüssten Sie, wovon ich rede. Wie ein zartes Pflänzchen. Aber dahinter stecken ein fester Wille und ganz konkrete Vorstellungen. Sie gibt sich als unschuldiges Mädchen, das beschützt werden muss. Dabei geht sie knallhart ihren Weg." Isolde seufzte. „Das ist aber noch nicht alles. Sie verhext alle Männer. Tragödien haben sich in manchen unserer Familien schon abgespielt, weil sie sich in fast jede Ehe drängt. Sie reizt aus, wen sie haben kann. Und die Männer liegen ihr zu Füßen. Ob sie dadurch an ihr Ziel kommen, weiß ich nicht. Ich habe keine Ahnung, wie weit Karina tatsächlich geht."

„Und ihr armer Mann musste das alles ertragen und ist jetzt auch noch zum Opfer geworden. Wie ungerecht."

Isolde Spangenberg ergriff Gundulas Hand. „Das dürfen Sie nicht sagen. Unser Herr wird wissen, warum er einigen von uns diese Prüfungen auferlegt. Trotzdem kommt mir das ganze Geschehen unheimlich vor. Mit der symbolisierten Kreuzigung."

Eifrig pflichtete ihr Gundula Maier bei. „Ja, und mit den merkwürdigen Goldstreifen im Mund. Was hat es denn damit auf sich?“

Wieder nahmen Isoldes weiche Gesichtszüge den Ausdruck von Misstrauen an. Sie zögerte lange mit der Antwort und dehnte die einzelnen Worte. „Das wüsste ich auch gerne.“

8

Die gepflegte Apfelweingaststätte *Malepartus* in der Bornheimer Landwehr war gut mit öffentlichen Verkehrsmitteln zu erreichen. Dennis Hauschild hatte deshalb von der Zeitungsredaktion aus die U-Bahn genommen. Er hatte nur einmal umsteigen müssen. Damit blieb die Möglichkeit, bei der Anzahl der Schoppen nicht mitzählen zu müssen. Sein Durst war heute einfach groß.

Als er eintrat, stieß er fast gegen einen hochgewachsenen Mann, der eine weiße Jacke und ein weißes Schiffchen auf dem Kopf trug. Im Arm hatte er einen mächtigen hellen Weidenkorb voller Backwaren. Gerade schrie er in das Lokal hinein: „Brezel, Haddekuche …“ Die Gesellschaft am Tisch gegenüber war bereits ordentlich angeheitert. Sie reagierte prompt und laut. „Her damit. Merr hawwe zwar grad erst gesse, awwer des geht noch.“

Hauschild steuerte auf den Tresen zu. Dahinter stand ein blonder junger Mann mit Schnauzer. Als er Hauschild sah, setzte er ein Lächeln auf und kam ihm entgegen. Er grüßte freundlich. Sie unterhielten sich eine Weile über den letzten Thailand-Aufenthalt des Wirts. Hauschild hörte nur halb zu, gab sich aber interessiert. Schließlich wies der Wirt auf einen kleinen Tisch am Ende des Lokals. „Der ist für dich reserviert. Da werdet ihr ungestört miteinander reden können.“ Er machte eine Pause. „Darf es schon was zu trinken sein?“

Hauschild nickte. „Bring uns einen Sechser. Oder lieber einen Achter. Der wird auch leer. Und eine große Flasche Wasser. Ich habe Durst und bin in Stimmung. Immerhin wird es eine Wiedersehensfeier. Die Speisekarte kannst du mir auch schon geben. Dann kann ich schon mal durchblättern, was ich nehme.“

Er ließ den Wirt stehen und ging zum angewiesenen Tisch. Kurz darauf brachte der Wirt den blau-grauen Bembel, einen Krug aus Steingut, zwei gerippte Gläser und die Karte. Hauschild goss ein Glas voll und vertiefte sich in die Speisekarte. Er hatte Hunger und spürte seinen Magen rumoren. Gerade kam aus der Küche der verlockende Geruch von gerösteten Zwiebeln und gegrilltem Fleisch. Hauschild hoffte inständig, dass seine Verabredung nicht mehr allzu lange auf sich warten lassen würde. Die gut gemeinten Aufforderungen vom Nachbartisch, er müsse doch nicht allein herumsitzen und könne sich zu ihnen setzen, wehrte er mit kurzer Begründung ab.

Dann betrat Lucius Tillich das Lokal. Ein kurzer, suchender Blick, und er hatte Hauschilds Winken bemerkt. Die beiden Männer begrüßten sich durch herzliches Schulterklopfen. Niemand hätte vermutet, dass ihr letztes Treffen Jahre zurücklag.

Tillich musterte Hauschild, während seine gefalteten Hände an seinem Körper herunterhingen. „Du hast dich kaum verändert. Nur ein paar kleine Falten. Aber sonst immer noch der verkappte Rocker."

Hauschild nahm die Charakterisierung mit einem Schmunzeln auf. „Und du stehst jetzt wie unser Geschichtsprofessor da, wie der kauzige Grisson. Erinnerst du dich? Der Typ, der uns die alten Römer näher brachte. Einmal hielt er seine Genitalien in den gefalteten Händen. Selbstverständlich über der Anzugshose. Und dabei erzählte er gerade, Cäsar habe Rom fest im Griff gehabt."

Tillich nickte. „Was haben wir gelacht. Und Grisson hat nichts gemerkt." Er stockte. „Sicher ist er längst gestorben. Er war damals schon nahe am Pensionsalter."

Die beiden Männer lachten laut auf. Sie wechselten noch eine Reihe von Erinnerungen, aßen währenddessen und tranken ziemlich hastig einige Schoppen Apfelwein. Das einmütig und vordergründig als ein wenig zu fett bezeichnete Essen wurde durch den Genuss von zwei Mispelchen, in Calvados eingelegte apfelähnliche Früchtchen, verträglicher gestaltet. Tillichs Gesicht war schon gerötet. Hauschild merkte man den Alkoholgenuss nur dadurch an, dass er seine Jacke auszog, auf die Stuhllehne hängte und seine tätowierten Arme präsentierte. Tillich lächelte. „So hat jeder seine Hobbys. Du lässt dir Kunst auf die Arme ritzen. Ich hingegen bin selbst schöpferisch."

„Hast du noch immer den Spleen mit deinen komischen Figuren mit Köpfen aus Knochen und anderen Leichenteilen?"

Auf Tillichs Stirn perlten kleine Schweißtropfen. „Quatsch. Das ist Kunst! Begreif das. Du bist immer noch auf dem niveaulosen Stand von früher. Inzwischen habe ich einen ganzen Garten voll davon. Das ist mein „Garten der Vergänglichkeit". Einige von den Figuren habe ich schon verkauft."

Hauschild zog einen imaginären Hut. „Alle Achtung." Er zögerte. Mühsam verbarg er eine zu große Neugier. „Ist das der Grund, warum sie dich aus der Kirche rausgeworfen haben? Du hast am Telefon so etwas gesagt, als ich dich um ein paar Infos über diesen Verein gebeten habe."

Tillich dachte nach. „Nein. Das wohl nicht. Ich war ihnen eher zu sprunghaft, zu unangepasst. Halt ein Quertreiber, der besser Einzelgänger bleibt." Er grinste. „Vielleicht war ihnen auch mein Lebenswandel gelegentlich zu weltlich. Obwohl sie gerne mein Geld gehabt hätten. Egal, man hat mich hinauskomplimentiert."

Hauschild zweifelte, ob Tillich ihm die wirklichen Gründe für seinen Kirchenrausschmiss genannt hatte. Er spürte, dass Lucius dieses Thema nicht vertiefen wollte. Um ihn als Auskunftsperson nicht ganz zu verlieren, beschloss Hauschild, an dieser Stelle nicht weiter nachzuhaken. „Was ist das denn überhaupt für ein Club? Ich habe dir ja am Telefon schon gesagt, dass ich vielleicht den Toten vom Mainufer zum Anlass für eine größere Reportage nehmen will. Deshalb wäre ich dir für ein paar Insiderinformationen dankbar."

Tillich konzentrierte sich. „Dann fange ich am besten mal mit der Struktur der Gemeinde an. Man wird hineingeboren. Jeder kennt jeden. Kontakte laufen über Nachbargemeinden. Ansonsten gilt der Grundsatz, dass jeder Gläubige ein Missionar ist. Ziel ist die ständige Expansion. Nach sorgfältiger Beobachtung des Umfelds wird Werbung durch Schriftstücke betrieben. In den Unterlagen finden sich Piktogramme. Sie symbolisieren, dass zwischen Mann und Frau einerseits und Gott andererseits die Sünde steht. Oder sie verdeutlichen, in welcher Gestalt sich der Teufel zeigt. Für die Missionierung werden Sektoren zugewiesen. Hilfestellung kommt über weltweite Kontakte zu befreundeten Institutionen, vor allem im Osten der Vereinigten Staaten. Technisch unterstützt wird das Vorhaben über einen extrem starken Funksender, der in der Kirche integriert ist."

„Wie läuft die Finanzierung?"

„Das ist eines der großen Geheimnisse. Für diese Aufgabe gibt es ein eigenes Vorstandsmitglied. Durch eine Spende erfährt das Mitglied die Gnade Gottes. Vieles wird ihm vergeben. Das läuft wohl auf den Zehnten hinaus und hat etwas mit dem mittelalterlichen Ablasshandel zu tun." Er betrachtete seine Fingernägel. „Insgesamt gibt es fünf Vorstandsmitglieder. Jeder hat sein eigenes Aufgabengebiet. Über ihre Berufung wird man sich im Vorhinein einig. Offiziell erfolgt natürlich eine geheime Wahl." Tillich stützte die Ellbogen auf den Tisch und faltete die Hände. „Unter den Vorstandsmitgliedern gibt es keinen Oberhirten wie in der katholischen Kirche. Tatsächlich ist jedoch Harro Spangenberg der starke Mann. Er hat den Überblick über die Finanzen samt aller Daten. Außerdem hat er ein Vetorecht und kann einzelne Sachen aus den Zuständigkeitsbereichen der übrigen Vorstände an sich ziehen. Die übrigen Vier sind aber auch echte Schlitzohren und nicht zu unterschätzen. Aber zu einem offenen Machtkampf ist es bisher noch nicht gekommen."

Hauschild goss nach und beugte sich näher zu Tillich. „Wie spielt sich denn das Leben der Gemeindemitglieder ab?"

„Das ist eine Art „Rundum-Sorglos-Paket" mit Gruppendruck. Kern ist der Hauskreis, der einmal pro Woche reihum in der Nachbarschaft stattfindet. Durch einen Einstich mit einer Nadel in die Bibel wird die jeweilige Losung gefunden. Außerdem gibt es Kindercafés, eine Jungschar, einen Teeniekreis und ein Orchester. Unmengen von Schriften zirkulieren. Man verfügt über Bibeltexte für alle Altersstufen und hat überall in den Wohnungen Bibelsprüche an der Wand hängen. Alles ist von einer urkonservativen Grundhaltung geprägt. Selbst die Kleidung. Er setzte ein verlegenes Lächeln auf. „Wärme, Geborgenheit und Menschlichkeit werden vermittelt. Das ist eine Art Seelenfängerei."

„Du hast vorhin etwas von Sünde gesagt. Das interessiert mich besonders. Was sind denn die größten Sünden oder Fehler? Wer entscheidet darüber, was richtig und falsch ist? Und wie sehen die Strafen aus?"

„Die größte Sünde ist der Abfall von der Gemeinde. Über Fehlverhalten wird in der Gemeinschaft entschieden. Auf die Verfehlungen wird in Predigten und Gemeindeversammlungen hingewiesen. Die Stigmatisierung des Sünders erfolgt gleichzeitig durch Blickkontakte. Dann wird er auf den letzten hinteren Sitzplatz verbannt. Von den Gemeinschaftsabenden in den Keimzellen und der Teilnahme an allen anderen Treffen wird er ausgeschlossen. Die Gruppe wendet sich insgesamt ab. Nach außen wird allerdings geschwiegen. Wie bei den Geheimbünden ist Verschwiegenheit eine der obersten Pflichten."

„Und was ist bei kriminellem Unrecht?"

„Erst einmal würde sich ein dafür zuständiger Vorstand als eine Art Untersuchungsrichter darum kümmern. Er hat an

Schulungen in einer sogenannten Glaubensakademie teilgenommen und ist zum Konfliktberater ausgebildet worden. Wenn es nicht mehr anders geht, nimmt man auch staatliche Hilfe in Anspruch."

Aus den Lautsprechern an der Zimmerdecke drang gerade sehr passend der Song *Crying in the chapel* von Elvis Presley. Als Kontrastprogramm servierte eine hübsche blonde Kellnerin an einem der Nachbartische die absolute Frankfurter Hausmannskost, zwei Portionen Handkäse mit Musik.

Hauschild registrierte seine Umgebung nur unscharf. Zu sehr war er in die Antworten seines Gesprächspartners vertieft. „Das hört sich wie finsterstes Mittelalter an."

„Ist es auch. Die haben interne Rituale mit weißen Handschuhen, neuen Namen und Totenschädeln als Zepter. Gerüchte, Geheimnisse, Verschwörungstheorien, sogar Träume von der Weltherrschaft im religiösen Sinn. Also die weltumspannende Annahme des eigenen Glaubens."

Hauschild nahm einen tiefen Schluck. „Lass uns bitte noch über den Toten unter der Brücke sprechen. Kanntest du ihn näher?"

Tillich legte seinen Kopf zur Seite und überlegte. Eine fast unmerkliche Unsicherheit stand in seinen Augen, bevor er antwortete. „Ja, sicher! Ben war der Sohn eines der Vorstandsmitglieder, Josef Weiss. Ein stiller, bescheidener Junge mit einem Allerweltsgesicht. Und einer gesegneten Einfalt. Nur seine Frau …" Er wiegte leicht den Kopf und lächelte hintergründig. „Wie er an die gekommen ist, weiß ich nicht. Die passten so gar nicht zusammen. Sie ist nämlich eine lebenslustige, allem aufgeschlossene und hübsche kleine Wilde."

„Das hört sich schwärmerisch an. Was heißt das genau?"

„Na ja, sie nimmt es mit der Moral nicht so genau. Das, worauf wir Männer fliegen. Ben übersah das, weil er ungeheuer stolz auf seine Eroberung war. Bis eben zum unumstößlichen

Beweis des Gegenteils. Warum sie ihn geheiratet hat, blieb allen ein Rätsel. Als sie auch noch Gemeindemitglied wurde, musste es schiefgehen."

„Hat er sie irgendwann beim Fremdgehen erwischt?"

„Ja. Aber das hat nichts mit unserem heutigen Thema über die Gemeinde zu tun. Oder jedenfalls nur mittelbar. Es würde uns zu weit führen."

Nachdenklich musterte Hauschild sein Gegenüber aus den Augenwinkeln. Was war das wieder für eine kryptische Bemerkung? Durfte er dieses Thema nicht weiter strapazieren? Er entschloss sich, zu gegebener Zeit darauf zurückzukommen. Den mittelbaren Zusammenhang wollte er schon noch wissen. „Lass uns mal genauer auf den Karfreitag eingehen. Hast du einen Verdacht, wer den gehörnten Benedikt umgebracht haben könnte?"

Die Antwort kam wie aus der Pistole geschossen. Fast zu schnell. „Nein."

Hauschild rieb sich die Hände. „So schnell gebe ich nicht auf." Er rief sich die geheimnisvolle E-Mail in Erinnerung, die ihn in der Redaktion erreicht hatte. Hältst du es für möglich, dass Mario Beckstein oder Peter Felbrich der Täter gewesen sein könnten?"

Tillich straffte seinen kräftigen Oberkörper. Sein Gesicht drückte Erstaunen aus. „Woher kennst du diese Namen?"

Hauschilds Lächeln hatte etwas Lauerndes. „Sagen wir, dass sie mir ein Vögelchen gezwitschert hat. In meinem Beruf hat man so seine Quellen."

„Wir kommen wieder zu unserem Thema von vorhin. Karina. Dann muss ich wohl doch ein bisschen aus dem Nähkästchen plaudern. Beide Typen, die du eben nanntest, sind nicht nur Vorstandsmitglieder der Gemeinde. Mario Beckstein und Peter Felbrich sind außerdem große Schürzenjäger. Das beißt sich manchmal mit den kirchlichen Pflichten und der Moral.

Sie hatten meines Wissens beide ein Verhältnis mit Karina. Sie waren schwer verliebt und in ihrer Nähe, so oft sie konnten." Ein verklärter, wehmütiger Zug lag um seine Augen. „Aber deshalb bringt man doch niemand um."

„Warst du auch einer der Glücklichen, die erhört wurden?"

„Der Kavalier genießt und schweigt." Tillich trank sein Glas leer. Seine Hand beschrieb einen Halbkreis. „Ach, was solls? Schön, ich hatte was mit ihr. Dieser schlichte Benedikt ist uns auf die Spur gekommen und hat es seinem Vater gesteckt. Das war wohl der eigentliche Grund, warum sie mich aus der Kirche rauswarfen. Der restliche Vorstand hat mehrfach betont, wie leid es ihnen tue. Aber sie könnten nicht anders, um sich nicht selbst untreu zu werden. Nach einer Phase der Läuterung, so nannten sie es, wollten sie mich wieder aufnehmen."

„Würdest du das überhaupt wollen?"

Tillich tat sich mit der Antwort schwer. Mehrmals setzte er an. „Ich weiß nicht. Manchmal lache ich mich über den ganzen Mummenschanz tot. Andererseits meine ich, dazuzugehören. Dann packt mich die Verzweiflung. Sie erwarten von mir eine größere Spende als Zeichen der Reue." Er sah auf seine Armbanduhr. „Das würde mir nicht schwerfallen. Immerhin habe ich Immobilienbesitz."

„Bist du in Eile? Oder darf ich dir eine weitere Frage stellen?"

Tillich winkte ab. „Ich habe noch etwas Zeit."

„Du hast doch während unseres Studiums deinen Schwerpunkt auf alte Historie und Mittelalter gelegt. Hast du eine Vorstellung, was es mit der symbolisierten Kreuzigung und den Goldfäden im Mund des toten Benedikt auf sich haben könnte?"

Tillich kratzte sich am Haaransatz. Es war spürbar, dass ihm die Antwort Schwierigkeiten bereitete. „Gold spielte in der Historie immer eine wichtige Rolle. Denke an die Inkas und die Spanier oder die Schürfer in Alaska."

Die Stimme Hauschilds brauste etwas auf. „Das hilft uns hier doch nicht weiter. Wie ist das denn bei unserem Toten? Fällt dir gar nichts ein, was mir weiterhelfen könnte?"

Ein gequälter Blick traf Hauschild. „Da muss es einen Bezug geben. Aber das ist wohl ein Geheimnis. Ich weiß es nicht." Tillich dachte länger nach. „Wenn mir etwas einfallen sollte, melde ich mich bei dir." Plötzlich wirkte Tillich verloren. „Weißt du, wenn ich jetzt irgendeine Vermutung loslasse, geschieht vielleicht etwas Schlimmes."

Hauschild sah ihn völlig irritiert an. „Das verstehe ich nicht. Hast du nun eine Ahnung oder nicht?"

Tillich langte nach seiner Brieftasche, legte ein paar Scheine auf den Tisch und erhob sich. „Du musst von selbst darauf kommen. Als kleine Hilfe gebe ich dir an die Hand, dich in Speyer umzusehen."

Als Tillich gegangen war, rief ein völlig ratloser Dennis Hauschild den Wirt. „Bring mir bitte noch ein Mispelchen."

9

Auf Frankfurts traditioneller Erlebnismeile in Sachsenhausen lief ein üblicher Donnerstag ab. Von 19.00 Uhr an waren die Straßen überflutet von Menschen. Für die vielen Büroangestellten war es der beliebteste Ausgehtag, da das erholsame Wochenende fast vor der Tür stand. Aus allen Kneipen drang der intensive Geruch von Apfelwein. Anders als im normalen Straßenverkehr richteten sich die Autos hier mehr nach dem unkontrollierten Umherschweifen der Fußgänger. Um den *Affentorplatz* herum hatte sich jeder Verkehrsteilnehmer der Vergnügungslust der Besucher unterzuordnen.

Vor dem *Lobster* in der Wallstraße hatten schon sehr früh ein paar dürstende Seelen die Stehtische in Besitz genommen. Offensichtlich tranken sie nicht ihre ersten Gläser Wein aus dem reichhaltigen Repertoire des Lokals. Die Unterhaltungen waren laut und tischübergreifend. Die Atmosphäre blieb jedoch friedlich, wie das hier meistens der Fall war.

In der Gaststätte selbst standen auf allen Tischen Schilder mit der Aufschrift *Reserviert.* Teilweise hatten Besucher schon ihre Plätze eingenommen. Der blondgelockte Wirt hinterm Tresen hatte bereits alle Hände voll zu tun, die diversen Weinbestellungen abzuarbeiten. Gleichzeitig hörte man aus der Durchreiche zur Küche schon das Klappern von herumgeschobenen Pfannen und das Brutzeln beim Anbraten der Speisen. Erste verlockende Gerüche drängten sich durch die Ritze der Schiebetür in den Gastraum.

Gerade betraten Mario Beckstein und Peter Felbrich das Lokal. Mit ihrer herzlichen Begrüßung des Wirts wurde deutlich, dass sie die Gaststätte nicht zum ersten Mal aufsuchten. Nach ein paar unverbindlichen Äußerungen über das Wetter und ein paar appetitanregenden Bemerkungen zur heutigen Speisekarte wies der Wirt sie in den Nebenraum. „Da vorne habe ich euch die beste Ecke reserviert. Für besondere Gäste tue ich alles. Wenn ihr Fisch essen wollt, müsst ihr meinen neuen Rheingauer Riesling vom *Kloster Eberbach* dazu probieren. Einfach göttlich. Diese Beschreibung passt doch zu Euch, oder?"

Beim Betreten des kleinen Gastraums zeigte Beckstein auf das Gemälde über der Eingangstür, das einen Ausschnitt des gut besuchten Lokals wiedergab. „Der da oben mit dem Rücken zum Betrachter steht, ist der Maler. Eine Art Selbstporträt. Er war Autodidakt und in seinem Hauptberuf Richter."

Felbrich nickte anerkennend. An einem der beiden kleinen Tische am Fenster zur Straße hin nahmen sie Platz. Der Wirt huschte mit einer Weinflasche und der Speisekarte herbei und gab ein paar Empfehlungen. Währenddessen schenkte er zwei Weingläser voll. „Das ist der Eberbacher. Geht aufs Haus. Einfach mal probieren."

Beckstein bestellte Seeteufel in Safransoße. Felbrich entschied sich für die empfohlene Fischvariation aus Lachs, Scholle und Heilbutt. Als der Wirt gegangen war, ergriff er das Wort. „Wir müssen ja Fisch nehmen. Immerhin ist der Fisch das Erkennungszeichen unserer Gemeinde. Lass uns darauf anstoßen."

Mit erhobenem Glas lächelte Beckstein ihn hintergründig an. „Und auf unser weiteres gemeinsames Hobby. Die Frauen!"

Felbrich nahm einen Schluck, setzte das Glas ab und verzog das Gesicht. „Mein säuerlicher Gesichtsausdruck gilt nicht dem Wein. Der ist okay. Aber ob wir in unserer Funktion wirklich offen unser Glas auf alle schönen Frauen erheben sollten, halte ich für fragwürdig."

„Wer redet von allen? Nur dieser südamerikanische Schriftsteller Jorge Amado, den Indy immer zitiert, hat mal gemeint, man sollte es mit allen Frauen treiben. Wir kochen eben auf kleinem Feuer."

Felbrich legte die Hände ineinander und beugte sich zu Beckstein. Er dämpfte die Stimme. „Weißt du, wer mich mal reizen würde? Die Tochter von Lucius Tillich. Diese Silvana."

Mit erhobenem Daumen drückte Mario seine Anerkennung aus. „Das kann ich verstehen." Er fuhr sich mit dem Finger über seinen Oberlippenbart. „Ich würde mich auch nicht verweigern, wenn die Gelegenheit auf mich zukäme. Aber ich fürchte, da werden wir keine Chance haben."

„Warum nicht? Hast du es schon probiert und bist hinten runtergefallen?"

Beckstein schickte einen vielsagenden Blick zur Decke, bevor er antwortete. „So weit ist es nicht gekommen. Silvana hat noch Träume. Sie will erobert werden. Das ist sehr zeitaufwändig. Vor allem, wenn man verheiratet ist. Außer es ergibt sich die Gelegenheit, sie zu adoptieren." Er setzte eine wichtige Miene auf. „Natürlich weiß ich ein bisschen mehr." Er forderte Felbrich mit dem Zeigefinger auf, näher an ihn heranzurücken. Dann begann er zu flüstern. „Als Silvana noch in der Pubertät war, lief sie von zu Hause weg. Mein Bruder Johannes hat sie bei sich aufgenommen. Die Einzelheiten erspare ich dir, weil das zu weit führen würde. Irgendwann hat sie Johannes anvertraut, dass ihr Vater ihr ständig nachstellte und zu nahe getreten sei. Das dürfte ihre Meinung über Männer nachhaltig geprägt haben."

„Warum ist sie dann später zu Tillich gezogen?"

„Die Frau meines Bruders kam nicht mit Silvana zurecht. Vielleicht war sie eifersüchtig. Silvana wurde von Tag zu Tag hübscher." Er rümpfte die Nase. „Und die Frau meines Bruders ist zwar lieb, aber nicht gerade eine Schönheit. Ich glaube, man nennt das Stutenbissigkeit. Jedenfalls löste mein Bruder die Lage, indem er sich mit Tillich einig wurde."

Der Wirt kam an den Tisch und fragte, ob der Wein schmecke. Felbrich bejahte und bestellte eine Flasche. Als der Wirt abgezogen war, legte Felbrich die Stirn in Falten. „Dieser Tillich ist ein merkwürdiger Vogel. Erst spielt er den Frommen in unserer Gemeinde. Dann tritt er aus, vielleicht nicht ganz freiwillig, und auf einmal will er wieder eintreten." Er schüttelte den Kopf. „Aber ein bisschen scharf kommt er mir auch vor. Glaubst du, dass er was mit Silvana hat? Immerhin ist er nicht ihr leiblicher Vater. Seine Frau ist zwar immer sehr nett zu Silvana. Ob das ehrlich gemeint ist, lässt sie aber nicht erkennen."

Eine hübsche Kellnerin, die nach einer Studentin aussah, brachte den Wein und goss ein. Beckstein hielt mit seiner Antwort zurück, bis sie sich zurückgezogen hatte. Er fuhr sich mit beiden Händen durch seine krausen schwarzen Locken. „Das kann ich dir beim besten Willen nicht sagen. Ich glaube aber schon. Silvana ist wild auf eine künstlerische Karriere. Sie hält sich für eine begnadete Schlagersängerin und schreibt selbst ihre Songs. Ob sie gut ist, kann ich nicht beurteilen. Ich weiß jedoch, dass Lucius über sehr gute Kontakte in die Kunstszene verfügt. Erstens hat er das studiert, zweitens arbeitet er selbst bildnerisch. Du kennst ja seinen merkwürdigen „Garten der Vergänglichkeit". Jedenfalls verkauft er ganz gut, besucht Messen und pflegt überall seine Beziehungen. Manchmal nimmt er Silvana mit. Er hat ihr auch schon ein paar Castings besorgt. So etwas wie Probeauftritte. Ergebnisse kenne ich nicht." Sein Lächeln fiel schmierig aus. „Bei solchen Reisen kann man sich natürlich näherkommen. Da kann sich die eine oder andere Übernachtung ergeben. Und, wenn es Fortschritte gibt, will so eine junge Frau sicher nicht undankbar sein. Kapierst du?"

Hinter der Durchreiche klingelte es. Dann öffnete sich die Schiebetür. Der Wirt eilte herbei, nahm die beiden Teller entgegen und servierte Beckstein und Felbrich den Fisch. Felbrich kostete zuerst seine Fischvariation, bevor er sich wieder an Beckstein wandte. „Silvana ist eben Karinas beste Freundin. Vielleicht hat das abgefärbt. Karina sieht es nicht so eng mit der Partnerwahl." Er pickte wieder ein Stück Fisch auf die Gabel und fixierte Beckstein. „Schmeckt sehr gut. Apropos Karina. Hast du noch was mit ihr?"

Mit vollem Mund antwortete Beckstein. „So fragt man Bauern aus."

„Wir sind doch Freunde, oder nicht?"

„Klar. Aber ich gehe nicht mehr gern an dieses Thema heran. Ich habe Angst, dass Karina meiner Frau etwas steckt. Bei unserem letzten Zusammensein hat sie ein paar Andeutungen in diese Richtung gemacht." Er trank einen Schluck. „Sie hat immer die Trauringe in den Pupillen. Jetzt, wo ihr Mann tot ist, sucht sie wieder einen neuen Ehehafen. Außerdem pokert sie mit ihrem Wissen über die Finanzen in der Gemeinde. Und über das Gold. Du verstehst?"

„Logisch. Auf der anderen Seite ist dieses Verhältnis mit ihr so ungeheuer bequem. Sie ist illusionslos, fackelt nicht lange, ist immer schnell dabei, wenn es um Sex geht. Keine Restaurantbesuche vorab, keine Vorreden, keine Liebesschwüre oder auch nur großes Getue und anstrengende Pflichten als Eroberer. Man trifft sich, sie hat Verständnis, dass wir Männer unseren Trieb ausleben müssen. Und sie zieht sich aus. Das ist alles."

„Sie will nur anschließend in den Arm genommen werden." Er lachte. „Das kann man ja machen. Mann erfüllt kurz den typisch weiblichen Traum vom ewigen Händchenhalten. Dann zieht Mann sich an und geht nach Hause."

Felbrich zeigte Zweifel. „Das ist bei ihr nicht einmal nötig. Sie ist eine Frau, wie ich sie in Afrika beim Missionieren kennengelernt habe. Diese Frauen erkennen einfach vorbehaltlos die körperliche Notwendigkeit des Beischlafs bei uns Männern an. Und verhalten sich entsprechend."

Beckstein widersprach. „Ein bisschen Gefühl muss am Schluss schon gezeigt werden."

„Quatsch. Zeitvergeudung. Es geht auch ohne. In Afrika zerbrechen die Frauen auch nicht daran, wenn man sie danach sofort sich selbst überlässt. Das ist Realität, Normalität, Teil des Lebens."

„Du drückst das so hart aus. Grundsätzlich bin ich deiner Meinung. Die Verpflichtung, ein gottesfürchtiges Leben zu führen, obliegt in erster Linie den Frauen. Sie sind das moralische Rückgrat der Familie. Wenn wir fremdgehen, fällt das nicht einmal auf."

Felbrich war mit Essen fertig und legte gerade das Besteck auf den Teller. „Das sehe ich noch viel schärfer als du. Auf meinen vielen Reisen habe ich manches direkte Angebot bekommen. Hätte ich es ausschlagen sollen? „Er machte eine wegwerfende Handbewegung. „Das wäre fast einer Beleidigung gleichgekommen." Belehrend hob er den Finger. „Denkst du dir aber denselben Fall bei einer Frau, ist es eine Frage der Würde, nein zu sagen. Zumal bei ihr ganz andere biologische Voraussetzungen gelten. Ihr Nein ist der Mittelpunkt der Kultur unseres Abendlandes." Felbrich nickte mit Inbrunst. „Das alles ist richtiges Weltverständnis. Damit ist es auch Teil des richtigen Glaubens. Deshalb eben sind zwei Menschen wie wir im Vorstand der Gemeinde. Und das zu Recht."

Ein Anflug von Traurigkeit lag über Becksteins Gesicht. „Manchmal beneide ich unseren Vorsitzenden. Harro scheint diese Probleme gar nicht zu kennen. Er kommt mir immer wie ein Urbild der Tugend vor."

„Sei dir da nicht so sicher. Er trägt eben seine Maske. Sein Markenzeichen ist es, undurchsichtig zu erscheinen. Das macht er richtig gut. Was bleibt ihm nach außen auch übrig? Seine Frau Isolde lässt ihm wenig Spielraum. Doch wie es in seinem Inneren aussieht, verrät er nicht, nicht einmal uns." Er ballte die

Faust. „Du bist zu selbstkritisch. Warum sollen wir Männer uns für unseren Trieb entschuldigen, den uns schließlich der Schöpfer in die Wiege gelegt hat? Wir tragen keine Schuld daran."

Beckstein bremste Felbrichs Redefluss mit der erhobenen Hand. „Ist schon gut. Irgendwie drückt es mir auf die Stimmung, dass ich Karina heute nicht aus dem Kopf bekomme. Und ihre Drohungen bei unserem letzten Treffen." Er sank leicht in sich zusammen. „Es ist schrecklich. Ich ertappe mich dauernd bei dem Gedanken, dass es am besten wäre, sie wäre nicht mehr da. Manchmal meine ich, dass in jedem von uns ein Mörder stecken kann und habe sogar noch Verständnis dafür."

Felbrich gab sich betont gleichgültig. „Klar! Ich auch. Denk an das Militär, die Kriege, gewaltsame Auseinandersetzungen. Hinterher sind alle hoffähig, die gewonnen haben. Sie werden vom Rest der Welt an einen runden Tisch geladen. Es wird aufgetragen und getafelt. Der gewaltsame Kämpfer wird Präsident und entscheidet plötzlich mit über Moral, Recht und Unrecht. Und alle seine Verbrechen der Vergangenheit bleiben ungesühnt, solange er nur Öl, Gas, Diamanten oder sonstige Bodenschätze zu bieten hat." Er winkte ab. „Erzähl mir nichts über das Leben. Meine Reisen haben mich gelehrt, wie es wirklich ist."

Becksteins Haltung drückte Ratlosigkeit aus. „Was soll ich mit deiner Botschaft anfangen? Willst du mir damit sagen, dass ich Karina einfach aus dem Weg räumen soll, um meinen Seelenfrieden wiederzufinden?"

Felbrich warf einen visionären Blick zur Decke und hob sein Glas. „Wenn du es nicht tust, wird es ein Anderer tun." Er prostete Mario Beckstein zu. „Davon bin ich felsenfest überzeugt."

10

Das anstehende Ereignis war selbst für Frankfurter Verhältnisse außergewöhnlich. Zahlreiche Reporter säumten die *Flößerbrücke* auf der Sachsenhäuser Seite des Mains. Fotografen hatten Stative aufgebaut und montierten armlange Teleobjektive. Selbst das regionale Fernsehprogramm, die *Hessenschau*, war mit einem ihrer blau-weißen Übertragungswagen angerückt. Mit ihren Fernsehkameras filmten sie gerade die am Ende der Brücke aufgestellte Statue eines Flößers, den wieder einmal, fast schon traditionell, einige junge Leute in der vergangenen Nacht mit ein paar auffälligen Kleidungsstücken geschmückt hatten.

Unterhalb der Brücke, entlang des Mainufers befanden sich ein paar längliche Holzbaracken. Dort brachten die Frankfurter Rudervereine ihre Boote und Sportgeräte unter. Über einen Steg konnten die Ruderboote zu Wasser gelassen werden. Unterhalb des Stegs verlief eine gemauerte Rampe, die ins Wasser reichte. Die *Freie Christengemeinde Golgatha / Bergen-Enkheim* hatte von den Sportlern die Genehmigung erhalten, diesen Steg für ihre kirchlichen Praktiken zu nutzen, soweit sie nicht mit Terminen der Rudervereine kollidierten.

An diesem Tag war der Steg voll mit Menschen. Sie waren gepflegt gekleidet, bildeten eine Gasse zum Wasser und trugen ernste Mienen zur Schau. Unmittelbar am Mainufer standen die fünf Vorstandsmitglieder der Gemeinde. Ihre schwarzen Anzüge und silbergrauen Krawatten schienen nicht so recht zum strahlend sonnigen Tag zu passen. Doch dem Anlass des Aufzugs kam das sommerliche Wetter entgegen.

Am anderen Ende der Gasse standen wie aus dem Nichts ein Mann und eine Frau, die knöchellange weiße Gewänder trugen.

Im Brustbereich waren die Kleider mit Spitze besetzt. Das Paar ging nun mit gemessenen Schritten das von den Gemeindemitgliedern geschaffene Spalier entlang bis zu den Vorstandsmitgliedern. Als sie dort ankamen, knieten sie sich auf zwei am Rand des Stegs ausgelegte Samtkissen nieder.

Harro Spangenberg hielt eine Predigt. Im Wesentlichen dankte er für die Vergrößerung der Gemeinde um zwei Menschen. Ausführlich betonte er, dass der männliche Täufling seine Reue durch eine nennenswerte Spende verdeutlicht habe und daher ohne Vorbehalte wieder in die Gemeinde aufgenommen werde. Das neue weibliche Mitglied hingegen wolle sein Herz für die Gemeinde in naher Zukunft durch eine notarielle Verpflichtung über einen Immobilienbesitz zugunsten der Kirche unter Beweis stellen. Dann wandte er sich an das Paar und fragte, ob sie für die Aufnahme in die Gemeinde durch die heilige Taufe bereit seien. Als dies bejaht wurde, nahmen die vier übrigen Vorstände je eine Hand der beiden Täuflinge und geleiteten sie durch das Spalier zurück zum Ausgangspunkt. Dort blieben die Beckstein-Brüder sowie Josef Weiss und Peter Felbrich auf dem Steg, während das Taufpaar die darunter liegende Rampe beschritt. Von den vier Vorständen gehalten, schritten die Täuflinge langsam ins Wasser. Als sie festen Stand fanden, ließen sie die Hände los und tauchten für einen kurzen Augenblick ganz unter Wasser. Prustend kamen sie wieder hoch.

Harro Spangenberg, der ihnen gefolgt war, reckte nun segnend die Arme zum Himmel und taufte die zwei neuen Gemeindemitglieder im Namen des Vaters, des Sohnes und des Heiligen Geistes. Am Ende dieser Zeremonie kamen einige eilfertige Gemeindemitglieder mit Frotteebadetüchern und legten sie den fröstelnden Täuflingen um. Anschließend begleiteten sie die zwei in das Bootshaus, wo sie Gelegenheit zum Duschen und Umziehen fanden.

Die Gruppe der Reporter war längst zum Ufer nachgerückt, um sich keinen Moment des Spektakels entgehen zu lassen. Auch das Fernsehteam lauerte noch auf die Wiederkehr der zwei Täuflinge. Einige Minuten später wurde ihre Geduld belohnt. Gundula Maier und der wieder in den Schoß der Kirche aufgenommene Lucius Tillich präsentierten sich als zwei Menschen, die gerade das höchste Glück ihres Lebens erfahren hatten. Nach einem Interview mit Harro Spangenberg löste sich der Reporterpulk in Sekundenschnelle auf. Bis auf ein paar Schaulustige auf der Uferstraße waren die Gemeindemitglieder unter sich. Spangenberg lud in eines der Bootshäuser ein, wo man mit Speisen und Getränken einen würdigen Ausklang der Veranstaltung vorbereitet hatte.

Kurz darauf saßen alle auf langen Bänken an gedeckten Tischen. Lucius Tillich führte inmitten der Vorstandsmitglieder Gespräche mit konspirativ leiser Stimme. Über die Begegnung mit seinem Studienkollegen Dennis Hauschild verlor er kein Wort.

Zur gleichen Zeit hatte sich Isolde Spangenberg mit den übrigen Ehefrauen des Vorstands zu Gundula Maier gesetzt. Diese rubbelte dem neuen Gemeindemitglied durch die Haare und lachte. „Jetzt sind sie schon fast wieder trocken. Wie fühlst du dich?“ Als sie Gundulas irritiertes Gesicht sah, streichelte sie ihr über die Hand. „Wir duzen uns von nun an natürlich. Du gehörst ja jetzt dazu.“

Gundula schien verlegen. „Ich muss mich erst einmal sammeln. Natürlich bin ich sehr glücklich. Aber ich muss mir alles erst bewusst machen.“

Isolde tätschelte ihre Wange. „Wie schön du das gesagt hast. Ja, dies ist ein bedeutungsvoller Tag in deinem Leben.“ Sie hielt inne und setzte eine wichtige Miene auf. „Damit du dich von Anfang an zugehörig fühlst, wollen wir keine Geheimnisse mehr voreinander haben, nicht wahr?“ Sie sah in die Runde und registrierte das gleichförmige Nicken der übrigen Vorstandsfrauen. Dann wandte sie sich wieder an Gundula. „Aber so offen wie wir intern sind, so verschlossen wollen wir nach außen auftreten, wenn es die Interessen unserer Gemeinde gebieten."

Gundulas Gesicht war ein einziges Fragezeichen. „Ich stehe wohl nach der aufregenden Taufe noch ein bisschen neben mir. Aber den Hinweis habe ich nicht verstanden."

Isolde rutschte dicht an sie heran und tuschelte. „Zum Zeichen unseres uneingeschränkten Vertrauens geben wir dir eine ganz neue, interne Information." Sie sog die Luft ein und zog die Augenbrauen hoch. „Du hast doch so großen Anteil an dem Tod von Benedikt Weiss genommen. Wir wissen nun, wer ihn umgebracht hat."

Triumphierend lehnte sie sich zurück. Wieder nickten die anderen Frauen synchron. Gundula sah in die Runde. Sie stotterte. „Woher denn? Wer war es? Und warum?"

Sofort ergriff Isolde wieder das Wort. „Das sind drei Fragen auf einmal." Sie rutschte ein wenig unbehaglich auf ihrem Stuhl hin und her. „Also, es ist wohl eher noch ein Gerücht. Harro, mein Mann, hat es mir erzählt. Er hat sich gestern erstmals seit Benedikts Beerdigung ausführlich mit dessen Vater, Josef Weiss, unterhalten. Josef hat den ganzen Ablauf bis zu Bens Tod rekapituliert. Er erinnert sich jetzt genau, dass Ben am Abend vorher bei Karina war. Josef hat ihn heimlich verfolgt und konnte durch ein geöffnetes Fenster hören, wie sich Karina und Ben heftig stritten. Dabei soll Karina ihn ausgelacht und laut geschrien haben, Ben sei ein Waschlappen, den niemand ernstnehme. Mit richtigen Männern könne er es nicht aufnehmen. An die halte sie sich jetzt. Wenn ihm das nicht passe, und er ihr dumm komme, wäre jeder ihrer Freunde bereit, ihm den Hals umzudrehen. Das sei aber gar nicht nötig, weil sie mit einem Clown wie ihm selbst fertig werde. Wenn er nicht umgehend verschwände, werde sie ihn ein bisschen mit dem Küchenmesser kitzeln und ihm Beine machen. Sowieso sei es für alle Beteiligten das Beste, wenn man einen Jammerlappen wie ihn aus dem Weg räume." Vielsagend schaute Isolde Gundula an. „Braucht man noch mehr Beweise?"

Gundula druckste herum. „Was soll jetzt mit dieser Karina geschehen?"

„Die Strafe wird sich an der Schwere ihres Verbrechens orientieren."

„Das verstehe ich nicht."

Isolde schickte ihrer Erklärung ein hässliches Lachen voran. „Sie wird hinterher nicht mehr so schön aussehen und keinen Sinn mehr für Koketterie haben."

Fragend schaute Gundula in die Runde. Aus den verklärten Augen der übrigen Vorstandsdamen konnte sie nichts Konkretes herauslesen. Sie schienen das heikle Thema gerne ihrer Freundin Isolde zu überlassen.

„Ihr wollt doch wohl Karina nicht nach alttestamentarischem Gebot Auge um Auge opfern!"

Isolde atmete so tief ein, dass ihr Kleid um die Brust herum spannte. „Du musst noch ein bisschen was lernen. Dafür ist heute ein guter Tag. Deshalb habe ich das Thema Karina auch angesprochen." Sie legte eine Kunstpause ein. „Mit der Taufe stehen die Interessen der Gemeinde grundsätzlich über allen privaten Wünschen. Jede von uns hat dies zu respektieren und sich unterzuordnen. Tut sie dies nicht, ist sie ein Feind des Glaubens. Das wiederum ist eine schwere Sünde." Ein kaltes Lächeln begleitete den Vortrag. „Darauf wird die Kirche eine Antwort geben, die der Sünder niemals vergisst. Falls er überhaupt noch zum Vergessen in der Lage ist."

Gundula schwieg eine Weile. Dann ergriff sie doch noch einmal das Wort. „Wenn Karina ihren Mann getötet haben sollte, weshalb hat sie ihn dann symbolisch gekreuzigt und ihm die Goldfäden in den Mund geschoben?"

Isoldes drohender Blick traf sie. „Es ist nicht ratsam, an den Beweisergebnissen unserer Kirche zu zweifeln. Auch zu viele Fragen zu stellen, ist nicht immer hilfreich. Das kann manchmal unangenehme Folgen nach sich ziehen. Man muss nicht alles aufklären und alles wissen“

Wie auf Kommando begannen alle Vorstandsfrauen zu essen. Es wurde kein Wort mehr gesprochen. Gundula fühlte sich plötzlich alleine gelassen und isoliert. Weitere Fragen wagte sie nicht mehr zu stellen.

11

Dennis Hauschild hatte durch seinen Besuch im Oppenheimer Beinhaus dazugelernt. Mit absoluter Offenheit über seinen Beruf hatte er sich telefonisch bis zum Direktor des Frankfurter Dommuseums durchgekämpft, mit Engelszungen auf ihn eingeredet und schließlich für heute einen Termin bekommen. Er hatte das merowingische Mädchengrab angesprochen, das in den Jahren 1992 bis 1994 unter dem Dom entdeckt worden war, die Ausgrabungen der Kaiserpfalz Ludwigs des Frommen, und hatte schließlich sein Interesse an der Geschichte des goldenen Schädels bekundet. Als Begründung hatte er eine Art feuilletonistisches Thema genannt, war also leicht von der Wahrheit abgewichen.

Lange hatte er über den rätselhaften Hinweis auf Speyer nachgedacht, den ihm Lucius am Ende ihres Treffens im *Malepartus* gegeben hatte. Erfolglos hatte er sich stundenlang den Kopf darüber zerbrochen. Schließlich hatte er sich entschieden, seine Nachforschungen im Frankfurter Dom fortzusetzen, um zuerst dem Tipp des Oppenheimer Küsters nachzugehen.

Jetzt stand er vor dem *Haus am Dom*, das neben dem Museum im Kreuzgang zu Ausstellungszwecken sakraler Kostbarkeiten genutzt wurde. Bevor er eintrat, warf er einen ehrfürchtigen Blick auf den mächtigen rostroten Turm des im 14. Jahrhundert auf den Grundmauern der karolingischen Pfalzkapelle errichteten Kaiserdoms.

Im Foyer wartete er verabredungsgemäß auf Anton Deuser, den Direktor des Dommuseums. Als er eben auf seine Armbanduhr schaute und feststellte, dass er um einige Minuten zu früh war, kam ihm tänzelnd aus der Tiefe des Raums ein leger gekleideter, gut gelaunter Mann mittleren Alters entgegen. Seine Haare waren auf Millimeterlänge gekürzt. Durch die randlose Brille schauten lustig zwinkernde Augen. Deuser winkte Hauschild lebhaft zu und sprach ihn mit sonorer Stimme an. „Sie können nur Herr Hauschild sein. Die Beschreibung ihres Aussehens am Telefon lässt keinen Zweifel zu."

Hauschild bestätigte nickend. „Danke, dass Sie sich die Zeit für mein Anliegen genommen haben."

Deuser wies zum Ausgang. „Dann kommen Sie mal mit. Wir gehen gegenüber in den Dom." Er setzte einen fragenden Blick auf. „Sie haben mir erzählt, dass Sie am Domschatz interessiert sind. Dabei haben Sie ausdrücklich einen goldenen Schädel erwähnt. Darf ich erfahren, wie Sie auf diesen Schädel kommen?"

Eine leichte Verlegenheit machte sich bei Hauschild bemerkbar. „Ich wollte am Telefon nicht so lange Ihre Zeit in Anspruch nehmen. Sie erinnern sich, dass ich über meinen Besuch in Oppenheim gesprochen hatte? Ihr dortiger Kollege hat mich darauf hingewiesen, dass der frühere, der echte goldene Schädel von Oppenheim in den Wirren der Französischen Revolution nach Frankfurt gelangt sein soll."

Deuser gab sich unbeteiligt, aber nachdenklich. Sie betraten den Dom durch die schmiedeeiserne Pforte, hielten sich im Kreuzgang links und suchten dort zunächst das Dommuseum auf. Deuser rümpfte die Nase. „Gleichgültig, was Sie in Oppenheim gehört haben mögen, wir haben uns nichts unrechtmäßig angeeignet." Er wies auf die herausragenden Schmuckstücke aus dem Merowingergrab, die in Schaukästen im Eingangsbereich des Dommuseums ihren Platz gefunden hatten. „Sehen Sie nur, welch wertvolle Kunstwerke. Wir müssen uns nicht an fremden Dingen vergreifen."

Hauschild akzeptierte, dass er nicht sofort und ausschließlich nach dem Schädel fragen durfte. Er entschloss sich zu einem Kompliment. „Wunderbar. Einmalig. Und so gut erhalten."

Deuser musterte ihn von der Seite. Ein wissendes Lächeln überflog sein Gesicht. „Natürlich sind Sie nicht deshalb hierhergekommen. Der goldene Schädel spukt in Ihrem Kopf herum. Ich sehe es Ihnen an.“ Er ignorierte Hauschilds abwehrende Geste und fuhr fort. „Haben Sie noch ein klein wenig Geduld. Wir sind in einem Gotteshaus. Hier hat Eile jegliche Bedeutung verloren. Und die Zeit messen wir in Jahrtausenden.“ Deuser sah Hauschild spöttisch an. „Das Objekt Ihrer Begierde, der goldene Schädel, war nie in diesem Museum.“ Er hielt kurz inne. „Ich wollte Ihnen nur unsere Schätze zeigen, wenn Sie schon einmal hier sind. Sie als Kunsthistoriker muss das doch interessieren.“

Den souveränen Auftritt des Direktors empfand Hauschild immer peinlicher für sich. Er fühlte sich durchschaut. Als Schmierenkomödiant. Ganz fest nahm er sich vor, mehr Entspannung zu zeigen und auf das Programm des Direktors einzugehen. Ihm blieb keine andere Wahl, wenn er mit seinen Nachforschungen weiterkommen wollte. „Ich bin Ihnen wirklich dankbar für die Zeit, die Sie sich nehmen. Es ist eine Auszeichnung für mich, dass Sie mir Ihre Schatztruhen öffnen.“

Deuser war nicht anzumerken, ob er von Hauschilds aufrichtiger Reue überzeugt war. „Wir suchen jetzt den Ort auf, wo wir den Schädel aufbewahrt hatten.“ Er zupfte Hauschild leicht am Ärmel, wies ihn wieder aus dem Museum heraus und betrat mit ihm das Hauptschiff des Doms. „Wir müssen uns wieder links halten.“

Unwillkürlich verlangsamte Hauschild seine Schritte. Die Pracht der gotischen Eleganz ließ ihn ein wenig demütig erschauern. Den ehrfürchtigen Blick zum Hauptaltar gerichtet, trottete er hinter Deuser her.

Am Querschiff blieb Deuser stehen und zeigte auf die linke Wand. „Dort ist unser einziges gekröntes Haupt beigesetzt. König Günther. Er ist auf der Durchreise in Frankfurt gestorben.“

Die beiden Männer gingen zur gegenüberliegenden Seite, bis Deuser vor einem eisernen Gittertor stehen blieb. Er öffnete, ließ Hauschild ein und verschloss das Tor wieder. „Dort drüben, die braune Holztür im ersten Chor. Bei dem *Maria-Schlaf-Altar*. Da gehen wir rein. Das ist die alte Sakristei.“

Sie betraten den Raum, der im Vergleich zum Dom moderner eingerichtet war. Ein Garderobenständer mit zwei Messgewändern, Holzstühle, ein kleiner Tisch und auf der rechten Seite ein prachtvoll geschnitzter Barockschrank aus dunkelbraunem Eichenholz füllten den Raum ohne erkennbare Anordnung. Auf dem Tisch lagen ein paar schwarz gebundene Bücher. Deuser beschrieb mit der Hand einen Halbkreis. „Hier halten sich die Priester und Messdiener auf. Der Raum dient ihnen vor allem zum Umkleiden.“ Er zeigte nach rechts auf eine kleine Holztür. „Dort geht es zum Domkapitel. In unserem Archiv finden sich Kirchenbücher, die auf das 17. Jahrhundert zurückgehen. Außerdem einige alte Folianten.“

Wieder verspürte Hauschild eine drängende Ungeduld, die er nur mühsam verbergen konnte. Er suchte nach Worten, die sein wesentliches Anliegen nicht zu sehr verraten sollten. „In kirchlichen Gepflogenheiten kenne ich mich nicht so gut aus. Ich kann mir jedoch kaum vorstellen, dass man hier in der Sakristei wertvolle Gegenstände aufhebt oder sogar ausstellt. Liege ich da falsch?“

Wieder umspielte ein überlegenes Lächeln Deusers Mund. „Sie werden es nicht für möglich halten. Der Schädel war hier drin. Nicht genau hier, aber in dem Raum dort hinten.“ Er zeigte auf die Stirnseite des Raums und forderte Hauschild auf, ihm dorthin zu folgen. Nach wenigen Schritten standen sie vor einer mannshohen, doppelflügeligen Eisentür, die zahlreiche schmiedeeiserne Ornamente aufwies. Deuser lächelte listig. „Diese Tür stellt jeden unerwünschten Besucher, der passieren will, vor ein Rätsel. Sie ist mit sieben Schlössern gesichert."

Hauschild kam aus dem Staunen nicht heraus. Er betrachtete aufmerksam die Ornamentik. „Fast würde ich glauben, dass Sie mich ins Reich der Märchen entführen wollen. Ich sehe nicht ein einziges Schloss."

Auf Deusers Gesicht zeigte sich leichter Stolz. Er zog einen Schlüsselbund hervor und begann, kleinste Teile des Türschmucks zu verschieben. Leicht gaben die Ornamentteile nach und offenbarten tatsächlich sieben Schlösser, die er nun eines nach dem anderen aufschloss. Mit einigem Kraftaufwand öffnete er einen der Türflügel und führte Hauschild in einen kleinen Raum. Dieses Zimmerchen war profan möbliert. Die Ausstattung bestand im Wesentlichen aus einer unscheinbaren, dunkelbraunen Regalwand, die sich von der Stirnseite über die gesamte rechte Wand erstreckte.

Hauschild sah Deuser fragend an. In seiner Stimme schwang Enttäuschung mit. „Das sieht alles sehr schlicht aus. Hinter einer schweren Eisentür mit sieben versteckten Schlössern erwartet man mehr."

Ein spitzbübisches Grinsen zog sich über Deusers gutmütiges Gesicht. „Sie geben zu schnell auf. Hier war der Schädel, für den Sie sich interessieren." Deuser kostete Hauschilds ungläubige Miene eine Weile aus, bevor er endlich fortfuhr. „Wann und wie er hierher kam, wissen wir nicht. Es mag im Jahr 1813 gewesen sein, als Napoleon vom 1. auf den 2. November mit seinen Truppen im *Bolongaropalast* in Höchst übernachtete. Vielleicht auch früher. Die Truppen hatten Jahre zuvor schon Teile des heutigen Rheinland-Pfalz verwüstet. Irgendwann zogen sie weiter, wohl über Speyer und Oppenheim. So genau konnten und wollten wir das nie rekonstruieren. Jedenfalls gelangte der Schädel mit einigen Anhaftungen von goldenem Garn irgendwann in unseren kirchlichen Besitz."

Mit einem Mal war Hauschild hellwach geworden. „Sagten Sie eben Speyer? Was hat denn die ganze Geschichte mit Speyer zu tun?"

Verwundert schüttelte Deuser den Kopf. „Ich habe nur eine historische Möglichkeit aufgezeigt. Weshalb bringt Sie das so sehr aus der Ruhe?"

Hauschild konnte nicht mehr an sich halten. Er pfiff auf den Eindruck, den er damit machte. Sein Sensationsinstinkt war derart geweckt, dass er jegliche Zurückhaltung vergaß. Fast flehentlich wandte er sich an Deuser. „Bitte. Nennen Sie mir die Hintergründe, soweit sie Ihnen bekannt sind. Das finde ich unglaublich aufregend."

Deuser fuhr sich mit der Hand über die Stirn. „Dieses plötzlich so vermehrte Interesse an dem Schädel ist einfach seltsam!"

„Das verstehe ich nicht."

„Bereits vor einigen Monaten waren Leute hier, die danach fragten. Soweit ich weiß, waren sie von einer hiesigen Kirchengemeinde."

Hauschild wurde hellhörig. „Wie sahen sie aus? Können Sie diese Personen beschreiben?"

„Nein. Weshalb sollte ich sie mir gemerkt haben? Übrigens habe ich sie überhaupt nicht gesehen. Am Tag ihres Besuchs war ich unterwegs. Mein Stellvertreter hat sich um die Leute gekümmert."

„Und Sie haben ihn nicht danach gefragt?"

„Warum sollte ich? Glauben Sie, dass ich mir alle Besucher beschreiben lasse, die in meiner Abwesenheit den Dom besuchen?"

„Nein, natürlich nicht." Hauschild spürte, dass er zu aufdringlich wurde und seinen Gesprächspartner damit in die Enge trieb. „Entschuldigung!"

Mit gütiger Geste nahm Deuser die Entschuldigung an. „Sie haben sich nicht zu weit vorgewagt. Nur zu früh."

„Erklären Sie mir das bitte?“

Ein klein wenig schien Deuser auf Wirkung bedacht, als er nun zu Hauschilds völliger Überraschung die meterlange Regalwand auf der rechten Seite des Raums wegschob. Dahinter wurde ein zweitüriger Tresor von immensen Ausmaßen sichtbar. Hauschild staunte. „Was ist denn das? Dieses Monstrum ist ja mindestens zweieinhalb Meter hoch und auf jeden Fall ebenso breit.“

Deuser genoss Hauschilds Aufregung. „Sobald ich mit meiner Schilderung der Ereignisse fertig bin, dürfen Sie richtig neugierig werden.“ Er schmunzelte. „Wie ich Ihnen sagte, besaß die Kirche den Schädel plötzlich. Unsere Vorgänger wollten ihn wohl anständig beisetzen. Damit er keinen Schaden nehmen konnte, wurde er solange hier in diesen Tresor gelegt. Dann geriet der Schädel in Vergessenheit. Das verwundert nicht, weil er in einer Ecke des Tresors untergebracht war, die man kaum einsehen konnte. Wir selbst mussten nach Einrichtung des Dommuseums große Teile des Domschatzes hier aufbewahren, weil wir nicht genug Platz hatten. Der Schädel muss irgendwo hinter all den Kostbarkeiten gelegen haben. Erst im Zusammenhang mit dem Besuch dieser Gemeinde vor ein paar Monaten wurden wir darauf aufmerksam.“ Er zuckte mit den Schultern. „Als wir ihn dann endlich zur letzten Ruhe bringen wollten, war der Schädel verschwunden.“

Hauschild schaute ihn fassungslos an. „Wie ist denn das passiert?“

„Das kann ich Ihnen nicht sagen. Ich weiß nicht einmal, ob der Verlust direkt im Anschluss an den Besuch dieser Gemeinde festgestellt wurde. Es kann auch einige Tage später gewesen sein.“

„Warum fragen Sie nicht einfach Ihre Vertretung, der die Besucher während Ihrer Abwesenheit geführt hat?“

Deuser senkte den Kopf. „Das ist eine traurige Geschichte. Meine Vertretung ist unmittelbar danach gestorben. Deshalb fehlen mir sämtliche Informationen über die Besucher." Er zögerte. „Ehrlich gesagt, bin ich nicht einmal sicher, ob es mehrere Personen waren. Weil die Sache für uns keine Bedeutung hatte, haben wir uns nicht näher darüber ausgetauscht."

Hauschilds Tonfall klang misstrauisch. „Wie kam er denn ums Leben?"

„Bei einem Verkehrsunfall. Er konnte nichts dafür. Der Fahrer beging Unfallflucht."

„Wurde er später geschnappt?"

„Ich denke ja."

„Heißt das, Sie wissen es nicht? Wer den Tod Ihres eigenen Kollegen verursacht hat?"

Deuser atmete schwer. „Vom Hörensagen … Aber was hilft das? Wir sind nicht rachsüchtig. Und wir verzeihen."

Hauschild beschloss, diesen Vorfall zunächst auf sich beruhen zu lassen. Die weitere Geschichte des verschwundenen Schädels beschäftigte ihn stärker. „Sind Sie denn dafür mit der Aufklärung erfolgreicher gewesen, wo der Schädel geblieben ist?"

„Er ist weg. Mehr kann ich nicht sagen."

„Und Sie haben nicht bei diesen Kirchenbesuchern nachgehakt?"

„Bei einem Telefonat wurde uns versichert, dass man nichts über den Verbleib wisse. Dabei ließen wir es bewenden. Was sollten wir auch darüber hinaus tun?"

Hauschild griff sich an den Kopf. „Hatte dieser Schädel denn keinen Wert für Sie? Immerhin gab es doch dieses goldene Garn und die ominöse lange Irrfahrt, bis er bei Ihnen gelandet ist."

„Für uns war es der Teil eines toten Menschen, der eine würdige Bestattung verdiente. Das ist alles. Wir haben uns zwar über die Herkunft Gedanken gemacht. Das Rätselraten blieb aber erfolglos. Vielleicht war es ein heilig oder selig gesprochener Kirchenfürst. Dann hätte es sich angeboten, den Schädeltorso als Reliquie zu behandeln. Doch das ist unklar. Eine Aufklärungsmöglichkeit gibt es nicht." Deuser gab sich einen Ruck. „Warten Sie." Er ging zum Tresor und öffnete ihn. „Schauen Sie selbst." Deuser zeigte auf einen der unteren Einlegeböden. „Da hinten rechts muss er gelegen haben. Unsichtbar und vergessen. Wie hätten wir diese jahrhundertealte Geschichte aufarbeiten sollen?"

Hauschild hielt den Atem an. Er gab sich größte Mühe, sein Gegenüber nichts von seiner plötzlichen Aufregung spüren zu lassen. Neben der geöffneten Tür des Tresors seitlich vom unteren Einlegeboden lag ein schmaler Streifen einer Schnur. Hauchdünn. Und golden. Blitzschnell entschied sich Hauschild, Deuser gar nicht erst um Erlaubnis zu bitten. Mit ausgestrecktem Finger zeigte er zur Tür. „Kann es nicht sein, dass der Schädel durch eine Verwechslung oder einen übereifrigen Bediensteten dort drüben im Dommuseum bei den sterblichen Überresten aus dem merowingischen Grab gelandet ist?"

Seine Kalkulation ging auf. Deuser korrigierte sofort die von ihm angegebene Richtung und drehte sich dabei um. „Das Dommuseum liegt da drüben. Nicht dort, wo Sie gezeigt haben. Aber das ist nicht außergewöhnlich. Viele unserer Besucher verlieren die Orientierung angesichts der Weitläufigkeit des Gebäudes." Er zog die Augenbrauen hoch, was seinem Gesicht einen belehrenden Anstrich verlieh. „Auch in Ihren sonstigen Überlegungen liegen Sie falsch. Wenn der Schädel dort drüben im Museum läge, wäre mir das längst aufgefallen."

Deuser schaute in die vorgesehene Richtung. Das genügte Hauschild zur Umsetzung seines Vorhabens. Ruckartig bückte er sich, griff in das Regal und ließ den wenige Zentimeter langen Goldfaden in seiner Hosentasche verschwinden. Im gleichen Augenblick kam ihm endlich der Einfall, weshalb die Goldschnüre etwas mit Speyer zu tun haben könnten. Dort hatte es einmal eine Untersuchung von mittelalterlichen Goldfäden aus Textilien gegeben. Vielleicht würde man ihm in Speyer mit der Prüfung des soeben entwendeten Stückchens goldenen Garns weiterhelfen können.

Nach dem Austausch einiger Belanglosigkeiten verabschiedete und bedankte er sich. Deuser begleitete ihn noch zum Ausgang, ohne zuvor einen Blick auf den Regalboden geworfen zu haben. Allerdings wirkte er auf Hauschild außerordentlich nachdenklich.

12

Als Silvana und Lucius Tillich auf dem Berliner Flughafen Tegel landeten, war es später Nachmittag. Sie nahmen ein Taxi und fuhren in Richtung Berlin-Mitte, wo Lucius im Hotel *Hilton* telefonisch für eine Übernachtung ein Doppelzimmer reserviert hatte. Seiner Adoptivtochter Silvana hatte er erzählt, dass es leider nur noch ein Zimmer gegeben habe. Sie hatte nicht opponiert, weil der Abstecher nach Berlin wichtig für sie war.

Nach dem Einchecken suchten sie ihr Zimmer auf, das einen herrlichen Blick auf den *Gendarmenmarkt* freigab. Sie verstauten den übersichtlichen Inhalt ihrer Reisetaschen in den Schränken und im Bad. Anschließend verließen sie das Hotel zu Fuß.

Lucius gab die Richtung vor. Im *Nicolaiviertel* gingen sie in ein Café am Ufer der Spree. Silvana war sichtlich aufgeregt. Sie bekämpfte ihre Nervosität mit Kettenrauchen, weil sie das Gefühl hatte, ruhiger zu werden, wenn ihre Finger beschäftigt waren. Die Asche schnippte sie auf den Boden. Mit der freien Hand zerbröselte sie den Marmorkuchen, den sie sich bestellt hatte und fütterte damit die aufdringlichen Spatzen.

Ihr Adoptivvater betrachtete sie überlegen lächelnd. „Ich verstehe nicht, warum du so aufgeregt bist. Es ist ein Casting mit guten Bekannten von mir. Im Fußball würde man sagen, dass du ein Heimspiel hast."

Silvana reagierte spitz. „Stimmt gar nicht, was du sagst. Ich bin die Ruhe selbst. Außerdem freue ich mich auf meinen Auftritt." Sie blies Rauchkringel in den blau-weißen Himmel. „Meine Karriere soll schließlich weitergehen."

Lucius warf ihr einen verführerischen Blick zu, der auf ihrem ausladenden Dekolleté haften blieb. „Das wird sie. Dank meiner Regie. Ich werde dich auf Händen in den Olymp der Stars heben. Als dein Manager, dein Vertrauter, dein ..."

Silvana schnitt ihm das Wort ab. „Lass gut sein. Ich weiß, was jetzt alles kommt. Ich kenne deine Rolle. Und auch meine. Du hast eben die Beziehungen. Wenn ich weiterkommen will, muss ich also wohl oder übel auf deine Bedingungen eingehen." Sie zog ihre Augenbrauen hoch und gab sich gleichgültig. „Ich habe mich darauf eingelassen, weil es mir die Sache wert ist." Sie sah ihn herausfordernd an. „Aber mehr wirst du nicht erreichen. Falls du glaubst, dass ich mit dem Herzen dabei bin und vergötternd auf die Knie sinke, bist du auf dem Holzweg."

Unbeeindruckt verschränkte er die Arme. „Dann ist es eben ein Geschäft oder ein Abkommen zwischen uns. Solange die Ergebnisse stimmen, ist doch alles in Ordnung. Ich zitiere noch eine Fußballweisheit: Gegen Ende einer Begegnung haben schon öfters die Beteiligten über den Kampf zum Spiel gefunden."

Silvana reagierte trotzig. „Mich würde schon mal interessieren, wie du an all diese tollen Kontakte gekommen bist. Musst du die Leute mit deinem Geld schmieren oder wie geht das?"

Lucius setzte eine weltmännische Miene auf. „Der Anstand verbietet es einem Mann normalerweise, mit seinen Eroberungen zu prahlen. Daran habe ich mich mein ganzes Leben lang gehalten. Obwohl ich viel zu erzählen hätte." Er machte eine Pause und strahlte Silvana dabei siegessicher an. „Bei dir will ich eine Ausnahme machen, damit du mir glaubst. Ich habe es nicht nötig, für etwas zu zahlen, was ich auch unentgeltlich haben kann." Er trank einen Schluck Kaffee und blickte versonnen vor sich hin. „Während meines Studiums war ich in den Semesterferien häufig in Paris. Da ich mit dem Geld meines Vaters nicht am Hungertuch nagte, konnte ich mir Cafés wie das *Café de la Paix* gegenüber der weltberühmten *Operá* gönnen. Vielleicht hatte ich das Geld auch anderswoher. Genau weiß ich das nicht mehr." Tillich hielt den Kopf schräg und überlegte. „Ich glaube, dass ich gerade einen Eiskaffee trank, als sie sich an den Nebentisch setzte. Eine weltbekannte Schauspielerin. Immer noch. Den Namen der Dame verrate ich dir nicht. Ich habe schon betont, dass ich grundsätzlich niemanden kompromittiere. Der Kavalier genießt und schweigt." Seine Gesichtszüge wurden weich. „Wir kamen ins Gespräch, verstanden uns auf Anhieb und verabredeten uns. Sie sah in mir einen vorzeigbaren Mann, ich in ihr eine bildschöne Begleiterin, der jeder Mann nachschaute. Es dauerte nicht lange, bis wir eine Beziehung eingingen. Ich kam immer öfters nach Paris und blieb viel länger, als es für mein Studium gut war. Sie hatte aber auch Termine in Deutschland. Dadurch waren wir nie lange getrennt. Die Beziehung dauerte viele Monate."

Silvana betrachtete ihn abschätzig. „Ich beginne zu verstehen. Du hast sie ausgenutzt."

Er machte eine wegwerfende Handbewegung. „Unsinn. Das Verhältnis war von gegenseitigem Vorteil. Ich war ihr Gigolo. Und über sie knüpfte ich unzählige Kontakte und Verbindungen. Ich lernte eine Riesenmenge Menschen kennen, die in den unterschiedlichsten künstlerischen Branchen tätig waren." Er tätschelte ihr kurz die Hand. „Siehst du. Davon profitierst du nun heute."

Mit angewidertem Gesicht warf sie ihren Zigarettenstummel zu Boden und trat ihn mit dem Schuh aus. „Lass uns gehen. Das Thema widert mich an."

Lucius beglich die Rechnung. Sie schlenderten die Schokoladenseiten Berlins entlang und kamen nach einiger Zeit im *Scheunenviertel* an. Dort führte Lucius Silvana in ein kleines Hinterhoftheater. Sie zwängten sich an einer größeren Zahl stark geschminkter, auffällig gekleideter junger Frauen vorbei und erreichten eine Tür mit der Aufschrift „Privat". Lucius klopfte, öffnete die Tür und zog Silvana am Arm hinter sich her.

In dem unaufgeräumten Zimmer saßen drei Männer an einem runden Tisch. Lucius begrüßte alle drei der Reihe nach und stellte Silvana vor. Die Männer arbeiteten in den Bereichen Musical, Ballett und Film. „Das ist deine Jury. Alles wohlwollende Fachleute."

Die drei so bezeichneten Fachleute taxierten Silvana von Kopf bis Fuß. Sie waren ausnahmslos exzentrische, selbstgefällige, dominante Typen. Alle drei waren gekleidet, als wären sie gerade einem Road-Movie entsprungen. Der Vertreter des Bereichs Musical, ein Kerl mit schulterlangen weißgrauen Locken und einer kreisrunden Nickelbrille auf der Nase, stieß seinen Kollegen vom Film mit anerkennendem Lachen an. „Mal sehen, ob sie so singt, wie sie aussieht."

Silvana schaute verloren aus dem Fenster. Dann beugte sie sich an Tillichs Ohr und flüsterte. „Ich gehe mal eben zur Toilette."

Als Silvana nach wenigen Minuten wieder den Raum betrat, war sie völlig verändert. Ihr Gesicht war bleich, ihre Pupillen leer und riesengroß, ihr Blick fahrig. Die drei Männer waren verschwunden. Nur Tillich saß da und wartete. „Gleich geht es los. Ich habe meine Kumpels gebeten, dich so schnell wie möglich dranzunehmen. Sie haben noch eine kleine Rolle in einem Musikfilm zu besetzen. Du musst irgendetwas vorsingen. Ich weiß nicht, ob sie dir den Titel vorgeben. Vielleicht darfst du dir auch etwas aussuchen, was du am besten kannst. Sie wollen nur einen Eindruck."

Aus einem Nebenraum dröhnte inzwischen Musik aus mehreren Lautsprechern. Silvana ging auf und ab. In der Hand hielt sie eine Zigarettenschachtel und ein Feuerzeug. Plötzlich stieß sie einen spitzen Schrei aus und warf die Zigaretten gegen die Fensterscheibe. „Das ist ein Dreckloch hier. Nicht das, was ich mir vorstelle. Außerdem habe ich keinen Bock. Wie sagt man das vornehm? Ich bin nicht disponiert oder so ähnlich."

Tillich stand auf und legte ihr den Arm um die Schultern. „Du kannst nicht gleich die großen Auftritte haben. Alle fangen klein an. Das ist doch eine Chance. Jetzt reiß dich zusammen." Er schaute auf eine kreisrunde Lampe über dem Türrahmen, die mehrfach summte. „Das ist dein Aufruf. Du musst los."

Silvana schwankte nach draußen. Nach nicht mal drei Minuten war sie zurück. Der weißgrau Gelockte begleitete sie und wandte sich an Lucius. „Das war nicht der Bringer. Sie ist nicht schlecht, kann bestimmt noch was werden. Aber für die Aufgabe, die wir gerade stemmen müssen, hat sie noch nicht das Zeug." Als er Lucius' gequältes Gesicht sah, fuhr er gefühlvoll fort. „Wenn ihr noch bis morgen bleibt, kann sie abends einen Kurzauftritt in einer Szenedisko auf der *Oranienburger Straße* von mir haben. Für ihre Stimme genau das Richtige." Er war schon fast aus der Tür geschlüpft. „Ruf mich an, falls sie will."

Mit verheultem Gesicht schüttelte Silvana den Kopf. „In der Gegend will ich nicht auftreten. Das ist nicht meine Richtung." Sie zerrte ihn am Arm. „Ich will ins Hotel."

„Wollen wir nicht vorher irgendwo schön Abendessen gehen?"

„Nein. Ich habe keinen Hunger."

„Wie du willst. Dann lasse ich uns im Hotel was raufbringen."

Sie nahmen ein Taxi und gingen im *Hilton* auf ihr Zimmer. Kommentarlos zog sich Silvana aus und verkroch sich im Doppelbett. Lucius machte keine Anstalten mehr, sie zu trösten. Er entkleidete sich ebenfalls, legte sich zu ihr ins Bett und schlief mit ihr.

Als Lucius von ihr abgelassen hatte, steckte sich Silvana das Kopfkissen hinter den Rücken und lehnte sich gegen den Bettrahmen. Ohne ihn anzusehen, sprach sie mit monotoner Stimme vor sich hin. „Was würde deine liebe Frau, die schöne Helena, dazu sagen, wenn sie es wüsste?"

Ungerührt und kühl gab Tillich ihr Antwort. „Das kann dir egal sein. Helena wäre es ebenfalls gleichgültig. Sie lebt in ihrer abgeschiedenen Welt. Solche Feinheiten will sie nicht wissen. Und wenn sie ihr zu Ohren kommen, glaubt sie die Dinge sowieso nicht."

Sie musterte ihn intensiv von der Seite. „Du fühlst dich sehr sicher und unwiderstehlich."

„Fang mit den kritischen Erkenntnissen bei dir an, Kleines. Schau mal, eine Nutte geht arbeiten, weil sie etwas essen oder ein Kind ernähren muss. Du gehst ins Bett, um Karriere zu machen. Wo ist der Unterschied?" Plötzlich schlug er sich die Hand vor den Mund. „Tut mir leid, Kleines. Das war nicht so gemeint. Kommt nicht mehr vor, großes Ehrenwort."

„Du bist ein mieser Kerl. Erst schläfst du mit mir, dann machst du mich nieder. Und bist auf einmal total beleidigend und abweisend. Nur, weil ich in deinen Augen versagt und dich vor deinen Freunden blamiert habe. Ich war nicht gut drauf. Deshalb musst du mich nicht mit Verachtung strafen."

Er zögerte lange mit der Antwort. Etwas von Mitleid stand in seinen Augen. „Das mit dem Verachten hast du richtig beobachtet. Ich verachte aber nicht dich, sondern mich. Ich liege im Unfrieden mit meiner Kirche und bin selbst daran schuld. Das schafft mich." Zärtlich strich er ihr über die Wange. Mit der anderen Hand kramte er in seinem Koffer herum, den er neben sich abgelegt hatte. „Ich habe etwas für dich auf unsere Reise mitgenommen." Am ausgestreckten Arm hielt er ihren alten, zerzausten Teddybär hoch. „Dein Liebling. Für dich ganz allein. Jetzt freust du dich doch, oder?"

Silvana presste ihren Teddybär ganz fest an sich und dachte sich einen sehnlichen Wunsch aus. Schon oft hatte der Teddy ihre Wünsche in Erfüllung gehen lassen.

13

Einige Menschen halten Wiesbaden für die schönste Stadt Deutschlands. Das mag daran liegen, dass die Stadt im Zweiten Weltkrieg weitgehend von Bombardierungen verschont wurde. Hintergrund war wohl der Gedanke der Amerikaner, hier nach dem Krieg ihr Hauptquartier einzurichten. Wiesbaden bietet deshalb bis heute baulich geschlossene Straßenzüge aus der Zeit vor den beiden Weltkriegen.

Andere Leute empfinden die hessische Landeshauptstadt als spießig und kleinbürgerlich. Sie erkennen ein abgehobenes Getue, das fast einen Großstadtanspruch erhebt, die selbstverständliche permanente Umtriebigkeit einer Metropole jedoch nicht erreicht.

Am heutigen Tag gehörte Staatsanwalt Hanspeter Schultz eher zur zweiten Kategorie Mensch, aber aus ganz anderen Gründen. Er war ins Justizministerium zitiert worden. Dort sollte er dem Minister zu den Hintergründen im Mordfall des Mitglieds der *Freien Christengemeinde Golgatha/Bergen-Enkheim* berichten. Warum dem Minister diese Sache derart wichtig erschien, war ihm nicht gesagt worden.

Der Dienstwagen des Behördenchefs der Frankfurter Staatsanwaltschaft, Herbert Hübsch, fuhr gerade in die Luisenstraße ein. Kurz vor dem gepflegten Baukomplex aus dem 19. Jahrhundert bog er auf den kleinen Parkplatz, der wie immer überfüllt war. Etwas schwerfällig stieg der leicht übergewichtige Behördenleiter aus. Außer Staatsanwalt Schultz begleitete ihn noch dessen Abteilungsleiter, ein ebenfalls kräftiger, bodenständig aussehender Endvierziger.

Die drei Männer betraten das Haus über einen Nebeneingang im Hof. Nachdem sie sich im Innern dem Pförtner präsentiert und dieser ihr Eintreffen im Vorzimmer des Ministers angekündigt hatte, gingen sie in den Kleinen Sitzungssaal im ersten Stock.

Der Raum war von seiner Ausstattung her ein Juwel. Feinstes Parkett, aufwändig im Rahmen einer Restaurierung herausgearbeitete alte Wandmalereien, angepasste Möblierung.

Minister Randolf Filzer erschien geraume Zeit später mit einem Tross von fünf weiteren Personen. Er war in Begleitung des Leiters seines Ministerbüros, seines Persönlichen Referenten, des Pressereferenten, des Leiters der Strafrechtsabteilung und des dort zuständigen Referenten. Nach der üblichen Begrüßungszeremonie setzte sich der Minister mit dem Rücken zu den Fenstern, die in einen begrünten Innenhof schauen ließen. Seine Entourage platzierte sich rechts und links von ihm, die drei Gäste gegenüber. Der Minister, ein gehetzt wirkender, etwas hemdsärmelig auftretender Mittfünfziger mit schlohweißem Haarschopf dankte monoton für das Erscheinen. Dann quälte er sich mit vielen Unterbrechungen und vorsichtiger Wahl der Worte zu seinem Anliegen durch. „Sie haben da ein unschönes Tötungsdelikt zu bearbeiten, dessen Opfer, ein junger Mann, durch einen Messerstich ums Leben kam. Wir haben selbstverständlich keinen Anlass, auf ihre Ermittlungstätigkeit in irgendeiner Weise Einfluss zu nehmen. Da es sich aber doch um einen recht ungewöhnlichen Fall handelt, wollen wir gerne aktuell informiert sein.“ Er schaute die Gäste mit aufforderndem Blick der Reihe nach an. Dann blieben seine Augen auf dem Behördenchef haften. „Wer möchte beginnen?“

Herbert Hübsch lehnte sich entspannt zurück, wodurch sein blaues Hemd unter dem geöffneten Sakko gefährlich über dem Bauch spannte. Er stellte zunächst seine Begleiter vor, machte ein paar einführende Erläuterungen zur Tat und bat um gelegentliche Konkretisierung ihrer Bedeutung für den Minister. Immerhin handele es sich nicht um das einzige Schwerverbrechen, das die Staatsanwaltschaft zu bearbeiten habe. Anschließend gab er dem Abteilungsleiter Gelegenheit zu ein paar ergänzenden Hinweisen. Dieser wiederum erteilte dann das Wort an Schultz.

Schultz schilderte die Situation bei Auffindung der Leiche und die Ergebnisse der medizinischen Untersuchungen. Er verhehlte auch nicht, dass die zwischenzeitlich durch die Polizei erfolgten Vernehmungen aller Vorstandsmitglieder keine weiterführenden Erkenntnisse erbracht hatten. Zurzeit, so endete er, vernehme man die Menschen, die dem Opfer nahe gestanden hätten. Als nächstes würde man die Vernehmung der Ehefrau in Betracht ziehen."

Als Schultz ausgeredet hatte, verzog sich das Gesicht des Ministers zu einer gequälten Miene. Er sah die Reihen seiner Mitarbeiter entlang. „Möchte jemand von Ihnen etwas ergänzen oder fragen?" Nachdem alle wie unbeteiligt den Kopf schüttelten, richtete er das Wort wieder an die Gäste. „Das ist alles sehr schön. Sie haben allerdings noch keine Ausführungen dazu gemacht, inwieweit die Ermittlungen mit der gebotenen Rücksichtnahme, oder lassen Sie mich lieber sagen, mit der erforderlichen Behutsamkeit durchgeführt werden. Wir dürfen nicht mit der Tür ins Haus fallen, müssen die Unschuldsvermutung im Auge behalten und immer darauf achten, ob unsere Ermittlungshandlungen auch wirklich notwendig sind. Sind wir uns in diesen Punkten einig?"

Der Behördenchef schaltete sich ein. Er gehörte der Oppositionspartei an und stand kurz vor der Pensionierung. Deshalb hatte er keinen Grund, zurückhaltend zu sein. „Ich möchte betonen, dass dies für uns Selbstverständlichkeiten sind, die ausnahmslos beachtet werden. Das gehört zu unserem Job."

Dieser Hinweis stellte den Minister nicht zufrieden. „Daran zweifle ich nicht. Ich will auch noch einmal hervorheben, dass es von uns nicht beabsichtigt ist, Ihnen wie auch immer geartete Weisungen zu erteilen. Sie wissen, dass wir dies zwar rechtlich dürften, aber nie tun. Es geht nur darum, dass wir alle auf demselben Informationsstand sind, wenn wir beispielsweise die berechtigten Fragen der Presse beantworten müssen. Es ist Ihnen allen nicht fremd, dass es natürlich Fälle gibt, die unserer besonderen Aufmerksamkeit bedürfen. Lassen Sie mich zu Ihrem besseren Verständnis auf ein paar Dinge hinweisen, die Ihnen vielleicht im Zusammenhang mit diesem Tötungsdelikt nicht geläufig sind." Er wandte sich an seinen Leiter der Strafrechtsabteilung. „Machen Sie erst einmal weiter, Herr Hoffmann."

Der kleine schwarzhaarige Mann zuckte zusammen. Seine glänzenden Augen irrten von einem der Gäste zum anderen. Verlegen rieb er seine Hände. „Gerne." Er senkte seinen Blick. „Ich will die Hinweise vom Herrn Minister aufgreifen und vor allem noch einmal betonen, dass wir selbstverständlich in keiner Weise in das laufende Ermittlungsverfahren eingreifen wollen. Wir möchten Sie lediglich unterstützen." Leicht erschöpft lehnte er sich zurück. „Der Vorsitzende dieser Kirchengemeinde, soweit uns bekannt, ist ein gewisser Harro Spangenberg. Sollte sich Ihr Verfahren zu irgendeinem Zeitpunkt gegen diesen Mann als Beschuldigten richten, wären wir Ihnen für eine umgehende Mitteilung dankbar." Aus den Augenwinkeln schielte er zum Minister, bevor er fortfuhr. Herr Spangenberg ist nicht nur in Opposition zu uns in der Frankfurter Kommunalpolitik aktiv. Er ist daneben in herausgehobener Funktion beim Hessischen Bauernverband in Friedrichsdorf tätig. Als solcher tritt er häufig auch als Lobbyist hier im Landtag in Erscheinung. Außerdem soll er auch noch im Aufsichtsrat eines bedeutenden Industrieunternehmens für Baumaschinen sitzen." Er blinzelte mehrmals heftig. „Natürlich bleiben Ihre Ermittlungen von all diesen Erkenntnissen unberührt. Wir wollen Ihnen damit lediglich raten, die hinter dieser Kirche stehende Beschwerdemacht nicht zu unterschätzen. Wir dürfen uns bei dieser Ausgangslage keine Schnitzer erlauben. Vielmehr müssen wir mit aller Vorsicht jeden kleinsten Ermittlungsschritt abwägen und auf seine Notwendigkeit und Außenwirkung überprüfen." Er atmete schwer aus. „Um Ihnen die weitere Arbeit zu erleichtern und Sie diese große Verantwortung nicht alleine tragen zu lassen, bitten wir darum, uns von heute an jeweils vorab über die geplanten einzelnen Ermittlungen zu unterrichten. Dabei genügen uns kleine schriftliche Berichte. Wir wollen Ihnen ja keine zusätzliche Arbeit machen."

Der Behördenleiter der Staatsanwaltschaft lief rot an und schien mit Mühe einen Wutausbruch zu unterdrücken, während der Minister mehrfach nickte und sich zufrieden zurücklehnte. „Wie ich sehe, sind wir uns einig. So wird es gemacht." Mit zögerlichem Blick zur Decke tupfte er die Fingerspitzen seiner Hände mehrmals gegeneinander. „Den wesentlichen Grund für ein äußerst behutsames Handeln hat Herr Hoffmann leider nicht genannt. Die persönlichen Verhältnisse von Herrn Spangenberg sind nicht einmal so ausschlaggebend. Schließlich sind wir ja alle gute Demokraten und respektieren die Rechte der Oppositionspolitiker und Funktionsträger. Aber Artikel 4 des Grundgesetzes stellt die Kirchen unter einen ganz besonderen Schutz des Staates. Die Kirchenmitglieder haben daraus einen garantierten Anspruch auf eine besondere, staatliche Rücksichtnahme."

Behördenchef Herbert Hübsch hüstelte. „Außerdem sind die vielen Kirchenmitglieder natürlich wichtige Wählerinnen und Wähler."

Hübsch handelte sich mit dieser Bemerkung ein empörtes Kopfschütteln und einen tadelnden Blick des ministeriellen Abteilungsleiters Hoffmann ein.

Während dessen lächelte Staatsanwalt Hanspeter Schultz still vor sich hin und entschied sich, zwei seiner hauptsächlichen Ermittlungsansätze, die nicht unbedingt einer juristischen Überprüfung standhalten würden, bis auf Weiteres zu verschweigen. Dabei dachte er an die eigenwilligen Recherchen von Dennis Hauschild und ein paar interessante telefonische Informationen einer geheimnisvollen, resoluten Dame. Politische Befindlichkeiten mochten ihre Berechtigung haben. Als Staatsanwalt hatte er die Aufgabe, einen Fall zu lösen. Wie er dies zu tun hatte, lag seiner Meinung nach in seiner ureigenen persönlichen Verantwortung.

14

Wieder einmal schlich ein männlicher Besucher um Karinas Haus in Bergen-Enkheim. Die Dunkelheit war schon hereingebrochen. Dennoch wollte er sehen, ob es nicht doch irgendwo ein paar unliebsame Beobachter gab. Als er sich sicher fühlte, drückte er sich an den Sträuchern des Vorgartens entlang bis zur Haustür. Ohne auf sich aufmerksam machen zu müssen, wurde sie einen Spalt geöffnet. Er schlüpfte hinein, drückte die Tür mit dem Rücken ins Schloss, nahm die spitzbübisch lächelnde Karina in den Arm und küsste sie leidenschaftlich.

Insgeheim hatte er gehofft, mit dem heutigen Treffen zur Vernunft zurückkehren zu können. Er müsste Karina klar machen, dass sie sich heute zum letzten Mal sehen würden. Dass ihre Beziehung ohne Zukunft sei.

Als er sie jetzt in seinen Armen hielt, wusste er sofort, es konnte keine einvernehmliche Lösung geben. Wenn er sie nur nicht so sehr lieben würde. Zum Verrücktwerden! Dieses zierliche, süße, beschützenswerte Persönchen, nach der er sich jedes Mal verzehrte, auch wenn er sie gerade erst verlassen hatte. Ihrer Anziehungskraft, ihrer Ausstrahlung, ihrer Wirkung auf ihn hatte er nichts entgegenzusetzen. Er wusste schon lange und spürte jetzt wieder, wie sehr er ihr verfallen war. Diese junge Frau verlockte und verführte ihn immer aufs Neue. Und er wurde ihrer Reize nicht müde oder gar überdrüssig. Sie war anders als alle Frauen, die er kannte. In ihr vereinigten sich Himmel und Hölle, Träume und Sterne. Bei ihr war er der Unterlegene. Das kam sonst nicht vor. Und es durfte nicht weiter vorkommen! Dafür hatte er vorgesorgt. Denn genau diese Abhängigkeit, die er ständig spürte, war ihre Schuld, für die sie büßen musste.

Langsam zog sie ihn mit sich durch den Hausflur. Ohne Erklärung, ohne jede gezierte Unterbrechung führte sie ihn ins Schlafzimmer. Erst dort ließ sie ihn los und zog sich aus. Vollständig! Ihre Wäsche legte sie ordentlich auf einem Hocker ab. Dann schlüpfte sie in ein kitschiges Himmelbett mit rosa Baldachin, deckte sich bis zur Nase zu und schaute mit arglosen Kulleraugen zu ihm hin. Etwas wie Sehnsucht stand in ihrem Blick.

Wie gewohnt ging er zu einem Plüschsessel vor dem Kosmetiktisch, drehte ihr dabei den Rücken zu und legte nach und nach seine Kleider zu einem ungeordneten Bündel auf die Sitzfläche. Nur seine Hose warf er scheinbar achtlos an den Rand des Bettes. Dabei musterte er die Seidentapete mit den löwenähnlichen Männerköpfen von *Versace*, war mit den Gedanken jedoch woanders.

Mit einer raschen Drehbewegung warf er sich auf das Bett, gab ihr einen flüchtigen Kuss und krabbelte unter die Decke. Er lachte, strampelte und prustete, bevor er sie mit einem festen Griff, der keinen Widerstand zuließ, an sich drückte. Seine ungezügelte Leidenschaft ließ nur noch einen gekünstelten Scherz über ihre eiskalten Hände und Füße zu. Dann fiel er mit einem unbeherrschten und unbeherrschbaren Verlangen über sie her.

Schon wenig später lag er schwer atmend wieder neben ihr. Getrieben von Selbstvorwürfen verfluchte er die Situation. Am liebsten hätte er sich weggezaubert. Für ihre erwartungsvollen Blicke nach Zuwendung hatte er kein Auge. Er spürte ihre Sehnsucht nach Wärme und Zweisamkeit. Doch er konnte nichts darauf erwidern. Er fühlte sich leer, ausgepumpt und schuldig.

Als er den Kopf von ihr wegdrehete, fiel sein fliehender Blick auf die Tapete. Mit einem Mal wurde eines der Versace-Gesichter lebendig. Immer heller leuchtend bildete sich schließlich ein Heiligenschein um den Kopf herum. Gealtert, ernst, aber gütig sah ihn das Gesicht an. Und es stärkte ihn in dem Bewusstsein, nicht Täter, sondern Opfer zu sein. Die ihm schon vertraute Stimme rief ihm zu, dass alles an der Frau liege, nicht an ihm. „Sie ist verdorben, sie zerstört dich, frisst dich auf, macht dir und anderen alles zunichte."

Noch immer beschlich ihn dieses elende Gefühl, versagt und wieder einmal nicht standgehalten zu haben. Doch die Stimme gab keine Ruhe. „Das war dir doch von vornherein klar, bevor dieser unselige Trieb, diese Sucht dich übermannte. Dies alles wird nur von ihr geweckt. Sie allein ist verantwortlich. Sie ist an allem schuld!"

Unhörbar antwortete er der Stimme seines Herrn. „Ich werde es tun. Halte du dich aber auch an die Abrede und erlöse mich."

Langsam drehte er sich zum Bettrand, wo er seine Hose abgelegt hatte. Heute sollte endlich Schluss mit dieser Abhängigkeit, dieser Verlockung zur Sünde sein. Mit der Hand tastete er nach seinen Hosentaschen. Da knisterte das Papier mit dem Kreuzworträtsel und den Fragen. Darunter mussten auch die Goldfäden, die Heringe und die Lederriemen sein. Und vor allem spürte er nun den Griff des Messers, dieser 15 Zentimeter langen Erlösung. Vorsichtig und unauffällig fischte er es aus der Tasche und zog es zu sich heran.

Als er das Messer in seiner Hand spürte, wandte er sich wieder Karina zu. Sie sah entrückt und hingebungsvoll aus. Erst jetzt fiel ihm auf, dass sie dezent geschminkt war. Ein zarter brauner Lidstrich, ein unaufdringlicher rosa Lippenstift und ein bronzenes Make-up gaben ihrem Gesicht ein puppenhaftes Aussehen. Wie ein Blitz schoss ihm durch den Kopf, dass er auf dem Nachhauseweg sein helles Oberhemd auf Schminkspuren kontrollieren müsse.

Seine freie Hand fuhr über Karinas seidenes Haar und streichelte sie liebevoll. Mit leiser Stimme erzählte er ihr seine angeblichen Träume von unverbrüchlicher Liebe und dem baldigen Ende der Heimlichkeiten und Trennungen. Nur noch kurze

Zeit, dann werde er ihr für immer gehören. Niemand werde mehr zwischen ihnen und ihren Gefühlen stehen.

Während seine andere Hand das Messer festhielt, schäkerte er mit Karina, küsste sie und richtete sich dann auf, als wolle er zu ihr. Seine Stimme säuselte. „Schließ ganz fest die Augen und lausche nur auf deinen Körper."

Sie folgte seiner Anweisung. Fest umschloss seine Faust das Messer. Als sie leicht ihre Lippen öffnete, verschloss er ihr mit der freien Hand den Mund. Zugleich holte er mit der anderen Hand aus und stieß die Klinge mit voller Wucht in ihren Hals.

Mehr als ein leises Gurgeln konnte Karina nicht mehr hervorpressen. Ihr Körper zuckte leicht. Sie streckte sich, sackte dann in sich zusammen und blieb still liegen.

Ohne jede sichtbare Gemütsregung säuberte er das Messer an der Bettwäsche und packte es ein. Er holte die Goldfäden hervor und stopfte sie in Karinas Mundhöhle. Danach breitete er die Arme der Leiche aus und legte ihre Beine ausgestreckt nebeneinander. Jetzt nahm er die Heringe aus seiner Tasche und rammte sie so in die Matratze, dass sie ein Kreuz bildeten. Mit den Lederriemen fesselte er Karinas Körper zum Bild einer symbolischen Kreuzigung. Schließlich kramte er ein Blatt mit einem handgemalten Kreuzworträtsel hervor und legte es auf die Leiche. Am unteren Blattrand befand sich noch eine achtstellige Zahl. Er trat zwei Schritte zurück und kontrollierte sein Werk.

Der Anblick fand seinen Gefallen. Er war rundum zufrieden. Erleichtert kniete er vor dem Tapetengesicht nieder, das er im Strahlenkranz hatte heraustreten sehen. Zunächst schluchzte er, dann begann er hemmungslos zu weinen. Er brachte nur noch ein paar abgehackte Worte hervor. „Danke! Wieder ein bisschen mehr Freiheit und Unabhängigkeit." Unter Tränen schaute er auf. „Keine Sorge. Ich weiß, dass meine Arbeit noch nicht abgeschlossen, mein Werk noch nicht vollendet ist. Du kannst dich auf mich verlassen. Ich funktioniere."

15

Am nächsten Morgen war vor und in Karinas Haus ein unübersehbarer Auflauf von Menschen. Auf der Straße drängten sich am Absperrband der Polizei Dutzende von Reportern mit Mikrofonen und Kameras. Auch ein Übertragungswagen des Hessischen Rundfunks war eingetroffen und parkte neben den Einsatzfahrzeugen der Polizei. Dazwischen huschten zahllose Neugierige herum, selbstverständlich auch Mitglieder der Kirchengemeinde *Golgatha*.

Im Haus selbst, vornehmlich im Schlafzimmer, organisierte Kriminalhauptkommissar Bernd Schreiner die Arbeit seiner Kollegen, soweit er dies für erforderlich hielt. Der eingetroffene Trupp der Spurensicherung arbeitete völlig selbstständig.

Staatsanwalt Hanspeter Schultz hatte sich in ein anderes Zimmer zurückgezogen, das nach Ansicht der Spurensicherung keine Aufschlüsse über das Tatgeschehen geben konnte. Er saß dort mit Silvana Tillich an einem runden Tisch und beruhigte die junge Frau mit beschwichtigenden Worten. „Erzählen Sie mir doch erst einmal, wie sie überhaupt in das Haus reingekommen sind."

Silvanas tränenerstickte Stimme ließ ihre abgehackten Sätze schwer verstehen. Immer wieder musste sie sich die Nase putzen und die Tränen abtupfen. Ihre Schminke war verlaufen. Die Wimperntusche hatte groteske Rinnsale auf ihren Wangen gezeichnet. „Ich habe einen Schlüssel zum Haus. Karina hat ihn mir vor langer Zeit überlassen. Wir sind ..." Sie stockte. „Wir waren Freundinnen."

Mit einem verständnisvollen Nicken begleitete Schultz die Erklärungen. „Es tut mir leid, wenn ich jetzt auf Ihre Gefühle nicht die volle Rücksicht nehmen kann. Trotzdem muss ich Sie bitten, mir nach Möglichkeit im Zusammenhang zu erzählen, was heute Morgen vorgefallen ist und was Sie gesehen haben, als Sie das Haus betraten. Versuchen Sie bitte, mir alles der Reihe nach zu schildern." Er tätschelte ihren Arm. „Sie wollen doch selbst, dass wir so schnell wie möglich aufklären, wie es zu dieser schrecklichen Tat gekommen ist. Und vor allem, wer dafür verantwortlich ist. Das ist der größte Dienst, den Sie Ihrer Freundin jetzt noch leisten können."

Sie nickte mehrmals. Ein Weinkrampf schüttelte sie. „Mein Gott, was soll ich sagen? Ich kam herein, weil ich mit ihr schwätzen und vielleicht einen Kaffee trinken wollte. Das haben wir öfters gemacht. Und dann sah ich sie hier liegen. Ich habe nichts angerührt. Alles habe ich so gelassen, wie es war. Nicht einmal das Telefon habe ich benutzt. Nach dem ersten Schreck habe ich sofort mit meinem Handy die Polizei angerufen." Die Erschütterung stand ihr ins Gesicht geschrieben. „Dann stand ich wie betäubt am Fenster und habe auf Sie gewartet. Alles dauerte so lange. Ich hatte die ganze Zeit Angst, hier mit Karina alleine zu bleiben. Da hätte ja noch jemand im Haus sein können, den ich gestört habe." Sie riss die Augen weit auf. „Karinas Mörder!" Sie warf die Hände vor ihr Gesicht. „Das Bild war so fürchterlich. Sie lag so hilflos, nein, so endgültig da. In dieser schrecklichen Position. Als sei sie ans Kreuz genagelt. Aus ihrem Mund kam dieses entsetzliche goldene Zeug. In ihre Augen konnte ich überhaupt nicht schauen. Sie sahen wie geknickt aus, total gebrochen." Sie lachte schrill und zitternd, ihr Blick irrte umher. „Ganz anders, als man es vom Film her kennt." Ihre Stimme bekam einen bitteren Unterton. „Da sehen die Augen noch so lebendig aus." Sie keuchte. „Und dann war da alles voller Blut. Sie war so regungslos."

Schultz registrierte das Wechselbad ihrer Gefühle und überlegte, wie er ihre Angaben in ein ruhigeres Fahrwasser bringen und sie vorläufig vom Thema Karina ablenken könnte. Er entschied sich, Silvanas Lebenslauf anzugehen, um irgendwann zu dem Zeitpunkt zu kommen, an welchem sie Karina kennengelernt hatte. „Ich danke Ihnen, dass Sie uns helfen wollen, Frau Tillich. Wie Sie vielleicht wissen, muss für das Gericht alles sehr gründlich durchforstet werden, damit man sich ein Bild von den Zeugen machen kann. Deshalb wäre es für uns von Interesse, wenn Sie ein bisschen über sich selbst erzählen würden."

Silvana schaute ihn etwas entgeistert an. „Da muss ich ja aufpassen, dass ich nichts Falsches sage. Wo soll ich denn anfangen?"

„Schildern Sie mir einfach Ihren Werdegang, soweit Sie ihn für wichtig halten."

Silvana lehnte sich zurück und starrte eine Weile vor sich hin. „Mein Vater war nicht ganz sauber. Von der Pubertät an hat er mich immer betrachtet, wenn ich im Bad war. Manchmal hielt er mir beim Duschen die Hände auseinander und beäugte mich von oben bis unten."

Schultz horchte auf. „War das für Sie prägend, weil Sie es jetzt an den Anfang stellen?"

„Ich habe jedenfalls keinen Kontakt mehr zu ihm und bin früh von zu Hause weg. Meine ältere Schwester auch. Mit ihr hat er dasselbe gemacht. Sie hatte mich vor ihm gewarnt. Aber mit ihr stehe ich auch nicht mehr in Verbindung."

„Und Ihre Mutter?"

„Mit der will ich auch nichts mehr zu tun haben. Sie tat immer so, als bekomme sie nichts mit."

„Verlief Ihre Kindheit ansonsten normal?"

„Ja. Ich war ein sehr kreatives Kind und hatte viele Freundinnen und Freunde, meistens jedoch Jungs. Bis heute singe ich gerne. Das würde ich gerne professionell machen." Sie reckte den Kopf, als komme ihr gerade ein guter Gedanke. „Später, beim Zelten, bin ich den Jungs näher gekommen. Da war einer von der Kirchengemeinde dabei. Der gefiel mir. Allerdings war für ihn alles Sünde, was Spaß machte." Sie warf den Kopf in den Nacken. „Geschlafen hat er dann trotzdem mit mir."

„Kamen Sie dadurch in engeren Kontakt mit der Kirchengemeinde?"

„Noch nicht. Das mit dem Jungen ging schnell auseinander. Danach suchte ich mir einen Reitlehrer als Freund. Der war klasse. Das ging aber auch bald auseinander. Dann haute ich von daheim ab. Zu Johannes Beckstein hatte ich besonderes Vertrauen. Obwohl er im Kirchenvorstand ist, zwang er mich nicht in die Kirche zu gehen. Er war immer sehr nett zu mir. Als ich ihm von meinen Problemen erzählte, nahm er mich bei sich auf."

„Wie lange blieben Sie bei ihm?"

„Nicht so lange. Ich feierte damals viel, hatte viele Freunde. Das machte seine Frau sauer. Oder eifersüchtig. Jedenfalls war es besser für mich, zu gehen." Sie überlegte kurz. „Dann nahmen mich die Tillichs auf. Johannes Beckstein und Lucius Tillich waren sich darüber einig geworden. Ich nahm das ganz locker. Was im Leben kommen soll, geschieht auch. Nur war ich jetzt enger an die Gemeinde gebunden, weil Lucius, der mich später adoptierte, damals viel für die Gemeinde arbeitete. Er nahm mich immer öfter mit." Sie lächelte hintergründig. „Er half mir auch mit der Verwirklichung meines Traums, Schlagersängerin zu werden. Durch seine zahllosen Kontakte machte er mich mit vielen Leuten bekannt, fuhr mit mir zu wichtigen Veranstaltungen und sorgte für kleine Auftritte."

Schultz sah ihr fest in die Augen. „Sie sagen das aber gar nicht mit der großen Begeisterung, die man bei Erreichen des Traumberufs erwarten würde."

Sie betrachtete ihn genau. „Zu Ihnen habe ich Vertrauen. Aber ich kann und will Ihnen jetzt nicht alles aus meinem Leben erzählen. Das ist auch nicht wichtig und kann nichts ändern. Alles geschieht so, wie es bestimmt ist."

Schultz hätte zu gerne an dieser Stelle weitergefragt. Andererseits sagte er sich, dass es momentan um die Aufklärung des Mordes an Karina Weiss ging. Damit schien Silvanas depressive Andeutung nichts zu tun zu haben. Er entschloss sich zu einem vorsichtigen Themenwechsel. „Sie haben vorhin gesagt, dass Sie mit Karina befreundet waren. War dies mehr eine oberflächliche Freundschaft? Manchmal nimmt man es mit diesem Wort nicht so genau und bezeichnet auch Bekannte als Freunde. Oder spielte Karina in Ihrem Leben eine wichtige Rolle? War sie so etwas wie eine beste Freundin? Jemand, dem Sie vertrauten und daher alles anvertrauten?"

Ihr eben noch gelöster Gesichtsausdruck versteinerte. „Fast glaube ich, Sie können Gedanken lesen. Ja, das war Karina. Ich lernte sie in der Gemeinde kennen, obwohl sie dort nicht hingehörte. Sie war eher zufällig dort gelandet. So, wie ich auch. Wir lästerten oft gemeinsam über das altmodische Getue. Karina schrieb alles in ihr Tagebuch. Ich durfte es lesen. Weil wir uns alles sagen konnten. Nur einmal verschwieg sie mir etwas. Das war die Sache mit Benedikt. Wie ich hatte auch sie ein paar Affären. Von Benedikt wurde sie sofort schwanger. Deshalb hat sie wohl nichts verraten. Natürlich nannten das alle in der Gemeinde eine große Sünde. Daher musste sie sofort heiraten. Das Kind starb bei der Geburt. Damit war auch die Ehe gestorben. Die Verbindung zu Ben und der Gemeinde war von diesem Augenblick an erledigt."

Schultz gab sich Mühe, eine gleichgültige Miene beizubehalten. „Sie erwähnen da ein Tagebuch. Wissen Sie, wo sie es aufbewahrte? Das könnte von großer Wichtigkeit sein. Falls Karina darin alles aufgeschrieben hat, was sie erlebte und unternahm, könnte sie auch die Verabredung mit dem Täter notiert haben."

Silvana lief feuerrot an. Aus der Seitentasche eines roten Jäckchens, das sie übergeworfen hatte, holte sie ihren kleinen zerdrückten Teddybär und drückte ihn fest gegen ihre Brust. „Denken Sie jetzt nicht schlecht von mir. Ich habe sofort in der Schublade im Schlafzimmer nachgesehen, wo es immer lag. Hoffentlich glauben Sie nicht, dass ich es wegen ein paar Geheimnissen über mich an mich genommen habe. Aber es ist tatsächlich verschwunden. Der Kerl, der ihr das angetan hat, muss es geklaut haben."

Schultzes Miene ließ nicht erkennen, ob er derselben Meinung war. Er deutete auf den Teddy. „Ist das Ihr Glücksbringer? Brauchen Sie ihn zur Beruhigung?"

Sie lächelte. Ein Hauch von Verlegenheit überzog ihr Gesicht. „Sie werden denken, dass ich eigentlich schon zu alt für so etwas bin. Ich habe ihn aber seit meiner Kindheit. Oft, wenn ich Wünsche hatte, habe ich sie ihm gesagt. Und es hat geholfen. Nur manchmal nicht. Dann habe ich ihn geschimpft und zur Strafe vor die Tür gesetzt. Aber das dauerte nie lange. Nach kurzer Zeit habe ich ihn wieder geholt."

Durch Schultzes Kopf schwirrte der Gedanke, ob Silvana durch ihre exotischen häuslichen Verhältnisse vielleicht einen seelischen Schaden genommen haben könnte. In der Tat hielt er es für ungewöhnlich, dass eine junge Frau diesen Alters sich an ein Stofftier klammerte. „Lassen Sie uns gerne ein anderes Mal darüber reden, wenn mehr Zeit ist. Ich finde das durchaus interessant. Im Moment sollten wir allerdings noch ein wenig bei Karina bleiben. Er legte die Arme übereinander und reckte den Kopf nach vorn. „Da Ihnen Karina alles anvertraute, muss ich Ihnen eine direkte Frage stellen. Hatte Karina einen festen Freund, einen Liebhaber?"

Silvana zögerte. „Muss ich das sagen?"

Eine leichte Strenge lag in Schultzes Stimme. „Sie müssen nicht. Aber Sie wollen doch helfen."

Ein Nicken. Silvana drückte den Teddy noch einmal. „Schon wieder so eine Frage, deren Antwort Sie mir nicht glauben werden. Ja, sie hatte wohl jemand. Ich habe das daraus geschlossen, dass sie mich manchmal ausdrücklich bat, zu bestimmten Zeiten nicht zu ihr zu kommen. Das war immer abends."

„Haben Sie nach dem Warum gefragt?"

„Ja. Sie hat mich angestrahlt und gemeint, dafür sei ich noch zu klein."

„Das verstehe ich nicht."

Silvana zögerte. Noch einmal knautschte sie den Teddy, bevor sie ihn wegsteckte. „Wir redeten öfters über Männer. Eigentlich immer. Sie erzählte mir, wer ihr alles nachstellte. Das waren viele. Sehr viele. Karina konnte über jeden intime Einzelheiten berichten. Aber auf meine direkte Frage, ob sie denn mit jedem von ihnen etwas habe, wich sie immer aus. Das war früher nicht so. Da hatten wir gemeinsame Freunde. Halt manchmal nacheinander. Wir lachten dann viel über die Eigenarten. Erst als sie verheiratet war, war sie nicht mehr so offen." Silvana prustete los. „Allerdings hatte sie dann noch mehr Verhältnisse als früher." Plötzlich wurde sie wieder ernst. „Wir Frauen werden bei ein bisschen breit gestreutem Interesse gleich als Huren gehandelt. Wenn aber ein Mann mit vielen Eroberungen angibt, ist er ein toller Hecht. Das fanden Karina und ich immer ungerecht. Deshalb haben wir über dieses Thema nie mit anderen Leuten geredet."

Schultz schaute auf den Boden. „Können Sie mir Namen nennen?"

Wieder ein grelles Lachen. „Klar. Jede Menge. Nur hilft Ihnen das nichts. Weil ich nicht bestätigen kann, dass Karina mit einem von ihnen etwas hatte."

„Trotzdem."

Sie hielt sich kurz die Hand vor den Mund. „Ach! Mario Beckstein und Peter Felbrich. Die ehrenwerten Herren vom Vorstand. Es gibt eben Fromme, die nicht unbedingt so fromm sind und handeln." Silvana überlegte. Sie wirkte unschlüssig, so, als halte sie mit etwas hinter dem Berg. „Mir fallen nicht mehr Namen ein. Einige andere Männer hat es jedenfalls gegeben."

Schultzes Tonfall wurde eindringlicher. „Bitte denken Sie in den nächsten Tagen noch einmal in Ruhe darüber nach. Das ist sehr wichtig. Sagen Sie mir bitte sofort Bescheid, sobald Ihnen weitere Namen einfallen."

Silvana tat, als sei ihr eben noch ein Gedanke gekommen. „Klar! Da ist ja noch Indy. Den hatte ich ganz vergessen. Der war total scharf auf Karina."

„Wer ist Indy? Den Namen höre ich zum ersten Mal."

„Indy heißt eigentlich Wilhelm Wilhelmi." Sie lachte. „Er heißt wirklich so. Ein doofer Name. Wahrscheinlich hatten seine Eltern wenig Fantasie."

„Das hilft mir noch nicht viel weiter. Was wissen Sie über diesen Indy?"

„Er ist ein Nachbar. Äußerlich scheint er aus der Zeit gefallen zu sein. Lange blonde Haare. Manchmal ein Pferdeschwanz. Er erinnert so an die Hippie- oder Flower-Power-Ära. Seine Leidenschaft ist die Musik. Er beherrscht mehrere Instrumente. Wovon er lebt, weiß ich nicht. Er ist viel im Ausland auf Reisen. Vor allem in Indien. Daher der Spitzname." Sie druckste herum. „Meistens bringt er von dort etwas mit. Haschisch, meine ich." Silvana spannte ihr Gesicht an. „Jedenfalls fuhr Karina voll auf ihn ab."

Schultz hatte sie genau beobachtet. Wieder schien sie reserviert. Er überlegte, wann ihm das zuerst an ihr aufgefallen war. Dann fiel ihm ein, dass er es während der Schilderung ihres Umgangs mit Lucius Tillich, ihrem Adoptivvater, bemerkt hatte. Er sah sie auffordernd an. „Sie erzählen das so distanziert. Nehmen Sie mir die Frage nicht übel. Haben Sie vielleicht selbst Interesse an diesem Indy?"

Ihre Antwort kam zu schnell. „Überhaupt nicht. Was denken Sie?" Sie brüstete sich. „Nein, aber er sehr wohl an mir."

Schultz gönnte ihr ein mildes Lächeln. „Lassen wir das ebenfalls vorläufig auf sich beruhen. Kommen wir lieber zu einer besonders bedeutungsvollen Frage. Haben Sie eine Idee, eine Vorstellung, eine Meinung, wer Karina Weiss getötet haben könnte? Gab es in letzter Zeit irgendeine auffällige Bemerkung von ihr, irgendein besonderes Ereignis? Überlegen Sie gut. Lassen Sie mich Ihre Vermutungen wissen, auch wenn sie Ihnen noch so belanglos vorkommen. Halten Sie mit nichts hinter dem Berg."

Ihr erschrockenes Gesicht verriet, dass alleine schon die Unterstellung, sie könne sich in diesem Punkt unaufrichtig verhalten, sie verletzte. „Sie werden doch nicht annehmen, dass ich diesen Kerl decke. Wenn ich wüsste, wer Karina so zugerichtet hat, würde ich es Ihnen sofort sagen." Resigniert zog sie die Augenbrauen hoch. „Glauben Sie mir. Ich habe wirklich keine Idee."

Schultz wollte jetzt langsam den Bogen zu Silvanas Vater Lucius Tillich zurückspannen. Bevor er jedoch seine Frage formulieren konnte, betrat der Kriminalbeamte Bernd Schreiner das Zimmer. In seiner Hand hielt er ein Blatt Papier. Als sein Blick auf Silvana fiel, zögerte er. Schultz winkte ihm zu, er solle näher treten. „Kommen Sie nur. Frau Tillich ist uns eine große Stütze. Auf sie können wir uns verlassen. Sie kann deshalb ruhig mithören, was es gibt."

Schreiner legte den Zettel vor Schultz auf den Tisch und nahm Platz. „Wir haben wieder ein Kreuzworträtsel. Da wir langsam wissen, wie der Täter tickt, haben wir es schon gelöst."

„Schießen Sie los," sagte Schultz.

„Es sollen wieder nur die Anfangsbuchstaben eingesetzt werden. Die Fragen orientieren sich auch dieses Mal alle an christlichen Themen. Erraten werden soll, in dieser Reihenfolge, wie Jesus gestorben ist, der erste Buchstabe des hebräischen Alphabets, der dritte, der erste oder vierte und danach der zweite

Buchstabe der Inschrift im Kreuz, an das Jesus geschlagen wurde. Und schließlich nochmals der erste Buchstabe des hebräischen Alphabets. Todesart war bekanntlich die Kreuzigung. Der erste Buchstabe des hebräischen Alphabets heißt Aleph. Die Inschrift am Kreuz lautete INRI. Damit kommen wir auf den Namen Karina, also den Vornamen der Toten. Wie beim letzten Mal, bei ihrem Ehemann Benedikt Weiss. Außerdem finden sich am unteren linken Ende dieselben acht Ziffern wie auf dem Kreuzworträtsel, das wir bei Benedikt Weiss gefunden hatten. An deren Entschlüsselung arbeiten wir noch."

Schultz betrachtete seine Fingernägel. „Schnelle, gute Arbeit. Aber hilft uns das weiter?" Er fixierte Silvana. „Sie haben gehört, was Kriminalhauptkommissar Schreiner eben gesagt hat. Können Sie sich darauf einen Reim machen? Kennen Sie irgendjemand, der gerne Kreuzworträtsel löst oder seinen Mitmenschen Rätsel aufgibt? Haben Sie irgendwo einmal beobachtet, dass sich jemand mit solchen Spielereien abgegeben hat? Das könnte uns ganz wesentlich weiterhelfen."

Silvana wirkte völlig geistesabwesend, fast apathisch. Schultz wartete eine Weile auf die Antwort. Er sah Schreiner an, der jedoch nur mit den Schultern zuckte. Dann griff Schultz ein. „Reißen Sie sich jetzt bitte zusammen und konzentrieren Sie sich. Die Beantwortung dieser Frage ist für uns eminent wichtig. Falls Sie nur den geringsten Anhaltspunkt haben, rücken Sie damit heraus. Wir werden Sie bei den weiteren Ermittlungen nicht in Gefahr bringen. Das verspreche ich Ihnen. Auch wenn es Ihrer Meinung nach nur einen kleinen Verdacht gibt, sollten Sie uns Ihre Vermutung mitteilen."

Silvanas matter Blick glitt an ihm vorbei, als sei sie betäubt. Ihre Antwort ließ lange auf sich warten. In Zeitlupentempo schüttelte sie den Kopf. Sie benötigte noch einen Moment. Ihre Stimme klang trocken und geriet zu einem Flüstern. „Nein. Ich kann dazu nichts sagen."

16

Dennis Hauschild hatte den Goldfaden aus dem Kaiserdom zur Untersuchung an kompetente Sachverständige in Speyer gegeben. Deren Adresse hatte er über das *Historische Museum der Pfalz* in Erfahrung gebracht.

Als sein Telefon klingelte, war es noch früher Morgen. Der Direktor des Museums selbst war am Apparat. Er schlug ihm einen Besuch in Speyer vor. Der Sachverständige habe ihm mitgeteilt, die Analyse des Goldfadens sei abgeschlossen. Das Ergebnis lasse ein gemeinsames Treffen sinnvoll erscheinen. Der Termin wurde für den Nachmittag desselben Tages vereinbart.

Als Hauschild in Speyer eintraf, war es 15:00 Uhr. Er parkte in der Nähe des Doms. Gegenüber lag der quadratische Museumsbau, an dessen linker Seite ein gewaltiger Turm aufragte. Hauschild betrat das wuchtige Gebäude. Der Pförtner meldete ihn an. Kurz darauf stand er mit nur leichter Verspätung vor Isidor Jäger, dem Museumsdirektor.

Jäger, ein klein gewachsener Mann mit vollem, grauen Haar und total defekten Zahnreihen, führte ihn in sein Büro. Nach Austausch einiger Höflichkeitsfloskeln kam Jäger zur Sache. „Unser Sachverständiger, Herr Schweizer, hat Ihren Faden sorgfältig geprüft. Das Ergebnis ist derart verblüffend, dass ich Sie gegen allen Anstand vorab fragen muss, woher Sie das gute Stück haben."

Hauschild war auf diese Frage vorbereitet. Er hatte sich seine Antwort gründlich überlegt. „Obwohl Sie mich so freundlich empfangen, muss ich Ihnen hierzu eine unhöfliche Antwort geben. Wir Journalisten genießen den besonderen Schutz der Gesetze, was die Pflicht zur Benennung unserer Informanten und damit unserer Recherchen anlangt. Das Grundgesetz billigt uns dies zu, weil es die Presse als Garant und Wahrer der freien Meinungsäußerung und als Kontrolle der übrigen Gewalten ansieht. Sie dürfen daraus keine falschen Schlüsse ziehen. Aber ich möchte mich bei Ihrer Frage auf mein gesetzliches Schweigerecht zurückziehen."

Jäger reagierte weder verärgert noch schien er aus der Fassung gebracht. „Nach unserem Telefonat hatte ich schon mit einer solchen Reaktion gerechnet. Immerhin hatten Sie mir anvertraut, dass Sie die Untersuchung wünschten, weil Sie einer großen Sache auf der Spur seien. Da kann man sich in Ihrem Beruf eine vollständige Offenheit wohl nicht leisten, wenn man nicht seine Story geklaut haben will." Er stand auf. Als er Hauschilds erschrockenen Blick sah, lächelte er. „Keine Sorge. Ich will Sie nicht rauswerfen. Für Ihre Haltung und Ihre Aufgabe habe ich Verständnis." Er zwinkerte Hauschild zu. „Vielleicht vergelten Sie mir das irgendwann doch einmal mit der Beantwortung dieser Frage." Er bewegte sich zur Tür. „Ich hätte Ihnen gern einen Kaffee angeboten. Leider ist unsere Maschine gerade kaputt. Wir holen das nach. Für den Augenblick schlage ich vor, dass wir gegenüber in die Unterkirche des Kaiserdoms gehen. Dort hält sich auch Herr Schweizer auf. Vor den dortigen Gräbern lässt sich unser heutiges Thema besser vertiefen."

Hauschild signalisierte mit einem Schulterzucken sein Einverständnis. Die beiden Männer verließen das *Historische Museum der Pfalz* und gingen gegenüber in den Dom. Hauschild bewunderte die herrliche romanische Architektur, mit der die bescheidene Innenausstattung zu einer unnachahmlichen baulichen Harmonie verschmolz. Während Jäger einige Erklärungen zum Bau gab, bewegten sie sich auf den Hauptaltar zu und nahmen dann die Treppe in die Unterkirche.

Vor der mittelalterlichen Grablege der vier salischen Kaiser fanden sie Schweizer, einen vergeistigten, nahezu zwei Meter großen, dürren Hornbrillenträger. Nachdem Hauschild sich vorgestellt hatte, schleppten ihn Jäger und Schweizer vor ein seitlich abgesetztes Grab. Jäger zeigte mit ausgestrecktem Finger darauf und ergriff das Wort. „Aus diesem Grab kommt ihr Faden."

Hauschild trat einen Schritt zurück und sah die zwei Männer fassungslos an. Die Überraschung machte ihn sprachlos, so dass Jäger fortfuhr. „Wollen Sie noch mehr über Ihre Goldschnur erfahren?"

Schweizer mischte sich ein. „In der Fachsprache nennen wir diese Fäden Goldlahn."

Ein eifriges Nicken machte deutlich, dass sich Hauschild wieder gefangen hatte. „Selbstverständlich gerne. Deshalb bin ich doch hierhergekommen."

Mit einem Griff in die Seitentasche seines abgewetzten Sakkos aus dunkelbraunem Cord zauberte Schweizer ein Kästchen aus Acryl hervor, das Hauschilds Goldfaden enthielt. „Meine Mitarbeiter und ich haben diesen Faden gründlich untersucht. Das Ergebnis ist eindeutig." Er räusperte sich. „Von Goldfäden zur Produktion von Gewändern ist bereits in der Bibel die Rede. Die Technik war schon in der Antike geläufig. Goldblech oder Golddraht wurde dabei gehämmert oder gewalzt, in dünne Streifen geschnitten und um einen Textilfaden gewickelt." Er zeigte auf die Acrylbox. „Ihr Goldlahn ist durch das Schneiden von Goldfolie entstanden. Diese Fäden waren alle sehr kurz. Nur wenige Zentimeter. Sie mussten übereinandergelegt und dann aneinandergefügt werden. Das war viel Arbeit, damit also teuer und der Auftrag zu diesen Arbeiten nur sehr reichen Leuten möglich." Er wippte auf den Zehenspitzen, hob den Zeigefinger und deutete auf das abseits liegende Grab. „Auf alle Fälle haben wir die volle Gewissheit, dass Ihr Stückchen Goldlahn absolut identisch ist mit den Fäden, die wir vor nicht allzu langer Zeit im Grab dieses Herrn fanden." Mit einer Kopfbewegung wies er auf den Museumsdirektor. „Aber dazu kann Ihnen Herr Jäger mehr erzählen."

Jäger wehrte ein wenig geziert ab. Sein strahlendes Gesicht machte indessen deutlich, wie sehr er auf diesen Einsatz gewartet hatte. „In besagtem Grab hier vor uns liegt Heinrich V. beerdigt. Oder besser formuliert, Teile von ihm. Aber darauf komme ich noch." Die ausgedehnte Atempause ließ erahnen, dass er zu einem langen Monolog ansetzte. „Heinrich V. regierte unser Land von Ende 1105 bis zum Jahr 1125, als er mit 39 Jahren an Krebs starb. Er war durch die Gefangennahme seines Vaters, Heinrich IV., an Weihnachten 1105 an die Regierung gekommen. Die Hintergründe werden noch heute kontrovers diskutiert. Der Sohn ließ sich jedenfalls unter seltsamen Umständen im Jahr 1111 in Rom zum Kaiser krönen." Er drehte sich kurz zu den übrigen Gräbern um. „Sein Vater, Großvater und Urgroßvater liegen dort drüben in einer Reihe beerdigt. Heinrich V. hat man davon abgesetzt. Warum, ist ebenfalls offen." Wieder hielt er inne. „Vor etwa 300 Jahren kamen die Franzosen nach Speyer, verwüsteten und plünderten. Von unseren Gräbern hier wurde das von Heinrich V. aufgebrochen und entweiht. Wir wissen das, weil Anfang des 20. Jahrhunderts eine Expertenkommission die Gräber öffnete. Sie wollte nachsehen, welche Schäden die Franzosen angerichtet hatten. Da zeigte sich, dass nur das Grab von Heinrich V. betroffen war. Im Sarkophag fand man zwar das Skelett, vom Kopf aber nur noch den Unterkiefer. An Beigaben oder Ausstattung fand man lediglich ein Bündel Goldfäden von einem Gewand, ein kleines Bleikreuz und zwei eiserne Sporen." Jäger schluckte kräftig. „Erst vor ein paar Jahrzehnten wurden die Goldfäden im Rahmen eines Projekts zum mobilen Kulturgut der Kaiser- und Königsgräber in unserem Dom wissenschaftlich untersucht. Alle waren durch Schneiden von Goldfolie entstanden. Dies geht eindeutig aus den Werkzeugspuren an den Rändern der Goldlahne hervor." Er fuhr sich mit der Zunge über die Lippen. „Damit komme ich zum Ende. Wegen dieser gesicherten Erkenntnisse aus den 50er Jahren können wir heute ohne den geringsten Zweifel festhalten, dass Ihr kleines Stück Goldlahn aus dem Grab Heinrichs V. stammt."

Hauschild schaute die beiden Männer beeindruckt an. „Vielen Dank. Sie haben mir sehr geholfen." Seine Miene drückte Ratlosigkeit aus. „Und doch wieder nicht. Oder können Sie mir noch sagen, weshalb dieser Goldlahn ausgerechnet für eine besonders fromme und konservative Kirchengemeinde von außergewöhnlichem Interesse sein könnte?"

Schweizer schaute Jäger lange an, bevor er sich Hauschild zuwandte. „Das überschreitet unsere Kompetenz. Sie werden es wohl selbst herausfinden müssen."

17

Das Lokal *Nachtleben* an der *Konstablerwache* im Herzen Frankfurts trug seinen Namen nicht etwa wegen erotischer Darbietungen, sondern wegen der großzügigen Öffnungszeiten. Dilettantisch mit weißer Ölfarbe angestrichene Tischplatten vermittelten einen provisorischen Eindruck. Die lila und rosa Halbschalensessel aus Plastik erinnerten an die Nierenmöbel der 50er Jahre. Einige bunte Plakate der britischen Pop-Szene schmückten die Wände.

Man konnte nicht sagen, dass Staatsanwalt Schultz nicht in dieses Ambiente hineingepasst hätte, wenn auch sein exzentrisch geschnittener Bart, die kurz rasierten Haare und der korrekte Anzug mit Weste hier ihresgleichen suchten. Das Publikum war vom Alter und Erscheinungsbild her bunt gemischt. Überwiegend wohl Laufkundschaft von der *Zeil*.

Schultz sah auf seine goldene Taschenuhr, grunzte zufrieden und bestellte bei der hellblond gefärbten, rückständig gekleideten Kellnerin mit besonders starkem, kantigen Körperbau einen doppelten Espresso. Jetzt fehlte ihm auf einmal wieder die Zigarre. Er verdrängte den Gedanken sofort. Schließlich hatte er seiner Frau vor nicht allzu langer Zeit versprochen, nicht mehr zu rauchen. Stattdessen packte er die *Frankfurter Allgemeine Zeitung* aus seiner Aktentasche und studierte genüsslich das Feuilleton. Den lokalen Teil stellte er zurück, da er keine Lust hatte, schon wieder etwas über die innovativen Qualitäten seines Justizministers zu lesen.

Die große Blonde servierte den Kaffee. Schultz schlug interessiert den ersten kulturellen Beitrag auf, als sich die massive Eingangstür öffnete. Schreiner und Hauschild traten gemeinsam ein. Sie schauten sich um, entdeckten Schultz, begrüßten ihn und setzten sich zu ihm an den Tisch.

Als die beiden Hinzugekommenen die bestellten Getränke vorgesetzt bekamen, wollte Schultz zunächst Schreiner ansprechen. Der entschuldigte sich jedoch mit einem eiligen Gang zur Toilette. Schultz lachte auf und spottete laut. „Ja, ja, wie doch der Kaffee treibt.“ Er wusste aus einem vorangegangenen Telefonat, dass Schreiner den Vorabend mit seiner Stammtischrunde zugebracht hatte.

Als Schreiner zurückgekommen war und wieder Platz genommen hatte, fragte Schultz nach dem Stand seiner Ermittlungen.

Schreiner sah ihn unsicher an. „Darf Herr Hauschild mithören?“

Schultz schmunzelte. „Wir sind den Teufelspakt mit ihm eingegangen. Jetzt müssen wir bei der Stange bleiben.“ Er musterte Hauschild. „Aber nur, solange er uns ebenfalls etwas bietet, sich an die Gesetze und Vorschriften hält und ausschließlich dann etwas in die Zeitung setzt, wenn er uns vorher eingeweiht hat.“

Schreiner nahm das widerstandslos hin. „Wir haben alle unsere Falldateien auf Kreuzigungen, Goldschnüre und Kreuzworträtsel durchgesehen. Es gibt leider keinen Fall und keine früheren Verurteilungen, auf die unsere Auffälligkeiten passen würden. Ich habe vor ein paar Tagen einen unserer Profiler angesprochen und ihm die ganze Geschichte vorgetragen. Er hat auch die Akten gelesen. Seine Reaktion war ganz merkwürdig.“ Schreiner grinste breit, so dass sein Gesicht nur noch aus Narben zu bestehen schien. „Der Profiler meint, wir müssten nach einem Spieler suchen. Das bisherige Geschehen spreche dafür, dass sich jemand aus der Sache einen Jux mache. Das sei typisch für leidenschaftlich Spielsüchtige.“

Schultz reagierte grantig. „Diese Empfehlung vergessen wir gleich wieder. Dummes Zeug. Das wäre wirklich ein seltsamer Witz und ein komisches Spiel, wenn dabei zwei Menschen umgebracht würden." Er wandte sich an Hauschild. „Haben Sie etwas Vernünftigeres zu bieten?"

Hauschild berichtete vom Treffen mit seinem ehemaligen Studienkollegen Lucius Tillich und von den Besuchen im Oppenheimer Beinhaus und in der Sakristei des Frankfurter Doms. Er schmückte seine Erlebnisse gewaltig aus. Die heimliche Wegnahme des Goldfadens im Dom und seine spätere Fahrt ins *Historische Museum der Pfalz* nach Speyer behielt er für sich. Er befürchtete, Schultz würde ihm den Diebstahl verübeln und die weitere Zusammenarbeit aufkündigen. Deshalb wollte er zuerst noch ein paar andere Schritte wagen, um dann mit handfesten Ergebnissen aufzuwarten. Das, so redete er sich ein, würde Schultz besänftigen.

„Worauf wollen Sie hinaus? Warum konzentrieren Sie sich so auf den goldenen Schädel? Sie haben uns das zwar mal dürftig erklärt. Sehr viel Sinn sehe ich allerdings noch immer nicht darin."

Hauschild gab sich geheimnisvoll. „Lassen Sie mich nur machen. Sie werden es nicht bereuen. Wir Journalisten haben eben unsere Eigenarten. Wir schießen ja vielleicht manchmal mit unserer Fantasie über das Ziel hinaus. Geben Sie mir einfach noch eine Chance und ein paar Tage Zeit. Ich will noch nicht in die Details gehen."

„Verschwenden Sie Ihre Zeit, wie Sie wollen. Zum Glück bin ich nicht Ihr Vorgesetzter." Schultz sah abwechselnd beide Männer an. „Ich habe vermutlich noch eine Neuigkeit für Sie. Hat jemand von Ihnen heute Morgen Radio gehört? Das erste Programm des Hessischen Rundfunks?" Als Hauschild und Schreiner die Köpfe schüttelten, fuhr Schultz fort. „Der Herr Vorsitzende der *Freien Christengemeinde Golgatha / Bergen-Enkheim* hat sich öffentlich zu den beiden Todesfällen geäußert. Er hat vollmundig bekundet, dass er die Ermittlungen uneingeschränkt unterstützen will. Bei seiner ersten Vernehmung hat er ja noch nicht viel Milch gegeben." Schultz spöttelte. „Sein plötzlicher Kooperationswille wird doch nicht etwa mit unserem Besuch im Justizministerium zusammenhängen? Ein Schelm, wer Böses dabei denkt. Jedenfalls werde ich ihm und mir das Vergnügen gönnen und ihn selbst vernehmen." Schultz wollte gerade weitere Strategien ansprechen, als sein Blick auf die Eingangstür fiel. Er sprang auf. „Jetzt kommt die Überraschung unseres heutigen Treffens. Das habe ich Ihnen bewusst verschwiegen.

Eine nicht mehr ganz junge Dame mit schicker, dunkelbrauner Pagenfrisur und großen sprechenden Augen, in denen sich beim Anblick Schultzes Wiedererkennen spiegelte, betrat das Kaffee. Dann ging sie mit resolutem Schritt auf ihn zu, zwickte ihn in die Wange und gab ihm ein Küsschen.

Schreiner und Hauschild hatten sich ebenfalls erhoben. Während Hauschild abwartend schaute, ließ Schreiners Blick Unsicherheit erkennen. Nach genauerem Hinsehen grinste er breit. „Jetzt habe ich es kapiert."

Schultz holte einen weiteren Stuhl an den Tisch. Mit Blickkontakt zur Dame zeigte er auf Schreiner. „Diesen Herrn kennst du schon." Anschließend stellte er Hauschild vor. Danach streichelte er der Dame die Wange. „Das ist meine Frau Traudel Schultz. In der gegenwärtigen Verkleidung allerdings noch Frau Gundula Maier."

Traudel Schultz nickte, bevor sie kritisch ihren Mann betrachtete. „Warum treffen wir uns eigentlich hier an diesem undefinierbaren Ort?"

Mit einer Kopfbewegung wies Schultz in die Richtung von Hauschild. „Herr Hauschild wollte nicht so gerne schon wieder in die Behörde gehen. Er meint, er falle unangenehm auf, wenn er gesehen werde. Zuviel Nähe zu den Ermittlern schade seinem Ruf als Reporter."

Hauschild widersprach sofort. „Das war nicht ganz so gemeint. Aber Sie, Herr Schultz, haben es so interpretiert. Vielleicht war es Ihnen ganz recht, dass wir uns in dieser Besetzung an neutralem Ort treffen. Vor allem für den Fall, dass ich bei meinen Recherchen über das Ziel hinausschieße."

Schultz ließ die Sache auf sich beruhen. „Wir brauchten dringend ein paar Insiderinformationen über diese seltsame Kirchengemeinde. Anfangs hatten wir ja die Idee gestreift, einen Undercover-Agenten einzuschleusen." Er rieb sich die Hände. „Herr Schreiner hat uns über die Polizei eine konspirative Wohnung besorgt. Und meine Frau war bereit, die verdeckte Ermittlerin zu spielen." Er wischte sich mit dem Taschentuch über die Stirn. „Jetzt bin ich erst einmal froh, dass sie wohlbehalten bei uns sitzt." Er sah sie an. „Und nun könntest du uns von deinen Abenteuern erzählen."

Ausführlich berichtete Traudel nun von ihren Erlebnissen während der Feierlichkeiten zu den Titelverleihungen in der Gemeinde und ihrer Ganzkörpertaufe. Als sie erwähnte, dass außer ihr noch Lucius Tillich die Taufe empfangen habe, merkte Hauschild auf. „Von meinem Treffen mit Lucius Tillich habe ich vorhin erzählt. Er hat sich also tatsächlich zum zweiten Mal der Gemeinde angeschlossen. Ich möchte wissen, was dahinter steckt."

Mit einer selbstbewussten Handbewegung wischte Traudel seine Überlegungen vom Tisch. „Das dürfte jetzt keine Rolle mehr spielen."

Ihr Ehemann sah sie erstaunt an. „Wolltest du mich deshalb so dringend sprechen? Hast du etwas Wichtiges herausgefunden, was unsere sofortige Reaktion erfordert?"

Sie nickte bedeutungsvoll. „Was jetzt noch zu tun ist, müsst ihr entscheiden. Ihr seid die Fachleute. Der Fall ist jedenfalls gelöst."

Die drei Männer schauten sich verblüfft an. Ein wenig Misstrauen, Spott, Ungläubigkeit, aber auch gespannte Erwartung zeichnete sich auf ihren Gesichtern ab. Schultz lehnte sich zurück und faltete die Hände über dem Bauch. „Dann leg mal los."

„Karina Weiss hat ihren Mann umgebracht. Soviel steht fest. Isolde Spangenberg, die Ehefrau des Kirchenvorsitzenden Harro Spangenberg, hat mir das selbst gesagt. Anscheinend war Benedikt Weiss seiner krankhaft lebenslustigen Frau im Weg." Sie warf ihren Kopf zur Seite, als wolle sie keine Zweifel an diesem Ablauf zulassen. Trotzdem zeigte das Spiel ihrer Finger eine gewisse Unsicherheit und verdeutlichte, dass auch sie selbst die Beweisführung nicht für unangreifbar hielt. „Isolde Spangenberg hat ihre Informationen von ihrem Mann. Der ist bestens über alles unterrichtet, weil alle Drähte bei ihm zusammenlaufen."

„Nehmen wir einmal an, dass es so war", sagte Schultz. „Dann beantwortet dies aber noch nicht die Frage, wer anschließend Karina Weiss getötet hat. Ein Selbstmord scheidet definitiv aus."

Seine Frau blickte triumphierend in die Runde. „Dazu kann ich noch mehr bieten als zu Benedikt Weiss' Tod. Isolde Spangenberg teilte mir mit, die Gemeinde orientiere sich in ihren Moralfragen ausschließlich am Alten Testament. Wenn Karina ihren Mann umgebracht hat und anschließend selbst Opfer wurde, kommt als Ursache dafür nur eine Art Blutrache in Betracht. Das Alte Testament kennt das Prinzip von Auge um Auge, wie es heute noch im Nahen Osten angewandt wird. Folglich spricht alles dafür, dass ein Verwandter der Familie Weiss der Mörder von Karina sein muss. Ich habe nach und nach die Ehefrauen der Vorstandsmitglieder ausgefragt. Benedikt Weiss hatte keine Geschwister, keine nahen Verwandten." Sie schaute die drei Männer mit forschem Blick an, der keinen Widerspruch zuließ. „Wir kommen zum Schluss, zum Ergebnis. Tatsächlich gibt es nur noch Josef Weiss, Benedikts Vater. Der liebte seinen einzigen Sohn nicht nur abgöttisch. Er ist auch von cholerischem und unversöhnlichem Temperament. Kurzum: Wir haben den Mörder. Der Fall ist geklärt."

Auf Seiten der Männer herrschte zunächst betretenes Schweigen. Traudel nippte an ihrem Cappuccino, den ihr die Kellnerin mit der starken Figur bereits einige Zeit zuvor gebracht hatte. „Den Rest müsst ihr leisten. Das ist nun euer Job."

Schultz räkelte sich sichtbar unbehaglich. „Ich will dir nicht zu nahe treten. Zumal du eine tolle Arbeit geleistet hast, die nicht ungefährlich war. Wir sind uns aber sicherlich einig, dass deine Beweiskette nicht unumstößlich ist. Ich glaube, dass das noch nicht reicht, um eine Anklage darauf stützen und ein Gericht überzeugen zu können. Letztlich sind das alles nur Behauptungen." Er sah ein wenig gequält zu Schreiner und Hauschild. „Trotzdem spricht eine gewisse Logik für die Richtigkeit der Schlussfolgerungen meiner Frau. Oder wie sehen Sie das?"

Hauschild hielt sich bedeckt, während Schreiner das Wort ergriff und an Traudel richtete. „Sie haben wirklich gute Vorarbeiten geleistet. Allerdings müssen wir mit den Beweisen noch nachlegen. Ganz überzeugt bin ich noch nicht von Ihrer Theorie. Wenn Karina ihren Mann und anschließend dessen Vater Karina erstochen hätte, müssten beide diesen einmaligen tödlichen Messerstich beherrscht und, nach unseren bisherigen Ermittlungen, beide dasselbe Messer benutzt haben. Ausgeschlossen ist das nicht. Der Vater kann Karina zur Rede gestellt und bei ihr das Messer an sich genommen haben. Wir werden dem nachgehen." Jetzt sah er den Staatsanwalt an. „Ich schlage vor, dass Herr Hauschild seine angekündigten Recherchen weiter betreibt und uns auf dem Laufenden hält. Sie, Herr Schultz, könnten Ihr Vorhaben umsetzen, Harro Spangenberg zu vernehmen. Wegen seiner politischer Beziehungen muss bei ihm wohl Wert auf besondere Korrektheit gelegt werden." Er lehnte sich zurück und setzte sein breitestes Grinsen auf. „Und ich werde mir diesen Josef Weiss vornehmen. Wenn er Dreck am Stecken hat, werde ich es herausfinden."

Schultz schien zu wissen, was Schreiner noch sagen würde. Er hielt sich mit belustigter Mimik die Ohren zu. Schreiner wartete einen Moment, strahlte aber weiter in die Runde. „Auch wenn, was ein Staatsanwalt nicht im Detail wissen muss, bei meinen Methoden das Gesetz gelegentlich ein bisschen knirscht."

18

Am nächsten Morgen saß Harro Spangenberg im Büro des Staatsanwalts Hanspeter Schultz. Den Vorschlag Spangenbergs, er solle in die Freikirche nach Bergen-Enkheim kommen, hatte Schultz abgelehnt. Er sehe keine Veranlassung, die Kirche genauer in Augenschein zu nehmen. Sie sei offensichtlich nicht der Schauplatz krimineller Aktivitäten gewesen.

Mit hochnäsiger Miene ließ Spangenberg seine Blicke über die spartanische Büroausstattung fliegen. Schultz erlebte das nicht zum ersten Mal. Vor allem Straftäter aus Wirtschaft und Politik stellten Vergleiche mit ihren eigenen Arbeitsräumen her und zogen dadurch Rückschlüsse auf die Qualität der Ermittlungen und Ermittler. Ein schwerer Fehler, der ihnen einige Wochen später bewusst wurde, wenn der Staatsanwalt ihnen seine Resultate präsentierte.

Schultz servierte Kaffee und stellte in einem Schüsselchen einige seiner geliebten Nougatpralinen dazu. Mit einer Handbewegung forderte er Spangenberg auf, sich zu bedienen. „Vielen Dank, dass Sie sich angeboten haben, die Ermittlungsbehörden zu unterstützen. Deshalb habe ich Sie eingeladen. Immerhin geht es um zwei Tötungsdelikte. Da versteht es sich von selbst, dass wir alle Möglichkeiten zur Aufklärung ausschöpfen."

Spangenberg blies sich auf. Er wirkte abgehoben und hochfahrend. „Wir helfen, wo wir können. Allerdings bitte ich um Verständnis, dass meine Zeit begrenzt ist." Ein überhebliches Lachen folgte. „Ich bin ein vielbeschäftigter Mann."

„Gewöhnlich ergibt sich der notwendige Zeitaufwand erst im Laufe der Vernehmung. Wegen der zugegebenermaßen sehr spontanen Ladung will ich Ihnen allerdings entgegenkommen.

Ich stelle erst einmal alle Fragen zur Organisation der Freikirche, ihren Verantwortungsträgern und Aufgaben zurück. Sie müssen allerdings mit einer erneuten Vorladung rechnen, wenn sich weitere wichtige Fragen ergeben sollten."

Spangenberg unterbrach mit gekünstelter Jovialität. „Lassen wir doch solche Begriffe wie Vorladung weg. Das schafft nur Abstand zwischen uns, der nicht sein muss. Ich möchte unser Verhältnis partnerschaftlich verstehen. Außerdem bin ich doch nicht aufgefordert worden, sondern habe meine Hilfe angeboten."

Schultz blieb kühl. „Vorladung ist ein technischer Ausdruck, der auch auf unsere heutige Begegnung zutrifft. Wir wollen dies indessen nicht vertiefen, weil es nicht weiterführt und nur Zeit kostet. Kommen wir in Ihrem Interesse zur Sache. Haben Sie einen Verdacht, wer Benedikt Weiss und später Karina Weiss getötet haben könnte?"

„Nein. Es muss jedenfalls nicht dieselbe Person gewesen sein."

Spangenbergs belehrender Ton ließ die Adern an Schultzes Schläfen hervortreten. „Auf Selbstverständlichkeiten müssen wir nicht eingehen. Könnten Sie sich Motive für die beiden Taten vorstellen?"

„Ehrlich gesagt, nein. Alles Mögliche kann dahintergesteckt haben."

„Die getöteten Eheleute sind als Opfer von Kreuzigungen drapiert worden. Das könnte die Taten in die Nähe religiöser Motive rücken, zumal beide Ihrer Freikirche angehörten. Stimmen Sie mir da zu?"

Spangenberg wiegte den Kopf. „Das könnte man auf den ersten Blick annehmen. Allerdings vermisse ich Anhaltspunkte dafür."

„Die möchte ich ja gerade von Ihnen hören."

„Da sehe ich keinen Zusammenhang."

„Sehen Ihre Vorstandskollegen Mario und Johannes Beckstein, Josef Weiss und Peter Felbrich das genauso?"

Spangenberg war nicht anzumerken, ob Schultz ihn mit der Kenntnis über die Zusammensetzung des Vorstands überrascht hatte. „Da müssen Sie die Herren schon selbst fragen. Woher soll ich das wissen?"

„Sie könnten sich darüber unterhalten haben."

Spangenberg sah zur Decke. „Es gibt Wichtigeres."

Der Tonfall des Staatsanwalts wurde schärfer. „Wichtigeres als den Mord an zwei Gemeindemitgliedern? Nicht wichtig für mindestens ein Vorstandsmitglied, dessen Sohn und Schwiegertochter die Opfer waren? Da soll es keinen Gesprächsbedarf geben?"

Mit erhobenen Händen kapitulierte Spangenberg. „So war das natürlich nicht gemeint. Natürlich haben wir mehrfach über dieses Unglück geredet. Ich wollte damit nur sagen, dass wir zu keinem verwertbaren Ergebnis gekommen sind."

„Bleiben wir bei dem Mann, der am meisten betroffen sein dürfte, bei Josef Weiss. Wie war seine Beziehung zu Sohn und Schwiegertochter? Gab es Spannungen, Vorwürfe, Verdächtigungen? Sieht Josef Weiss irgendwelche Gründe oder Motive für die Tragödie? War die Ehe zwischen Benedikt und Karina Weiss intakt? Erzählen Sie mir bitte im Zusammenhang, was Sie darüber vor und nach den Taten erfahren haben."

Spangenbergs Souveränität bröckelte. Sein Gesicht zeigte Verunsicherung. Offensichtlich war er auf solche Fragen nicht vorbereitet. Mehrmals setzte er zum Sprechen an. „Ich weiß nicht, wie Sie auf diese Fragen kommen. Viel kann ich Ihnen dabei nicht weiterhelfen. Ich habe keine Beweise für zwischenmenschliche Probleme in der Familie Weiss. In der Ehe der jungen Leute mag es kleinere Reibungen gegeben haben. Wie überall. Wo gibt es die schließlich nicht?"

„Lassen Sie mich direkter fragen: Ging einer der beiden Partner fremd?"

Spangenberg sog die Luft ein. „Für eheliche Verfehlungen habe ich keine Beweise."

Schultzes Tonlage verriet erneute Angriffslust. „Beweise? Sie sprechen schon zum zweiten Mal von Beweisen. Mich interessiert, ob Sie Anhaltspunkte haben."

Mit dem deutlich missglückten Versuch eines gespielten Lächelns wollte Spangenberg seine zurückgewonnene Unbefangenheit dokumentieren. „Das sind doch juristische Finessen. Ich treffe meine Wortwahl nicht für den Duden. Mit Beweisen meinte ich, alle Ihre Begriffe abzudecken. Es gibt nichts von Bedeutung, was ich zum Zusammenleben der Familie Weiss zu sagen hätte."

„Nun gut. Haben Sie eine Vorstellung, warum den Opfern eine Art goldenes Lametta in den Mund gelegt wurde?"

Erleichterung zeigte sich auf Spangenbergs Gesicht. Der Themenwechsel schien ihm wieder Oberwasser zu geben. „Ich würde Ihnen gerne helfen, Herr Staatsanwalt. Für diese mysteriöse Abartigkeit habe ich aber so wenig eine Erklärung wie Sie."

Schultz beobachtete ihn unter gesenkten Augenlidern hervor. Er nahm sich vor, Spangenberg mit ständig wechselnden Fragenkreisen zu irritieren. Einerseits wollte er ihn mit einer vermeintlichen Konzeptlosigkeit in Sicherheit wiegen, andererseits mit permanenten Gedankensprüngen aus der Reserve locken. „Wir lassen das erst einmal alles so stehen. Anderes Thema, ohne Ihnen zu nahe treten zu wollen. Wo waren Sie, als sich nach bisherigen Erkenntnissen die beiden Morde ereigneten?"

Spangenberg lief puterrot an. Er rang nach Atem. „Das ist ungeheuerlich. Wollen Sie damit etwa andeuten, dass ich im Verdacht stehe, die beiden Gemeindemitglieder umgebracht zu haben?"

Schultz lächelte kalt. „Aber Herr Spangenberg. Ich frage das in Ihrem wohlverstandenen Interesse. Sie können doch sicher nicht wollen, dass sich ein journalistischer Schmierfink, dem gerade die Schlagzeile ausgegangen ist, irgendwann zur Unzeit in bösartigen Vermutungen über Ihre Person ergeht. Schließlich stehen Sie als Ehrenmann im öffentlichen Leben."

Spangenbergs Wangen vibrierten, seine Augen flackerten, die Hände zitterten. Ganz eindeutig wusste er nicht mehr, woran er war. „Soll das, mit anderen Worten, eine Routinefrage sein?"

„Genau!"

Schultzes Antwort überzeugte Spangenberg ganz offensichtlich nicht. Sein Unbehagen blieb sichtbar. Er rang sich die Antwort förmlich ab. „Am Abend, bevor wir Benedikt Weiss tot auffanden, war ich mit den Vorbereitungen für die Karfreitagsprozession in der Gemeinde beschäftigt. Ein großer Teil der Gemeindemitglieder war anwesend. Anschließend ging ich mit meiner Frau nach Hause." Er griff in seine Brusttasche, holte einen Taschenkalender hervor, blätterte darin und steckte ihn wieder ein. „Was den mutmaßlichen Todeszeitpunkt von Karina anlangt, habe ich zu der Zeit einen Termin, eine wichtige Sitzung beim Hessischen Bauernverband in Friedrichsdorf wahrgenommen." Spangenberg setzte sich aufrecht hin und bewahrte Haltung. Seine Miene war frostig. „Genügt Ihnen das?"

„Selbstverständlich. Das ist bei Bedarf überprüfbar." Schultz kramte seine Taschenuhr aus der Weste und warf einen Blick darauf. „Darf ich Sie kurz um Entschuldigung bitten und Sie einen Moment hier alleine lassen? Ich habe eine unaufschiebbare Kleinigkeit zu erledigen und bin sofort zurück." Er stand auf und deutete mit dem Finger auf eine Zeitung, die zusammengelegt auf dem Tisch lag. „Wenn Sie möchten, können Sie gerne so lange einen Blick in die *Frankfurter Allgemeine* werfen."

Ohne eine Antwort abzuwarten, schlüpfte Schultz aus seinem Büro. Es dauerte tatsächlich nur wenige Minuten, bis er wieder zurückkehrte. Er traf Spangenberg in grübelnder Haltung an. „Ich bitte nochmals um Entschuldigung, aber ich hatte ein wichtiges Telefongespräch zu führen. Ihre Sekretärin beim Hessischen Bauernverband meinte zunächst, es ginge um die Freigabe der Presseerklärung zu Ihrer Unterstützung der Ermittlungen. Die Presseinformation haben Sie ja offenbar schon zur Veröffentlichung nach Ihrer Rückkehr vorbereitet."

Spangenberg fuhr auf. „Was unterstehen Sie sich? Sie haben in meinem Büro angerufen? Ohne mein Wissen und meine Zustimmung? Wieso hat meine Sekretärin Ihnen überhaupt Informationen gegeben? Wahrscheinlich haben Sie die arme Frau unter Druck gesetzt oder ihr die Unwahrheit gesagt. Das wird nicht ohne Folgen für Sie bleiben."

Mit einer besänftigenden Handbewegung forderte Schultz ihn auf, sitzen zu bleiben. „Ihre Sekretärin wusste doch, dass Sie hier sind. Ich habe ihr wahrheitsgemäß gesagt, dass sie mir die Auskünfte in Ihrem Interesse erteilen möchte. Seien Sie doch froh. Auf diese Weise können leicht Missverständnisse ausgeräumt werden. Schließlich haben Sie selbst vor kurzem gesagt, dass Sie uns uneingeschränkt unterstützen wollen." Schultz blieb unterkühlt. „Wie mich Ihre Sekretärin weiter informierte, fand an dem fraglichen Abend keine Sitzung statt. Der Termin war ausgefallen, weil Sie vorab Ihre Verhinderung mitgeteilt hatten."

Spangenbergs Körper knickte ein. Von seiner ursprünglichen Überheblichkeit war nichts mehr übrig geblieben. Mit nervösen Fingern zog er erneut seinen Terminkalender hervor. „Das lässt sich sicher erklären. Ich muss mich im Datum vertan haben." Er schaute zu Schultz auf. „Leider finde ich keine Eintragung, weshalb ich den Termin verlegen musste. Mir fällt momentan auch nichts ein. Aber das werde ich umgehend aufklären." Seine Stimme wurde eindringlich. „Sie werden doch jetzt nicht annehmen, dass ich etwas mit dieser Sache zu tun habe. Lassen Sie uns den Fall ausführlich zusammen durchgehen." Er zögerte. „Vielleicht ist ja doch etwas an Ihrer Vermutung, dass Josef Weiss die Situation in der Familie nicht mehr ertrug."

Schultz tat überrascht. „Aber Herr Spangenberg, eine solche Verdächtigung habe ich überhaupt nicht ausgesprochen. Wie kommen Sie darauf?"

Fahrig wischte sich Spangenberg über die Stirn. „Vielleicht habe ich Sie nur so interpretiert. Das mag sein. Sie müssen mir glauben. Ich will Ihnen alles sagen, was ich weiß."

Erneut schaute Schultz auf seine Taschenuhr. „Sie gehen jetzt besser. Sie hatten eingangs erwähnt, dass Sie nicht viel Zeit und einen wichtigen Termin haben."

Verstört stand Spangenberg auf. „Ich versichere Ihnen, dass Sie auf mich zählen können. Gerne stehe ich Ihnen jederzeit für eine ausführliche Vernehmung zur Verfügung." Er machte eine Pause. Fast flehte er Schultz an. „Bitte! Mich ohne Ankündigung aufzusuchen, wird nicht nötig sein. Ich habe selbst ein Interesse daran, dass die ganze Geschichte umgehend ohne großes Aufsehen aufgeklärt wird. Am besten wird es sein, wenn Sie mir gleich einen neuen Termin geben. Ich verspreche Ihnen, dass ich ein paar Dinge mehr erzählen kann, als es mir heute wegen der Kürze der Zeit möglich war."

Schultz triumphierte innerlich. Er hatte Spangenberg da, wo er ihn haben wollte. Äußerlich blieb er gelassen und höflich. „Haben Sie noch alle meine Fragen in Erinnerung?"

„Selbstverständlich!"

„Dann schlage ich Ihnen vor, mir in den nächsten Tagen eine schriftliche Aussage zu bringen. Das spart uns beiden Zeit. Und Sie haben Gelegenheit, sich jede Formulierung genau zu überlegen."

„Einverstanden! Gerne."

Schultz brachte Spangenberg zur Tür. Als er gegangen war, machte sich ein zufriedener Schultz über die Nougatpralinen her.

19

Die Discothek *Cooky's* am *Salzhaus* in der Frankfurter Innenstadt war früher Treffpunkt der Avantgarde. Das Szenepublikum gab sich die Türklinke in die Hand, wollte sehen und gesehen werden. In den letzten Jahren war das Lokal jedoch mehr durch Schlägereien, Drogen und Halbwelttypen in den Blickpunkt gerückt. Durchtrainierte Türsteher sorgten dafür, dass vor jedem Eintritt eine Gesichtskontrolle stattfand.

Die Muskelpakete ließen an diesem späten Abend Silvana Tillich und Wilhelm Wilhelmi, von seinen Freunden Indy genannt, an der Eingangstür anstandslos durch. Sie kämpften sich durch Menschenmassen und Rauchschwaden in eine Ecke durch, wo trotz des höllischen Lärms der eigenwilligen Musik noch eine Unterhaltung möglich war. Indy organisierte Getränke und rauchte ein undefinierbares Kraut, das allerdings eindeutig nach Stoff roch.

Silvana sah hinreißend aus. Und sie wusste es. Das starke Make-up ließ sie reifer aussehen und gab ihren feinen Gesichtszügen jene Undurchdringlichkeit, die Männer die Fassung verlieren lassen und um den Verstand bringen kann. Im hautengen, dunkelblauen Pulli und ebenfalls hautengen weißen Jeans wäre sie die Idealbesetzung für Lolita gewesen.

Die Wirkung auf Indy blieb nicht aus. Mit provozierenden Gesten reagierte er auf die zahlreichen Blicke, die sich immer wieder auf Silvana richteten. Er offenbarte damit seine Eifersucht, die er mit der gespielt eintönigen Stimmlage wenig verstecken konnte. Silvana durchschaute ihn und hatte sich vorgenommen, ihm das Date schwer zu machen. „Warum hast du mich eigentlich hierher geschleppt? In dieser Bude versteht man kaum sein eigenes Wort. Und sonderlich schick ist es hier auch nicht."

Indy gab sich cool. „Mach halblang, Baby. Sei froh, stolz und dankbar, dass der liebe Indy sich die Zeit nimmt, dir die große Welt zu zeigen."

Silvana war klar, dass er nur dick auftrug. Sie blieb schnippisch. „Mehr hast du mir nicht zu bieten als diesen Stall hier? Da bin ich heißere Sachen gewöhnt."

Sein ständiges Umherschauen ohne konkreten Anlass machte Unsicherheit bei Indy deutlich. Noch behielt er jedoch seine Taktik der Überlegenheit bei. „Die Umgebung ist nicht so wichtig, Herzchen. Hauptsache, Indy ist dabei."

In Silvanas Brust kämpften zwei Seelen. Einerseits war Indy absolut ihr Typ. Sie hätte einiges darum gegeben, ihn an sich binden zu können. Andererseits störte seine Flatterhaftigkeit ihr Verständnis von Beziehung. Sie gestand sich zwar ein, ihn zu lieben. Auch war sie bereit, für seine Eroberung viele Opfer zu bringen. Längst wusste sie, dass die Zuneigung der meisten Männer umso mehr entflammte, je stärker sie um eine Frau kämpfen mussten. Deshalb wollte sie Indy noch eine Weile mit wechselnden Tiefschlägen auf Distanz halten. Sie sang laut gegen die Musik an, klatschte, schlug einen Rhythmus und bewegte ihren Oberkörper dazu. Als sie sich ihm zuwandte, gab sie sich betont gelangweilt. „Ich verstehe. Indy ist mal hier, mal da. Wen interessiert das? Indy war auch an Karina dran, wie wir wissen. So verlässlich kann das Gefühlsleben Indys nicht sein."

Indy schaute sie ernüchtert an. „Lass Karina aus dem Spiel. Ihr Spiel ist aus. Das ist schlimm genug. Alle fallen über Karina her. Früher taten sie das körperlich. Oder besser gesagt, die meisten Männer hätten es gerne getan. Und heute, wo sie tot ist, fallen sie mit Schmutz über sie her." Er griff nach Silvanas Hand, die sie ihm entzog. „Weißt du, Kindchen, sie war gar nicht der männermordende Vamp, zu dem sie jetzt alle abstempeln wollen. Viele geben nur damit an, dass sie mit ihr geschlafen hätten. Tatsächlich stimmt es nicht."

Silvanas Interesse war geweckt. Sie legte unbewusst ihre bisherige Maske der Verstellung ab und sah ehrlich erstaunt aus. „Woher weißt du das?" Sie starrte ihn an. Dann schnellte ihr Zeigefinger auf ihn zu. „Du hast ihr Tagebuch geklaut. Gib es zu."

Er fuhr sich mit der Zunge über die Lippen. Seine Augen irrten in der Gegend umher und verrieten seine Verlegenheit. „Quatsch! Warum sollte ich."

Silvana stampfte mit dem Fuß auf. „Entweder du gibst es jetzt sofort zu, oder ich gehe! Ich kann Lügner nicht leiden."

Der Auftritt zeigte Wirkung. Indy zeigte sich nachgiebig und versöhnlich. Seine aufgesetzte Selbstsicherheit legte er ab. „Du musst nicht den Aufstand proben. Ist ja gut. Lass uns vernünftig reden. Du liegst richtig. Ich habe mir das Ding mal geschnappt, weil mich interessierte, was an dem ganzen Gerede über Karina dran ist."

Sie drohte. Trotzdem wollte sie unbedingt beim Thema bleiben, weil sie sich davon eine klare Botschaft über seine Neigung zu ihr erhoffte. „Ich finde es gut, dass du endlich deine pubertäre Schau aufgibst und die Hosen runterlässt. Dann aber bitte ohne Hintertürchen. Gib zu, dass du es außerdem genommen hast, weil du scharf auf sie warst."

„Das bestreite ich ja nicht. Aber aus anderen Gründen, als du denkst. Tatsächlich verruchte oder auch nur angeblich verruchte Frauen ziehen uns Männer an. Meine Neugier war deshalb geweckt, weil alle erzählten, was sie für eine Rakete sei."

„Du willst nur nicht zugeben, dass sie für dich die große Liebe war. Die Antwort darauf hast du in ihrem Tagebuch gesucht. Und wie ich dir ansehe, hast du sie nicht gefunden. Wahrscheinlich, weil sie mit einer Luftnummer wie dir keine ernsthafte Beziehung eingehen wollte. Was hast du schon zu bieten? Sex, Drugs und Rock'n'Roll. Das bist du. Nicht unbedingt der Mann, mit dem man sein Leben verbringen will. Du bist ein Spieler. Du spielst mit den Menschen, vor allem mit den Frauen."

Eine gewisse Ratlosigkeit machte sich in Indys Gesichtszügen bemerkbar. „Noch so ein paar Sätze, und ich sehe aus wie ein Pierrot oder ein Clown. Vielleicht bin ich das." Pathos lag in seiner Stimme. „Trotzdem bin ich ein Mensch, der verstanden werden will. Wie Karina auch. Die konnte sich zwischen zwei Männern nicht entscheiden. Und suchte möglicherweise ständig neue Männerbekanntschaften, um endlich etwas Endgültiges zu finden."

Als er ihr antwortete, konnte er einen Hauch von Eitelkeit nicht unterdrücken. „Du irrst dich übrigens ein bisschen. Sie hatte schon einen Narren an mir gefressen. So steht es jedenfalls im Tagebuch."

„Wer ist der zweite Mann außer dir?"

„Das ist sehr merkwürdig. Sie erzählt dauernd von ihm, nennt ihn aber nicht beim Namen. Es gibt auch keine konkreten Hinweise auf sein Aussehen oder seine Umgebung." Er stockte. „Allerdings fehlen ein paar Seiten. Sie sind herausgerissen."

„Warst du das?"

„Nein. Mir fiel es überhaupt nur auf, weil sie mich im Gegensatz zu dem anderen Typ immer mit Namen erwähnt." Er sank leicht in sich zusammen und sah aus wie ein Häufchen Elend. „Weißt du, eigentlich tat sie mir nur Leid. Sie war immer auf der Suche. Wonach genau, ist mir nie klar geworden. Sie hing sich an jeden in der Hoffnung auf ein kleines bürgerliches Glück."

Silvana zweifelte stark an seiner Einschätzung. Sie hatte Karina anders in Erinnerung, wollte es aber nicht auf einen Streit darüber ankommen lassen. Wenn Indy so verträumt dasaß und bekifft war, meinte sie, Anzeichen von Zuneigung zu entdecken. Diese momentane Nähe zu ihm wollte sie nicht aufs Spiel setzen. Allerdings bemerkte er diesen Moment der Schwäche selbst und korrigierte sein Auftreten. Er war sofort wieder der Typ Mann, den er nach außen darstellen wollte. Silvana versteckte die in ihr aufgekommenen Gefühle schnell hinter einer imaginären Mauer, die sie nach den sexuellen Übergriffen ihres leiblichen Vaters zum Selbstschutz aufgebaut hatte. Am liebsten wäre sie jetzt alleine gewesen. Da sie sich wiederum vor dem Alleinsein fürchtete, weil es sie unglücklich und traurig, ja sogar depressiv machte, blieb sie. „Ich will dir nicht ganz widersprechen. Jedenfalls wollte sie aus diesem moralischen Käfig der Gemeinde ausbrechen, der sie einengte und ihr die Luft zum Atmen nahm. Ihr Freiheitsdrang war zu groß. Ihr war klar, dass sie das nicht alleine schaffen konnte. Deshalb suchte sie nach der starken Hand, die sie aus diesem Gefängnis befreien sollte."

Indy hatte sich wieder im Griff. „Lass uns von etwas anderem reden. Karina ist Vergangenheit. Erledigt." Er nahm sie spontan in den Arm. „Wir wollen über uns quatschen. Uns gehört die Zukunft."

Silvana zitterte bei seiner Berührung. Sie hätte seinen Worten so gerne geglaubt, wurde aber die Zweifel nicht los. Heftig streifte sie seinen Arm von ihrer Schulter. „Ich gebe keine gute Ersatzfrau ab. Entweder ich bin die Nummer eins, oder der Mann kann seine Vorstellungen begraben." Sie posierte, als solle sie gerade gefilmt oder fotografiert werden. „Außerdem übersiehst du, dass ich der künftige Star am Schlagerhimmel bin. Ich kann meine Zeit deshalb nicht mit allen möglichen hergelaufenen Kerlen vertrödeln. Damit gefährde ich nur meine Karriere."

Indys Körpersprache verriet, dass er verletzt war. „Warte ab, ob es dazu kommt. Und wenn, muss es nicht an deinem Talent liegen. Wenn man einen Vater wie Lucius hat, der mit seinen Beziehungen alle Türen öffnet, ist das die halbe Miete."

„Nur kein Neid, mein Lieber. Lucius hat es eben zu etwas gebracht. Das kann nicht jeder von sich sagen. Fass dich mal an die eigene Nase."

Indys bisherige Lethargie war verflogen. Empörung lag in seiner Stimme. „Willst du mich eifersüchtig machen? Alle Spatzen pfeifen vom Dach, dass du aus Dankbarkeit für seine Unterstützung deiner Karriere mit ihm in die Kiste springst. Viel Vergnügen. So taufrisch sieht er ja nicht mehr aus."

Er hatte Silvana an ihrem wundesten Punkt getroffen. Doch sie behielt die Kontrolle und blieb völlig locker. „Was weißt du schon? Warst du dabei? Hör nicht so viel auf das Geschwätz der Leute. Die sind nur neidisch."

„Wenn das so ist, kannst du doch sagen, was wirklich gelaufen ist."

„Ihr macht euch alle keine Vorstellung, was das für eine Tretmühle ist. Lucius hat nach und nach meine Wünsche erfüllt. Er vermittelte mich an eine angesehene Schauspielschule, wo ich richtig sprechen, singen und tanzen lernte. Dann ging erst einmal alles schief. Ich bewarb mich. Für die Rolle in einem Musikfilm. Lucius hatte es eingefädelt und begleitete mich zu dem Casting. Ich vermasselte die Tonart, lag viel zu hoch. Nach ein paar Takten war alles vorbei. Der Regisseur sagte mir mitleidig aber höflich, die Rolle sei nicht auf mich zugeschnitten. Ich weinte wie ein Kind. Lucius war sauer. Er meinte, ich hätte ihn blamiert. Nie mehr würde er etwas für mich tun." Silvana war den Tränen nahe. „Als wir nach Hause kamen, legte er sich aus Wut den ganzen Tag ins Bett und hat nichts mehr mit mir geredet."

„Wo war denn seine Frau, die schöne Helena?"

„Was hat das damit zu tun? Sie war shoppen, irgendwo. Ich weiß nicht. Warum fragst du?"

„Und da hat Lucius dir angeboten, ins Bett zu kommen und Versöhnung zu feiern. Damit er dir wieder gut ist."

Silvana warf ihm einen vernichtenden Blick zu. „Spielst du jetzt den Hellseher? Und wenn es so gewesen wäre? Hättest du ein Recht, dich darüber aufzuregen?“

Indy ergriff ihre Hand und drückte sie. „Sei mir nicht böse, dass ich dich so quäle. Ich will das gar nicht. Nur ...“

Sie ließ ihm ihre Hand. Obwohl sie gerade jetzt ihren Teddy vermisste, den sie gerne gedrückt hätte, damit er ihren sehnlichsten Wunsch erfüllen möge. In Indys Augen glaubte sie gesehen zu haben, dass er es ernst meinte. Sie vertraute ihrem Instinkt, der ihr gebot, ihn jetzt nicht abzuweisen. „Was ist *nur* ...?“

Er druckste herum, fuhr sich durch die langen blonden Haare. „Weil ich dich liebe.“

Silvana sah ihm lange in die Augen und nickte. „Ich will mal versuchen, dir zu glauben. Weil ich denke, dass wir uns gegenseitig brauchen. Vertrau mir einfach. Wenn ich dir etwas zu erzählen oder zu beichten habe, wirst du es rechtzeitig erfahren.“ Plötzlich kam ihr ein anderer Gedanke. „Ich habe dir doch erzählt, was dieser Staatsanwalt Schultz mich alles gefragt hat. Er hatte großes Interesse an meiner Gesangskarriere. Als ich die Hilfe meines Vaters erwähnte, hat Schultz so komisch geguckt. Vielleicht hat er auch diese Gerüchte gehört, die du vorhin angesprochen hast. Was soll ich ihm sagen? Er wollte wieder auf mich zukommen.“

„Gibt es denn etwas zu sagen?“

Sie entzog ihm ihre Hand. „Fängst du schon wieder damit an? Du gibst keine Ruhe. Kannst du mich nicht in Frieden lassen und warten, ob ich dir überhaupt etwas zu verraten habe?“

Indy nahm einen tiefen Zug. Er schaute sie mit glasigem Blick an. Seine Pupillen waren riesengroß und ohne Glanz. „Leiblicher Vater, Adoptivvater, alle aus demselben Holz.“

Als sie ihm mit voller Wucht eine Ohrfeige verabreichte und zum Ausgang eilte, sah er ihr nicht einmal nach.

20

Josef Weiss war mit der U-Bahn zum Polizeipräsidium Frankfurt an der *Adickesallee* gefahren. Er ging durch den Haupteingang des fantasielosen Würfels, der im Volksmund den Spitznamen *Bullenstall* erhalten hatte. Dem Beamten am Empfang zeigte er seine Vorladung. Nach einem Telefonat nannte ihm der Polizist die Zimmernummer. Weiss durfte passieren und nahm den Aufzug in den zweiten Stock. Dort erwartete ihn Kriminalhauptkommissar Bernd Schreiner. Er führte Weiss in sein bescheidenes Standardbüro und ließ ihn gegenüber seinem Schreibtisch Platz nehmen.

Weiss schaute sich suchend um. Man spürte, dass ihm seine Situation nicht geheuer war. Schreiner grinste freundlich und unverschämt zugleich. „Na, dann wollen wir mal." Er schaltete das Aufnahmegerät ein und wandte sich in sachlichem Ton an Weiss. „Ihr Sohn Benedikt ist vor kurzer Zeit unter tragischen Umständen ums Leben gekommen. Vor wenigen Tagen wurde Ihre Schwiegertochter Karina getötet. Dazu mein Beileid."

Weiss unterbrach unbeherrscht. Sein Gesicht lief rot an. Die Stimme überschlug sich. „Dass Sie mir zum Tod meines Sohns kondolieren, nehme ich gerne an. Er war ein herzensguter Junge. Das dürfen Sie glauben. Zum Ableben seiner Frau müssen Sie mir kein Beileid wünschen. Mit ihrer Heirat hat mein Sohn einen großen Fehler gemacht und dies bitter gebüßt."

„Wir sind schon mitten im Thema, zu dem ich Sie hierher gebeten habe. Schildern Sie mir bitte im Zusammenhang, was Sie zur Aufklärung dieser schrecklichen Vorfälle beitragen können."

Weiss polterte weiter. „Sie war ein Flittchen, wenn Sie verstehen, was ich damit sagen will. Jedem Mannsbild lief sie hinterher." Er schnaufte. „Und, ob Sie es mir glauben oder nicht, sie hat meinen Sohn auf dem Gewissen."

„Bleiben Sie ganz ruhig. Die Aufregung tut Ihnen nicht gut und hilft uns nicht weiter. Können Sie uns Beweise für Ihren Verdacht vorlegen? Oder wenigstens ein paar Hinweise geben, die Ihre Annahme nahe legen?"

Wieder fuhr Weiss auf. Er geriet ins Schwitzen. Ein tückischer Blick traf Schreiner. „Beweise? Was brauchen Sie für Beweise? Ich sage Ihnen, dass es so war. Sie dürfen davon ausgehen, dass ich Augen im Kopf habe. Mit denen habe ich gesehen, wie Sie meinen Sohn immer öfters beleidigt, verletzt und verhöhnt hat. Nicht nur, dass sie ihre Kerle mit zu ihm nach Hause genommen und es dort mit ihnen getrieben hat. Sie hat ihn ausgelacht, weil er sich das alles gefallen ließ. Reicht Ihnen das immer noch nicht als Beweis?"

Schreiner fürchtete, dass Weiss ihm seine Zeit mit Allgemeinplätzen stehlen werde. Er hielt dies aufgrund des Gesamtverhaltens von Weiss für eine durchdachte Taktik, um nicht selbst angreifbar zu werden. Deshalb entschied er sich, die weitere Vernehmung stringenter und mit mehr Härte durchzuführen. „Das sind alles Vermutungen. Sie sind intelligent genug, um das selbst zu wissen. Sagen Sie mir zu den Todesumständen Ihres Sohns etwas, das überprüft werden kann. Ein bisschen Rosenkrieg reicht nicht, um mich von der Täterschaft Ihrer Schwiegertochter zu überzeugen. Außerdem konnte sie nach Ihrer Behauptung tun und lassen, was sie wollte. Warum hätte sie dann ihren Mann umbringen sollen?"

„Weil sie ein Dreckstück war."

Schreiner hielt ihn auf. „Jetzt reicht es. Das sind alles Mutmaßungen. Wenn ich richtig informiert bin, sind Sie Vorstandsmitglied einer Kirchengemeinde, die besonders hohe moralische Ansprüche stellt. Bis jetzt merke ich nicht, dass Sie diesen

Grundsätzen selbst gerecht werden. Wie können Sie in Ihrer Kirche über gottgefälliges Leben, Ehe, Glaube, Verständnis, Vertrauen, vor allem Nächstenliebe, Verzeihung und all diese christlichen Werte sprechen, wenn Sie sich selbst nicht daran halten? Ich frage Sie zum letzten Mal: Können Sie mir einen konkreten Hinweis geben, wie es zum Tod Ihres Sohnes gekommen oder wer dafür verantwortlich ist?"

Weiss rang mit der Fassung. Ihm war anzusehen, dass er am liebsten losgebrüllt hätte. Mit deutlicher Mühe kämpfte er gegen einen Temperamentsausbruch an. „Was Sie von mir verlangen, kann ich nicht leisten. Ein schriftliches Geständnis der Frau meines Sohnes kann ich Ihnen nicht vorlegen."

„Dieselbe Frage stelle ich Ihnen jetzt zumTod Ihrer Schwiegertochter. Können Sie dazu etwas sagen, was uns hilft, den Täter zu ermitteln?"

Nun schaltete Weiss um und gab sich beleidigt. „Wenn Sie hier die Mörder auf dem Silberteller serviert bekommen wollen, muss ich passen."

Schreiner entschloss sich, Weiss jetzt kräftig zur Brust zu nehmen und ihn ein wenig zu provozieren. „Sie haben eben aus einigen Unfreundlichkeiten Ihrer Schwiegertochter darauf geschlossen, dass sie Ihren Sohn umgebracht haben könnte. Daraus könnte ich, wenn ich dieselben Maßstäbe anlege, wiederum schließen, dass Sie Ihre Schwiegertochter ermordet haben. Das führt mich zu der Frage, wo Sie sich zu der Zeit aufgehalten haben, als Karina umgebracht wurde."

Weiss hatte Schaum vor dem Mund. „Das muss ich mir nicht gefallen lassen. Auch nicht von Ihnen als Polizist." Er atmete hektisch und hörbar. „Obwohl. Sie haben gar nicht mal so unrecht. Wenn ich es mir richtig überlege, hätte ich sie umlegen sollen, dieses Teufelsweib."

„Vielleicht haben Sie es ja getan. Bisher haben Sie noch nichts vorgetragen, was dagegen spricht."

„Das muss ich auch nicht. Beweisen Sie mir doch, dass ich es war.“

Wieder grinste Schreiner. Dieses Mal eisig und unnahbar. „Gerne. Lassen Sie mich mal so anfangen. Vor der heutigen Vernehmung habe ich natürlich ganz genau Ihr Vorleben unter die Lupe genommen. Sie hatten vor zwei Jahren einen Autounfall. Damals gab es Streit zwischen Ihnen und dem anderen Verkehrsteilnehmer über die Schuldfrage. Sie wurden handgreiflich.“

Weiss öffnete den Mund und wollte etwas sagen. Sofort herrschte ihn Schreiner an. „Von nun an sollten Sie ganz kleine Brötchen backen, denn jetzt kommt es knüppeldick. Hören Sie zu und unterbrechen Sie mich nicht. Sie sind anschließend wegen Körperverletzung verurteilt worden. Wollen Sie das bestreiten?“

Mit merklich leiserer Stimme antwortete Weiss. „Nein, aber was hat das mit dem Tod von Karina zu tun?“

„Das will ich Ihnen sagen. Diese alte Geschichte zeigt, dass Sie zur Gewalt neigen, um Konflikte zu lösen. Da Sie Ihre Schwiegertochter als Satansweib charakterisiert haben, musste Sie aus Ihrer Sicht aus dem Weg geräumt werden. Das ist Ihre Denkweise. Und so haben Sie gehandelt.“

Weiss begann zu stottern. „Sie wollen mir unbedingt etwas anhängen. Aber damit kommen Sie nicht weit. Unsere Kirche hat Freunde, mächtige Freunde. Und unser Vorsitzender Harro Spangenberg verfügt über beste Kontakte in die Behörden. Er wird schon Mittel und Wege finden, Sie zurückpfeifen zu lassen.“

Schreiner kniff seine Augen zusammen. Seine Gesichtshaut spannte sich dabei derart, dass seine Narben wie Pfeilspitzen hervortraten. „Sie wollen mir drohen? Sie? Ich gebe Ihnen jetzt eine allerletzte Chance zu einer vernünftigen Kooperation. Falls Sie diese nicht ergreifen, nehme ich Sie fest und sorge dafür, dass Sie in Haft gehen. Sie reden hier die ganze Zeit um den heißen Brei herum und vertuschen alles, was Sie wissen. Davon habe ich jetzt die Nase voll. Untersuchungshaft kann auch verhängt werden, wenn jemand verdunkelt. Das tun Sie hier ständig. Und dann bleiben Sie in Haft, bis bei Ihnen alles durchsucht und geklärt ist. Haben Sie endlich verstanden, auf welch schmalem Grat Sie wandern?"

Als das Wort Untersuchungshaft fiel, wurde Weiss leichenblass. Zu Schreiners restlichen Bemerkungen nickte er nur noch eifrig. Geduldig wartete er, bis Schreiner geendet hatte. „Sie müssen verstehen. Wir haben in unserer Kirche den gemeinsamen Schwur geleistet, über alle kircheninternen Vorgänge zu schweigen. Aber in Haft gehe ich dafür nicht. Ich erzähle Ihnen jetzt alles, was ich weiß." Er fuhr sich mit der flachen Hand über sein schweißnasses Gesicht. „Die Wahrheit ist, dass wir an dem Abend, als Karina vermutlich umgebracht wurde, zum Teufel gegangen sind."

Schreiner glaubte, nicht richtig gehört zu haben. Er hielt es für möglich, dass Weiss jetzt vortäuschen wollte, nicht ganz bei Verstand zu sein. Deshalb unterbrach er dessen Erzählung. „Ich warne Sie. Wollen Sie mich auf den Arm nehmen und irgendeine verrückte Kirchengeschichte über den Satan vorlügen? Noch ein solcher Versuch und ich breche die Vernehmung ab. Die Folgen, die das für Sie hat, habe ich Ihnen genannt."

Mit erhobenen Händen wehrte Weiss ab. „Nein. Um Gottes Willen. Weinhandlung *Teufel* heißt ein Weinlokal auf der oberen Zeil in Richtung Zoo, genau auf der Ecke vom Alleenring. Wir waren alle dort. Der gesamte Kirchenvorstand."

„Und das können Sie beweisen?"

„Ich glaube, dass ich zu Hause noch eine Quittung habe. Damit wollte ich meinen Steuerberater befassen und fragen, ob die Bewirtung meiner Kollegen steuerlich absetzungsfähig ist."

„Ich rate Ihnen dringend, die Quittung zu suchen und mir vorzulegen."

„Außerdem können Harro Spangenberg, Mario und Johannes Beckstein und Peter Felbrich die Richtigkeit meiner Angaben bestätigen."

„Wenn sie sich nicht an den Kirchenschwur halten und schweigen."

„Ich denke, jetzt nicht mehr. Wir wollten bei einem Gläschen Wein über das weitere Schicksal von Karina beraten. Diesen Anlass wollten wir nicht öffentlich werden lassen. Unser generelles Schweigegelübde haben wir bei dieser Gelegenheit ausdrücklich erneuert. Daher wollte ich auch Ihnen zunächst nichts davon erzählen. Ich hatte Angst, dass Sie mich verdächtigen würden, am Tod von Karina beteiligt gewesen zu sein. Um jeden Preis schweige ich nämlich nicht."

„Gibt es Gründe, Ihren Kollegen die Tat zuzutrauen? Zu welchem Ergebnis sind Sie denn in Ihrem Gespräch mit dem Vorstand gekommen?"

„Wir haben uns über mögliche Strafen für Karina unterhalten. Ideen gab es viele. Sie sollte wenigstens zukünftig für alle Männer unattraktiv werden. Ein Vorschlag war, ihr Säure ins Gesicht zu schütten. Wir waren zum Äußersten entschlossen, denn dieses Teufelsweib hatte den Weg Gottes verlassen und meinen Sohn verführt und verhext. Und nicht nur ihn."

„Wer war der Scharfmacher bei diesem Gespräch?"

„Da gab es keinen Wortführer. Jeder leistete seinen Beitrag."

„Wie sollte es danach weitergehen? Auf welche Strafe hat man sich verständigt? Und wer sollte sie ausführen?"

„Wir sollten zu Hause alle Ideen nochmals abwägen und uns entscheiden. Dann wollten wir uns wieder treffen und abstimmen. Über die Vollstreckung der Strafe hätten wir uns nicht gestritten. Jeder von uns hätte das übernommen. Außer Harro Spangenberg hatten alle einen Grund, Karinas Bestrafung selbst in die Hand zu nehmen. Schließlich hatte sie alle auf ihre Weise verletzt."

„Können Sie das im Einzelnen erläutern?"

„Das sollte jeder der Herren selbst tun. Ich weiß das nur vom Hörensagen und bin mir nicht sicher, ob ich nicht etwas verwechsele."

Schreiner stand abrupt auf. „Hören Sie gut zu. Ich beende die Vernehmung jetzt nicht. Ich unterbreche sie nur. Sie gehen nach Hause und kommen heute Nachmittag mit der Quittung wieder. Sollten Sie dies nicht tun, müssen Sie damit rechnen, dass ich zu Ihnen komme und einen roten Zettel mitbringe. Wissen Sie, was das ist?" Er wartete keine Antwort ab. „Auf rotem Papier werden Haftbefehle geschrieben."

21

Der Mörder war mit seiner bisherigen Arbeit zufrieden. Benedikt und Karina Weiss hatten ihre Strafe erhalten. Die Ermittler tappten im Dunkeln. Außer ein paar Vernehmungen war nichts passiert, was Anlass zur Beunruhigung gegeben hätte. Jetzt musste das Spiel weitergehen. Schließlich hatte er einen Auftrag. Seine innere Stimme mahnte und erinnerte ihn fortwährend an die Aufgabe, die er zu erfüllen hatte. Um die Nachforschungen nicht zu einfach zu machen, wollte er von nun an die Regeln ein bisschen verändern. Das stand ihm zu. Er hatte es in der Hand. Schließlich war er der Erfinder dieses Spiels. Zu einfach durfte es nicht sein, weil sie ihn sonst sofort entlarven würden. Aber auch nicht zu schwer. Schließlich liebte er diesen Nervenkitzel, die Gefahr entdeckt zu werden.

Auf jeden Fall musste er die Tötungsart ändern. Er hatte so viele Aufträge erhalten, dass er nicht alle in der bisherigen Form erledigen konnte. Die neue Variante war ihm in Umrissen klar. Lange hatte er überlegt, ob er sich zur Vorbereitung der nächsten Spielzüge in seine Einsiedelei in Bretzenheim zurückziehen sollte. Er hatte sich dagegen entschieden, weil er das Internet zu ein paar Details befragen musste. Um keine auffälligen Spuren zu hinterlassen, war er von Bergen-Enkheim aus ans andere Ende Frankfurts gefahren. Natürlich hätte er auch den Computer zuhause benutzen können. Aber man wusste ja nie. Schließlich gab es da noch andere Nutzer. Wenn seine exotischen Recherchen durch einen dummen Zufall entdeckt würden, würde man sich vielleicht bei einem der nächsten Todesfälle erinnern und einen Reim machen können.

Deshalb saß er nun in einem Internetcafé in der Triftstraße im Stadtteil Niederrad und gab seine Befehle ein. Einfach zur besseren Tarnung.

Er suchte nicht viel Material. Vor allem musste er eine Idee entwickeln, bei der ein Baum eine Rolle spielte. Die Rolle des Todes. Denn seine weiteren Aufträge hatte er wieder einmal unter seinem Lieblingsplatz, dem Birnbaum vor der Eremitage in Bretzenheim erhalten. Dieses Mal lautete der Befehl, die Kirchengemeinde von allen namentlich genannten Heuchlern und Pharisäern zu befreien. Eine Erneuerung der Freikirche. Unter seiner Führung die Schuld der Lügner abzutragen und das Wunder des Neuanfangs zu wagen.

Außer dem Wort *Baum* hielt er sich also an das Wort *Wunder*. Und er fand die Waffe, die er benötigte, um für alle Zukunft eine Gesellschaft ohne Schuld zu formen. Als bei seiner Suche das Wort *Wunderbaum* als volkstümliche Bezeichnung für den hochgiftigen Rizinus auftauchte, wusste er, was zu tun war. Wieder ein Spiel. Er las, dass Rizinus im Volksmund außerdem auch *Christusbaum* und sogar *Kreuzbaum* genannt wurde und war begeistert. Hier hatte er im übertragenen Sinne die Möglichkeit, wieder zu kreuzigen. Nicht neu war für ihn, dass die Rizinuspflanze Kapselfrüchte bildete, deren Samen wie Bohnen aussahen. Da er sich seit der Studienzeit hobbymäßig mit ausgefallenen Pflanzen beschäftigte, sie zu Hause pflegte und kultivierte, beherbergte er in seinem Wintergarten auch Rizinuspflanzen. Sie waren auffällig attraktiv. Trotzdem würde er vorsorglich frische Ware kaufen. Aus der Zeit seiner Nahkampfausbildung kannte er noch die Bezugsquellen für giftige Pflanzen. Allerdings musste er seine übrigen Kenntnisse auffrischen, da er vor allem die zur Tötung von Menschen erforderlichen Mengen nicht mehr genau erinnerte. Gegen geringes Entgelt druckte er ein paar Seiten aus und ging.

Nebenan hatte er zuvor ein kleines Café mit Patisserie entdeckt, die ihn enorm reizte. Das portugiesische Café *Estrela Doce* versprach allein optisch schon höchsten Genuss. Und zartes Gebäck war nun einmal eine seiner Schwächen.

Er trat ein. Das Café war äußerst gemütlich. Echte Wohnzimmeratmosphäre. Hell und freundlich.

Rechts neben dem Eingang war die Kuchentheke. Er betrachtete das Angebot eingehend. Plötzlich überflog ein Lächeln sein Gesicht. Wenn dies kein Zeichen war! Hier gab es kleine Törtchen, die mit gemahlenen Bohnen gefüllt waren. Das passte genau zu seinem Plan.

Der Inhaber des Cafés sah ihn erwartungsvoll an. Ein mittelgroßer, naturgebräunter Mann mit schwarzem Haarkranz. Wenn der Schriftzug auf der gläsernen Eingangstür noch stimmte, war dies Antonio Santos.

Er bestellte einen Kaffee und einen Bohnenkuchen. Anschließend folgte er der Einladung des Inhabers und nahm an einem Tisch am Fenster Platz. Er hätte auch ohne die Aufforderung nicht lange suchen müssen. Um diese vorgerückte Zeit wurde in den Betrieben und Büros der Umgebung gearbeitet. Daher war außer ihm kein weiterer Gast im Café.

Herr Santos bediente ihn, zog sich anschließend hinter die Theke zurück und las. Der Mörder nippte am Kaffee, stellte fest, dass er noch zu heiß war und zog seine Unterlagen hervor.

Bevor er zu lesen begann, biss er kräftig in seinen Bohnenkuchen. Alle Namen deuteten bisher unverwechselbar darauf hin, dass er die richtige Tötungsart gefunden hatte. Er vertiefte sich weiter in die Kopie. Begeistert registrierte er, dass die bohnenförmigen Samenschalen des Rizinus das toxische Eiweiß Rizin, ein Lektin, enthalten und sehr giftig sind. Eine winzige Menge von 0,25 Milligramm wirke absolut tödlich. Das entspreche wenigen Samen. Da es sehr leicht herstellbar sei, war es von der britischen Armee als Kampfstoff geprüft worden. Als Aerosol sei es schwerer zu verteilen, aber für Einzelanschläge äußerst geeignet. Der Verfasser des Internetartikels verwies darauf, dass der bulgarische Geheimdienst im Jahr 1978 bei einem Regenschirmattentat Rizin eingesetzt hatte.

Als der Mörder las, dass bis heute kein Gegengift bekannt sei, jubelte er innerlich. Die nächsten Schritte lagen auf der Hand. Das würde kein Problem sein. Alles Weitere hatte er vor vielen Jahren in seiner Nahkampf- und Überlebensausbildung beim Militär gelernt. Und bis heute nicht vergessen.

Was für ein Spiel. Er würde hier, bei Herrn Santos, die notwendige Zahl an Bohnentörtchen kaufen. Vor einem gemeinsamen Treffen in der Gemeinde würde er dann die Samenextrakte des Rizinus mit einer aufgezogenen Spritze der Kuchenfüllung beigeben. Das würde nicht auffallen. Bei Besprechungen im kleineren Kreis brachte öfters einer der Teilnehmer Kuchen mit, und es wurde Kaffee dazu gereicht.

Den Hieb mit dem Messer, die Goldfäden und die symbolische Kreuzigung musste er weglassen. Die Tötung mit dem *Kreuzbaum* musste reichen. Denn der Eintritt des Todes würde etwa zwei Tage dauern. Er würde nicht dabei sein können. Aber die Hauptsache war, dass eine Art symbolische Kreuzigung stattfand. Seine Kreuzworträtsel würde er ebenfalls irgendwie unterbringen. Und selbstverständlich würde er unter jedes dieser Rätsel wieder dieselbe achtstellige Ziffernfolge setzen. Schließlich wollte er seinen Spaß haben und sehen, was die Ermittler daraus machen würden.

Er zog einen Stift aus seiner Jacke und drehte die Blätter mit den Kopien um. Hoffentlich reichte das Papier. Einige Seiten würde er schon brauchen.

Zunächst schrieb er die Buchstaben der Vornamen jeweils in senkrechter und waagerechter Reihenfolge. Dabei achtete er genau darauf, dass sie sich in der Mitte der Kästchen kreuzten. Mit kräftigen Strichen umrandete er die Buchstaben mit Kästchen. Für jeden Vornamen rechnete er sich die notwendige Anzahl von Fragen aus. Die Blätter legte er nun neben- und übereinander. Anschließend begann er, Fragen für die Rätsel zu formulieren.

Plötzlich konnte er einen Lacher nicht mehr unterdrücken. Ihm war eingefallen, dass er auch ein Kreuzworträtsel für sich selbst entwerfen musste. Und noch ein paar andere für Gemeindemitglieder, die überleben würden. Er musste dies tun, um nicht aufzufallen. Wenn er für alle todgeweihten Teilnehmer der Gesprächsrunde Kreuzworträtsel erfinden würde außer für sich selbst, lieferte er sich ans Messer dieser Ermittler. So durchsichtig durfte er nicht vorgehen.

Selbstverständlich musste er auch Hinweise auf das Warum für seine Taten vermeiden. Tatsächlich hatte es Augenblicke gegeben, in welchen er sich quälend geprüft hatte, ob nicht ansatzweise eigene Interessen unter den göttlichen Auftrag gemischt waren. Gott selbst hatte diese Befürchtungen jedoch endgültig zerstreut. Er hatte ihn immer häufiger in die Pflicht genommen, endlich zu seinem Glauben zu stehen und seine Mission zu erfüllen. Voller Demut war sein letzter Argwohn geschwunden.

Auf jeden Fall ging das niemanden etwas an. Seine inneren Kämpfe mussten in seinem Kopf und seiner Brust bleiben. Sonst würde ihm am Ende doch irgendeiner dieser inferioren Ermittler mit seiner kruden Fantasie auf die Spur kommen.

Mitleid mit den Opfern kam nicht in ihm auf. Er würde die Kirche in Bergen-Enkheim zu einer göttlichen Bühne machen. Mit diesem Spiel nach seinen Regeln. Auf Grundlage eines höheren Auftrags.

Und er würde damit Unsterblichkeit erreichen. Das war ihm versprochen. Die Vergänglichkeit, die für alle anderen dieser Zwerge um ihn herum galt, würde er überwinden. Über diese Gottgefälligkeit würde er die Unschuld zurückgewinnen, die es zur Unsterblichkeit brauchte. Und seine Freiheit. Dann würden endlich nicht mehr diese Abgründe in ihm auftreten, diese Zerrissenheit, diese Daseinsängste. Er würde immer neue Spiele erfinden. Und darüber lachen, lachen, lachen. Das hieß Leben. Das war schließlich der Sinn.

Als er aufschaute, stand Herr Santos vor ihm und sah ihn fragend an. „Ist etwas nicht in Ordnung?"

Er war durcheinander und verwundert. „Warum? Wie kommen Sie darauf? Nein, es ist alles vorzüglich. Der Bohnenkuchen war wunderbar."

„Ich dachte nur. Weil Sie plötzlich so schrill gelacht haben. Ich war mir nicht sicher, ob es Ihnen vielleicht nicht gut geht." Santos betrachtete die Papierflut auf dem Tisch. „Darf ich Ihnen noch etwas bringen?"

Hastig raffte der Mörder die Blätter zusammen. Blitzschnell überlegte er, dass ein übereilter Aufbruch verdächtig wirken könnte. Dass Santos ihn vielleicht genauer anschauen und später beschreiben könnte, als ihm lieb wäre. Er zwang sich zu einer gleichgültigen Tonlage. „Gerne. Einen Espresso bitte."

Als Santos hinter die Theke verschwand, überlegte der Mörder, wie viel er wohl gesehen haben mochte. Die Ausdrucke konnte er in der Kürze der Zeit nicht gelesen haben, zumal die meisten Seiten umgedreht waren, als er am Tisch stand. Die gezeichneten Kreuzworträtsel hatte er sicherlich liegen sehen. Aber es war unwahrscheinlich, dass er sie bewusst wahrgenommen hatte. Eher war anzunehmen, dass sie für ihn keine Rolle spielten, und er sie deshalb vergessen würde. Aber konnte man darauf vertrauen? Was, wenn er in der Zeitung von den dort so bezeichneten „Kreuzworträtselmorden" gelesen hatte? Würde er sich dann erinnern? Immerhin waren es handgemalte Kreuzworträtsel. Das war unüblich.

Santos servierte den Espresso. Er warf seinem Gast einen eigentümlich nachdenklichen Blick zu, den dieser auffing. Der Mörder rief sich zur Ordnung. Nach ein paar raschen Erwägungen sagte er sich, es werde am besten aussehen, wenn er mit seiner Arbeit fortfahren würde. Er legte die Blätter wieder auseinander. In gespielter Seelenruhe kaute er an seinem Stift und täuschte vor, Notizen zu machen. In Wahrheit konnte er sich nicht mehr konzentrieren. Alles, was er sich zu den möglichen Kombinationen von Santos zurechtgelegt hatte, schien ihm folgerichtig und logisch. Was aber, wenn Santos nicht wie ein Durchschnittsmensch reagierte? Was, wenn er doch die gezeichneten Rätsel als auffällig bemerkt hätte und wegen der einschlägigen Zeitungsberichte die Polizei anrufen würde? Auf alle Fälle würde er jetzt so schnell wie möglich seinen Auftrag erledigen. Die Sache duldete keinen Aufschub mehr. Seine Zukunft hing davon ab.

In einem Zug trank er den Espresso aus. Mit einer aufgesetzt gelangweilten Miene packte er seine Sachen zusammen und ging zur Theke, um zu zahlen. Santos nannte ihm den Preis. Er legte den abgezählten Betrag auf die Theke. „In ein paar Tagen möchte ich ein paar Bohnenkuchen holen. Sie sind so lecker, dass ich sie meinen Freunden vorsetzen möchte. Muss ich vorbestellen?“

Santos sah an ihm vorbei auf den Boden, wo eine der Kopien unter den Tisch gerutscht war. Er setzte eine unbeteiligte Miene auf. „Wenn es nicht mehr als zehn sein sollen, brauchen sie das nicht.“

Als der Mörder gegangen war, räumte Santos umgehend den Tisch ab. Dabei bückte er sich sofort nach dem Papier am Boden. Darauf waren fünf senkrechte und waagerechte Kästchen zu einem Kreuz gezeichnet.

In die Felder war der Name MARIO geschrieben. Darunter fanden sich untereinander die Ziffern von eins bis fünf. Mehr nicht.

Santos wusste nicht, was er tun sollte. Er drehte das Blatt herum. Auf der Rückseite war ein Bild. Das Foto einer Pflanze.

Mit langsamen Schritten, den Blick am Boden, ging er hinter seine Theke. Neben dem Telefonbuch stand ein kleines

Plastikkästchen mit Visitenkarten. Wie der Schalterbeamte einer Großbank oder eines Geldwechslers ließ er die Kärtchen durch seine Finger gleiten. Abrupt stoppte er und zog eine der Visitenkarten heraus.

Dann griff er zum Telefon.

22

Der Blutdruck spielte Josef Weiss übel mit. Die letzten Tage hatte er sich in seiner Stammapotheke ein Messgerät ausgeliehen. Das zeichnete ungeheure Sprünge auf. Gerade schlug ihm das Herz wieder bis zum Hals. Er hatte das Gefühl, als zerspringe sein Kopf. Das Gesicht war krebsrot angelaufen. Trotzdem hatte er zugestimmt, als Harro Spangenberg ihm vorgeschlagen hatte, sich im *Café Bitter & Zart* in der Braubachstraße zu treffen. Er habe Abstimmungsbedarf, hatte Harro zu ihm am Telefon gesagt.

Das Café lag gegenüber einer riesigen Baustelle. Dort war gerade das *Technische Rathaus* abgerissen worden, ein Bau aus den 60er Jahren. Die Stadt Frankfurt wollte an dessen Stelle den früheren *Hühnermarkt* mit seinen wunderschönen Altbauten neu erstehen lassen. Weiss betrat das Café, schlüpfte durch einen gerafften dunkelroten Vorhang aus Velours und stand vor einem Schild, das ihn aufforderte zu warten, bis ihm ein Platz angewiesen würde. Er ignorierte den Hinweis um zu sehen, ob Harro schon eingetroffen sei. Sofort war eine der Kellnerinnen bei ihm. Sie forderte ihn auf, sich einen Moment zu gedulden. Weiss trat von einem Fuß auf den anderen. Ihm war anzusehen, dass er nur mühsam eine unfreundliche Bemerkung unterdrückte.

Im Umschauen gewahrte er Harro vor dem Eingang. Er winkte ihm zu. Kaum war Spangenberg hinzugekommen und hatte ihn begrüßt, als auch schon eine andere Bedienung erschien und einen Tisch am Fenster anbot. Sie wies auf das reichhaltige Kuchenbuffet hin. Spürbar erleichtert, dankte Weiss und ging voran.

Die beiden Männer nahmen Platz, bestellten Kaffee und überließen der Bedienung den Kuchenzettel. Nach nur wenigen

Minuten wurde ihnen das Gewünschte serviert. Spangenberg nahm sich Milch und Zucker und rührte gedankenverloren in seinem Kaffee. „Du weißt, warum ich dich sprechen wollte. Karinas Obduktion ist abgeschlossen. Irgendeiner ihrer Angehörigen hat veranlasst, dass sie verbrannt worden ist, nachdem die Leiche von den Ermittlern freigegeben wurde. Angeblich soll sie einmal geäußert haben, dass sie es so wolle, wenn ihr etwas zustoße. Dabei hat sie bestimmt mehr an einen Autounfall als an ein Verbrechen gedacht." Er schob seinen Kuchen unberührt zur Seite. „Bis zur Verbrennung hat es lange gedauert. Das Krematorium soll mitgeteilt haben, die Kapazitäten seien zurzeit mehr als ausgelastet. Der Trend gehe wieder verstärkt zur Einäscherung."

Weiss rollte die Augen über seinem Stück Schokoladentorte und nahm einen Schluck Kaffee. „Und dir ist es darum zu tun, mir schonend beizubringen, dass du zur Urnenbeisetzung gehen willst."

„Ich will nicht. Aber ich muss. Immerhin war sie bis zu ihrem Ableben Mitglied in unserer Kirche. Ihr Tod kam unseren Überlegungen zu einer Bestrafung ihres lockeren, sündigen Lebenswandels zuvor. Wir müssen jetzt umdenken und Flagge zeigen. Als Kirche können wir nicht Nächstenliebe und Versöhnung predigen, aber bei unseren eigenen Mitgliedern die Verzeihung im Tod verweigern."

Der Bissen Schokoladentorte blieb Weiss fast im Hals stecken. Er begann zu husten und nahm schnell einen Schluck vom Wasser, das mit dem Kaffee gereicht worden war. „Verzeihen? Nicht bei ihr! Weißt du, was sie erwartet? Ich sage es dir, falls du unsere Glaubensgrundsätze vergessen haben solltest. Fegefeuer, Hölle und Verdammnis."

Spangenberg besänftigte ihn. „Damit hat sie doch ihre Strafe. Nichts hält uns davon ab, bei der Urnenbeisetzung unser Gesicht als liebende Gemeinde zu bewahren."

„Lass die Kosmetik weg. Worüber willst du an ihrem Grab oder vor ihrer Urne reden? Von der Liebe unter den Menschen und wie sehr sie uns fehlt? Dass ich nicht lache."

„Ich könnte von der Hoffnung reden. Davon, dass jeder eine Chance bekommt. Und die Liebe unter uns Menschen auch in Krisen höchstes Gebot ist."

„Das passt! Sie hat alle Welt geliebt, soweit diese Welt Herrenhosen trug. Wie nennt man so etwas im Klartext? Jedermanns Liebchen." Er wischte sich den Mund ab und knallte die Serviette auf seinen Kuchenteller. Die Lautstärke seiner Rede steigerte sich erheblich. „Sie war ein verruchtes Luder, ein unzüchtiges Flittchen und eine verkommene Ehebrecherin." Er wurde immer lauter. „Und sie hat meinen Sohn auf dem Gewissen. Sie hat ihn umgebracht, weil der anständige Junge ihrem Lotterleben im Weg stand. Davon bin ich überzeugt. Wenn du schon vor die Urne trittst, sollte das der Inhalt deiner Ansprache an die Trauergemeinde sein. Wenn alle Männer kommen, mit denen sie ein Verhältnis hatte, wirst du ein Mikrofon benötigen, damit sie dich hören können."

Einige Gäste drehten sich mit leicht empörten Mienen zu Weiss um und hüstelten. Die Kellnerin eilte hinzu und mahnte zu mehr Ruhe. Sie müsse sonst darum bitten, das Café zu verlassen, da sich bereits Gäste bei ihr beschwert hätten. Spangenberg gelang es, sie zu beruhigen. Mit einer mäßigenden Handbewegung wirkte er auf Weiss ein. „Halte dich bitte etwas mehr zurück. Wir wollen hier keinen Ärger bekommen."

Weiss gab sich einen Ruck. Er senkte seine Stimme nun fast zu einem Flüstern. „Du warst doch selbst nach der Karfreitags-Prozession dafür, dass wir ihr gottloses Betragen auf irgendeine Weise ausschalten müssten. Ich habe es so verstanden, dass du sogar eine Entscheidung mitgetragen hättest, sie aus dem Weg zu räumen." Plötzlich riss er die Augen weit auf. „Warst wohl zuletzt selbst scharf auf sie? Hat sie dir schöne Augen gemacht, weil du auf einmal so nachgiebig bist?"

Spangenberg dämpfte seine Stimme und zischte Weiss an. „Pass auf, was du sagst. Ich bin nicht davon überzeugt, dass mir nicht gerade Karinas Mörder gegenübersitzt. So, wie du vom Leder ziehst, halte ich es durchaus für möglich, dass du dich in deinem ungebremsten Zorn vergessen und sie umgebracht hast. Wenn du mich noch lange mit deinen Belehrungen nerven willst, muss ich wohl den Ermittlern mal einen sanften Hinweis auf deinen unversöhnlichen Hass und deine Verfolgungswut geben."

Weiss triumphierte. „Das kannst du dir sparen. Die Polizei hat mich schon in die Mangel genommen. Dieser Kriminalbeamte Schreiner hat die Unverschämtheit besessen, mich nach meinem Alibi für den Todesabend von Karina zu fragen. Ich habe ihm gleich hinterher die Quittung von unserem Treff im Weinlokal gegeben. Damit bin ich aus dem Schneider. Ich kann nicht an zwei Plätzen gleichzeitig gewesen sein." Er lächelte süffisant. „Allerdings habe ich keine Erinnerung daran, ob du an diesem Abend überhaupt dabei warst. Das müsste ich ihm wohl noch nachträglich mitteilen."

Spangenberg ergriff seinen Arm. „Lass uns wieder vernünftig miteinander umgehen. Sonst lachen sich andere nur ins Fäustchen. Du musst wissen, dass ich von diesem Staatsanwalt Schultz dasselbe gefragt wurde. Mit der Antwort habe ich mich dann leider vertan. Ich habe mich nämlich im Datum geirrt. Und dieser Schultz hat mich dabei reingelegt." Er stockte. „Wie du siehst, machen wir alle Fehler. Das ist nicht gut. Irgendwie stimmen unsere Daten nicht. Weißt du definitiv, an welchem Abend Karina gestorben ist?"

„Selbstverständlich. An dem Abend, als wir in der *Weinhandlung Teufel* am Alleenring waren."

„Eben nicht. Ich war zuerst der Meinung, dass ich beim

Hessischen Bauernverband war. Das habe ich auch Schultz erzählt. Meiner Erinnerung nach habe ich diesen Termin dann aber wegen einer wichtigeren Sache gecancelt. Das kann aber nicht unser Gespräch über das Vorgehen gegen Karina gewesen sein. Auf ein oder zwei Tage mehr kam es dabei nicht an. Dummerweise hat mein elektronischer Kalender eine Macke. Jetzt muss ich sehen, wie ich diese Tage irgendwie rekonstruiere."

Weiss sprang vom Stuhl auf. „Um Gottes Willen. Bist du dir da sicher? Dann gibt mir die Quittung vom *Teufel* gar kein Alibi." Er setzte sich wieder. Sein rot geflecktes Gesicht zeigte seine Panik und Erschöpfung. „Von jetzt an laufe ich Gefahr, dass dieser pockennarbige Kripobeamte mit einem roten Zettel bei mir auftaucht." Er wischte sich Schweißperlen von der Stirn. „Wie soll es weitergehen? Was soll ich nur tun? Ich bin kurz davor, durchzudrehen." Mühsam beherrschte er seine Stimme. „Aber eines schwöre ich dir. Wenn es mich trifft, reiße ich noch ein paar andere mit in den Abgrund. Dann kenne ich keine Rücksichtnahme mehr."

23

Wilhelm Wilhelmi, in seinem Umfeld besser unter dem Spitznamen Indy bekannt, verließ gerade die *Niddastraße* im Frankfurter Bahnhofsviertel. Er brauchte Stoff. Und zwar dringend. Deshalb hatte er im dortigen Druckraum nach Freunden oder Bekannten Ausschau gehalten, die ihm etwas von ihren Drogen überlassen würden. Hier hatte er sich schon öfter einen Schuss gesetzt, weil es erlaubt war. Man musste nicht ständig nach allen Seiten schielen, ob nicht irgendein Bulle in Zivil im Anmarsch war und einen festnahm. Aber so sehnsüchtig er sich auch umschaute, nicht ein einziger seiner alten Kumpel war da. Er musste also weitersuchen. Und schnell Stoff auftreiben. Egal, wie. Er fühlte sich elend und zittrig. Das musste aufhören.

Noch vor ein paar Stunden hatte er überlegt, in die Heroin-Ambulanz in der *Grünen Straße* im Frankfurter Ostend zu fahren. Dort hätte man ihm helfen können. Mit ordentlichem Stoff. Aber er hatte sich nie dem behördlichen Verfahren unterworfen, das an dieser Ausgabestelle verlangt wurde. Folglich hatte er sich anders entschieden. Das wäre nur verlorene Zeit gewesen.

Nach einigen Schritten erreichte er den *Kaisersack*. So nannte man den gegenüber vom Frankfurter Hauptbahnhof gelegenen Endpunkt der Kaiserstraße. Die Straße hatte schon zur Zeit der Ermordung der Edelprostituierten Rosemarie Nitribitt für Schlagzeilen gesorgt und überregionale Bekanntheit erlangt. Das internationale Publikum bevölkerte die Flaniermeile auf der Suche nach erotischen Abenteuern. Touristen, Messebesucher, Geschäftsleute, Handwerker und sogar ein paar Einheimische tummelten sich vor einschlägigen Etablissements und mussten sich permanent der aufdringlichen Türsteher und Lockvögel erwehren. Außerdem mussten sie sich dabei an die zahlreichen Junkies gewöhnen, die teilweise in erbärmlichem körperlichen Zustand und verwahrlost die Straße bevölkerten und Passanten um ein paar Münzen anbettelten. Bettler aller Hautfarben, die in Einkaufswagen der Supermärkte ihre komplette Habe mit sich führten, reckten ihre Pappbecher entgegen, gelegentlich auch auf aggressive Weise. Entlang der Häuserreihen des *Kaisersacks* lungerten etliche, ärmlich bekleidete, selbsternannte Straßenmusikanten, deren Repertoire sich meist auf drei bis vier eher unbekannte Töne reduzierte. Auch sie hofften auf die Großzügigkeit der erotisch interessierten Bummler. Diese waren nicht zuletzt auch Zielobjekte der aufreizend eng und spärlich bekleideten Frauen aller Altersklassen, die mit anzüglicher, lasziver Körpersprache, gelegentlich auch mit provokanten Worten die umliegenden Straßen auf und ab liefen. Auch sie hofften letztlich auf Finanzspritzen.

Anders Indy. Er war nicht zum Betteln hierhergekommen. Vielmehr wusste er, dass es Stoff gab. Und er wusste, wer den Stoff verkaufte, was er kostete und von wem er dabei nicht betrogen wurde. Indy hatte heute nur ein riesiges Problem. Er hatte kein Geld. Viel zu großzügig war er in den letzten Tagen mit seinen Reserven umgegangen. Alle Händler, die er kannte und ansprach, verstanden seine Sprache von dem Moment an nicht mehr, als er das Wort Kredit in den Mund nahm. Ohne Geld keine Ware, lautete das unumstößliche Gesetz der Straße.

Zu blöd. Ausgerechnet heute, wo er nun wirklich ein letztes Mal rückfällig werden und dann ganz bestimmt aufhören wollte. Das hatte er es sich fest vorgenommen. Wieder einmal. Sein Selbstbetrug dauerte schon viele Jahre. Aber jetzt würde es klappen. So versprach er es sich. Silvana zuliebe. Irgendetwas war an diesem Mädchen mit den tiefen, warmen Augen, das ihn reizte. Klar, ihr Vater hatte Geld. Doch das war es nicht allein. Irgendwie gefiel ihm die Kleine. Allerdings hatte er jetzt keine Zeit und keine Ruhe, sich mit solchen Fragen auseinanderzusetzen. Er konnte sich nicht richtig konzentrieren.

Indy war hochgradig nervös. Etwas musste geschehen. Entweder brauchte er Geld oder Stoff. Er warf einen verstohlenen Blick auf die kleine altertümliche Apotheke, die sich zwischen schmucklosen Geschäftshäusern mit dem Angebot einer Table-Dance-Show auf der einen und Non-Stopp-Erotik-Video-Clips auf der anderen Seite eingenistet hatte. Dort hinzugehen würde nichts nützen. Abgesehen vom Geld hatte er weder gefälschte oder gestohlene Rezepte bei sich noch machte es Sinn, über eine erzwungene Herausgabe von Stoff nachzudenken.

Klüger erschien es Indy, an der Ampel über die Straße zu den Bahnsteigen der Straßenbahnen zu gehen. Direkt neben der Ampelanlage führte eine Treppe zur S-Bahn, die nicht viel benutzt wurde. Vermutlich, weil es dort keine parallele Rolltreppe gab. Vielleicht würde er da einen Kumpel finden, der ihm etwas Stoff abgab. Aus Freundschaft, sozusagen.

Auf halber Strecke hatte die Treppe einen Knick von 90 Grad. Im Winkel saß eine Gestalt, den Kopf nach vorn gebeugt. Sie trug einen schwarzen Kapuzenpullover und hellblaue Jeans. Als Indy ihr gegen die Schuhsohle der ausgelatschten Stiefel trat, hob sie den Kopf.

Der Typ schien ein Überbleibsel aus grauer Vorzeit zu sein. Ein Gemisch aus 68er-Bewegung und Flower-Power-Zeit. Hinter einer Stirnglatze kräuselten sich dünne, hennarote Haare und mündeten in einen Pferdeschwanz, der durch einen roten Gummi zusammengehalten wurde. Das Gesicht war von Falten und Pusteln übersät. An einigen Stellen war es aufgekratzt. Die kreisrunde, randlose Brille war von Schmutzflecken verklebt. Der ganze Mensch wirkte unsauber und unappetitlich. Aus trüben Augen sah er Indy an und streckte eine zitternde Hand nach ihm aus. „Mensch, Indy. Gut, dass du kommst. Hast du was für mich?“

Indy erlitt einen Schock. Seine Hoffnung auf Hilfe war vorerst geschwunden. Er setzte sich neben das menschliche Wrack. „Wo denkst du hin, Rakete? Sieh mich mal genauer an, falls du das noch kannst. Mir geht es genauso dreckig wie dir. Ich bin schon seit Stunden auf der Suche nach etwas Brauchbarem. Der Mist ist, dass ich völlig abgebrannt bin."

„Nenn mich nicht immer Rakete. Das war einmal. Heutzutage bin ich nur noch ein kleiner Funke. Und auch der richtet nichts mehr an und aus. Hast du nichts dabei, was wir unter der Hand verkaufen können?"

„Nein. Nichts." Indy wühlte in seinen Taschen. Mit einem Mal wurde sein Gesicht nachdenklich. Behutsam zog er seine Hand hervor und öffnete die geballte Faust. In der Handfläche lag ein Springmesser. „Daran habe ich nicht mehr gedacht." Er schüttelte den Kopf und schaute resigniert vor sich hin. „Aber dafür bekommen wir nichts. *Grüne's Leihhäuser* auf der anderen Straßenseite nehmen uns das nicht einmal ab. Und selbst wenn es mir gelingt, das Ding zu versetzen, reicht das Ergebnis nicht, um Stoff zu kaufen."

Rakete streckte die Hand aus. „Gib mal her." Er ließ das Messer aufspringen und betrachtete es eingehend. „Wie kommst du denn an dieses schöne Stück? Damit kann man ja richtig jemanden kitzeln. So ein schönes Ding hast du. Und trotzdem kein Geld?" Er drehte das Messer hin und her. „Damit kann man doch jemand, der Geld hat, davon überzeugen, dass es schöner ist, zu teilen."

Indy nahm ihm das Messer ohne Gegenwehr wieder aus der Hand. „Wie meinst du das?"

Ein hässliches Lachen glitt über Raketes Züge. Dabei entblößte er einen zum Großteil zahnlosen Mund. „Der ganze Stoff hat mir zwar die Gehirnwindungen schon mächtig reduziert. Aber ganz blöd bin ich deshalb nicht. Ich kriege noch Vieles mit. Du verstehst, worauf ich anspiele?"

Indy war ehrlich verwundert. „Keine Ahnung. Worauf willst du hinaus?“

„Nun tu mal nicht so, Jungchen. Du lebst im Frankfurter Hinterland mit so ein paar Dutzend verrückten Sektierern. Mormonen, Quäker, Amish oder Hutterer.“ Er klopfte sich gegen die Brust. „Ich weiß alles. Auch, dass ihr euch dort gegenseitig meuchelt. Ich habe gehört, dass es schon zwei Tote gegeben hat. Und warum? Im Zweifel war es wie immer. Wegen Geld. Und womit sind die frommen Kinder ihrem himmlischen Vater nähergebracht worden?“ Er deutete auf Indys Hand. „Mit einem Messerchen.“ Rakete atmete tief ein und präsentierte eine breite Brust. „Hast du jetzt endlich kapiert, worauf ich dich heben will?“

Noch immer hatte Indy ihn nicht verstanden. Er schaute ihn wie neugeboren an. „Tut mir Leid. Wahrscheinlich ist es der Entzug, der mich in kindlicher Einfalt verblöden lässt.“

Rakete warf einen Blick nach unten, wo in der Ladenpassage eine der zahlreichen großen Bahnhofsuhren aufgehängt war. „Wenn heute alles so läuft wie immer, kommt gleich eine etwas bunt gekleidete Oma mit einem Rucksack auf dem Buckel. Die sucht den Tag über die Papierkörbe nach leeren Flaschen ab, die sie dann bei einem Großhandel verhökert. Wie ich weiß, tut sie das nur zum Zeitvertreib. Ich habe sie schon zweimal in einem Mercedes fahren sehen. Also muss sie Geld haben.“

Indy begann es zu dämmern, welche Idee Rakete gekommen war. „Du meinst, wir sollten ...?“

„Genau! Um diese Zeit sind hier im hinteren Teil der Einkaufspassage selten Leute. Wir nehmen die Oma in die Zange. Du hältst ihr das Messer an den Hals. Ich nehme ihr das Geld ab. Dann teilen wir und kaufen ein.“

Indys ganzes Gesicht drückte Zweifel aus. „Die Frage ist nicht, ob sie Geld hat, sondern ob sie es bei sich trägt. Und ob das genug sein wird. Lohnt sich das Risiko? Und was machen wir, wenn es schiefgeht?“

„Das Ding klappt. Die Kohle wird reichen. Du machst die Nummer wie bei den zwei Toten in Bergen-Enkheim. Deutest den einen harten Hieb zum Hals an. Wenn die Oma später vernommen wird, werden die Bullen denken, dass der Mörder der Frommen zugeschlagen hat, weil er wieder Geld brauchte. Weil alles im Leben nur wegen Geld geschieht."

Indy schnappte ihn am Pullover. „Bist du verrückt? Willst du damit sagen, dass ich die Zwei umgebracht habe? Willst du mich schon im Vorhinein zum Monster stilisieren, dem du nur als kleines Licht gefolgt bist? Baust du damit schon deine Ausrede für den Fall auf, dass wir geschnappt werden?"

Rakete wiegelte ab. Er faselte ein unverständliches, wirres Zeug. „Unantastbar. Du bist unantastbar. Du Heiliger, du Kirchenmann." Dann hängte er sich bei Indy ein und schleppte ihn mit sich in den Zugang zur Ladenpassage. Passanten hielten sich in diesem Bereich nicht auf. Nur in gehöriger Entfernung waren einige Bedienungskräfte hinter den Auslagen kleiner Geschäfte zu sehen, deren Aufmerksamkeit jedoch auf ihr unmittelbares Umfeld gerichtet war. Rakete zog Indy hinter eine der Betonsäulen und verharrte dort mit ihm. „Hier bleiben wir, bis sie kommt."

Die beiden Süchtigen mussten nicht lange warten. Aus der gegenüberliegenden Richtung näherte sich mit langsamen Schritten eine graugelockte, alte Frau, die sich einer Gehilfe bediente, eines Holzstocks mit Gummikappe. Sie war auffällig gekleidet. Eine gelbe Regenjacke, gelb und blau längsgestreifte Hosen, gelbe Sandalen. Auf dem Rücken trug sie einen blauen Rucksack. Am Zustand ihrer Kleidung war abzulesen, dass sie darauf entweder keinen Wert legte oder ihr das nötige Geld fehlte.

Rakete legte seinen Mund an Indys Ohr. „Das ist sie."

Indy schaute ihn skeptisch an. Er flüsterte. „Meinst du, dass wir mit ihr richtig liegen? Die sieht so aus, als würde sie viel eher noch *uns* um Geld angehen."

„Quatsch nicht rum. Was sie hat, wird uns genügen. Verlass dich auf mich."

Endlich war die alte Dame bis zur Säule vor dem Aufgang gekommen. Auf ein verabredetes Zeichen hin stürzten sich Indy und Rakete von rechts und links auf sie. Während Indy ihr das Messer an den Hals setzte und einen ihrer Arme ergriff, hielt ihr Rakete mit einer Hand den Mund zu und zog sie mit der freien Hand gemeinsam mit Indy hinter die Säule. Dort löste Indy seinen Griff, um der sichtlich verängstigten und verdutzten Frau mit dem Messergriff einen Schlag gegen den Kopf zu versetzen.

Als er gerade ausholte, fuhr sein Kopf herum, weil ihm jemand in den erhobenen Arm mit dem Messer gefallen war. Er versuchte um Hilfe zu rufen, sah nach Rakete und schaute in dessen vor unfassbarem Schreck geweitete Augen. Gleichzeitig fiel ein Gegenstand klirrend zu Boden. Aus den Augenwinkeln nahm er wahr, dass sein Messer neben der Säule lag. Dann fesselte ein ratschendes Klicken hinter seinem Rücken seine Aufmerksamkeit. Direkt im Anschluss registrierte er, dass er seine Hände nicht mehr bewegen konnte. Sie waren hinter seinem Körper zusammengebunden. Noch bevor er in eine geistige Starre verfiel, wunderte er sich darüber, dass die beiden Angreifer offensichtlich gleich gekleidet waren.

Währenddessen hatte der zweite Polizeibeamte Rakete ebenfalls die Handschellen angelegt. Rakete tobte zunächst und beschimpfte den Beamten. Inzwischen musste es dessen Kollegen gelungen sein, aus der näheren Umgebung Verstärkung herbeizurufen. Eine gemischte Streife kam hinzu und der männliche Beamte half, Rakete zu bändigen. Gleichzeitig kümmerte sich die Polizistin um die alte Dame und das heruntergefallene Messer.

Nach wie vor war Indy nicht fähig, mit der Situation fertig zu werden. Trotzdem würde er diese Bastarde von der Polizei nicht unterstützen. Alles würde er für sich behalten und kein Wort sagen. Sollten sie doch herausfinden, wie es wirklich war. Denen wäre sowieso gleichgültig, was er sagen würde. Kein Wort würden sie ihm glauben. So war es immer. Die Welt war so. Seine Welt jedenfalls. Und deshalb ohne Stoff nicht zu ertragen. Nun gut, sie wollten ihm etwas anhängen. Nach ihren Spielregeln, die er ablehnte. Sollten sie Rakete anzapfen. Der würde mitmachen. So viel stand fest. Wahrscheinlich hatten sie Rakete vorher schon gekauft. Keine Frage, Rakete würde ihn ins Messer laufen lassen. Im wahrsten Sinne des Wortes. Sie würden ihm *seine* Geschichte des Messers nicht abnehmen. Höchstens, wenn Rakete eine Story erfand. Da lauerten sie drauf. Das war ihm klar.

Immer, wenn sie ihn wieder einmal wegen Drogenbesitzes gefasst hatten, behaupteten sie, sein Bestes zu wollen. Therapie und derartiger Quatsch. Tatsächlich wollten sie ihn nur aus dem Verkehr ziehen, um ihre angeblichen Erfolge im Kampf gegen die Drogen zu feiern. Und deshalb würden sie ihn erbarmungslos mit getürkten Beweisen vorführen. Sollten sie. Ihre Welt war nicht seine. Er war in seinen Träumen zu Hause. Dort, in seinem Unterbewusstsein, waren die wirklichen Erlebnisse anzutreffen, für die es sich zu leben lohnte. In seine Träume konnten sie nicht eindringen. Darin war er jenseits von Lug, Trug, Geltungssucht und Profitgier aufgehoben. Das war seine uneinnehmbare Insel.

Indy fühlte sich einsam, verloren, verraten, und doch blieb er irgendwie gleichgültig. Egal, was Rakete den Bullen aufbinden würde. Er würde seine Rolle spielen. Erhobenen Hauptes in den Abgrund, wenn es sein musste. Aber sich nicht mit der Polizei solidarisieren. Lieber draufgehen.

Ein Beamter stützte ihn. „Sind Sie in der Lage zu laufen? Wir bringen Sie zum vierten Revier hier in der Nähe. Schaffen Sie das?“

Indy nickte apathisch. „Kommen Sie mit auf meine Traumfährte.“ Melancholisch sah er den Beamten an. „Wer sind Sie? Sie haben so schöne Sterne auf den Schultern.“

„Das erklären wir Ihnen auf dem Revier.“

Die Polizistin kam dazu. In einem durchsichtigen Beutel hielt sie das Messer. „Die Personalien der überfallenen Frau habe ich aufgenommen. Sie ist unverletzt und braucht keine Hilfe. Ausdrücklich hat sie gesagt, dass sie alleine nach Hause gehen will.“ Sie hob den Beutel mit dem Messer hoch. „Das Springmesser habe ich so verwahrt, dass keine Spuren vernichtet werden. Es ist eine merkwürdige Waffe. Die müsst ihr euch nachher näher ansehen.“

Als die Beamtin das Messer hochhielt, wurde Rakete aufmerksam. Er gab seine bisherige Abwehrhaltung auf und wandte sich an den Polizisten, der ihn festhielt. „Lassen Sie mich laufen, wenn ich Ihnen einen Supertipp gebe?“

Der Beamte sah ihn erstaunt an. „Wo denken Sie hin? Sie sind wegen versuchten Raubes vorläufig festgenommen. Glauben Sie, dass ich dafür bezahlt werde, mit Ihnen einen Kuhhandel abzuschließen?“

Rakete gab nicht auf. „Ich bin kooperativ und unterstütze Ihre Ermittlungen. Und ich verrate Ihnen, dass Sie einen dicken Fisch gefangen haben.“

„Ich habe Sie zwar noch nicht in unserer Datei abgefragt. Aber so, wie Sie aussehen, kennen Sie unsere Arbeitsweise schon ganz genau. Daher wissen Sie, dass mit uns solche Späße nicht zu machen sind.“

„Gar keine Vergünstigung? Ich will ja nur so bald wie möglich nach Hause, da ich dringende Termine habe.“

Der Beamte musterte ihn von Kopf bis Fuß. „Das sieht man Ihnen an. Obwohl ich eher glaube, dass Sie ein anderes dringendes Bedürfnis haben. So, wie Sie zittern, brauchen Sie offensichtlich bald Nachschub. Und Sie wissen genau, dass Sie den bei uns nicht bekommen.“

Rakete trat von einem Fuß auf den anderen. Sichtlich nervös biss er sich auf die Lippen, so dass sie ein wenig bluteten. „Hören Sie. Bitte! Ich habe da ein vorübergehendes kleines Problem mit meinem festen Wohnsitz. Aber deshalb müssen Sie mich nicht gleich einbuchten. Ich kann bei meiner Tante wohnen. Die Adresse können Sie haben und anrufen, dass alles stimmt, was ich sage. Wirklich." Er redete eine Oktave höher als üblich auf den Beamten ein. „Und Sie werden sehen, dass Sie mit meinem Tipp ein ganz tolles Ding aufklären. Vielleicht werden Sie dafür sogar befördert. Ja, ganz bestimmt sogar."

Der Polizist sah deutlich genervt zu seinen Kollegen, bevor er sich wieder um Rakete kümmerte. „Jetzt kommen Sie mal runter, Mann. Sie fahren ja total hoch und drehen durch. Wir gehen jetzt in unser Revier. Dann stellen wir Sie auch einem Arzt vor. Der wird Ihre Beschwerden schon in den Griff kriegen. Wir haben hier im Bahnhofsrevier alle ausreichend Erfahrung mit Ihnen und Ihren Leidensgenossen."

Verschwörerisch streckte ihm Rakete seinen Kopf entgegen. „Ich gehe in die Vorhand. Wie beim Kartenspiel." Er hielt inne und wartete. Als der Beamte keine Reaktion zeigte, fuhr er in beschwörendem Tonfall fort. „Das Messer von meinem Kumpel. Eigentlich ist er gar nicht mein Kumpel. Genauer gesagt, kenne ich ihn kaum. Aber sehen Sie sich sein Messer an. Ich weiß zwar nichts darüber. Aber er. Bevor er mich zu dem Überfall auf die alte Dame angestiftet hat, hat er mir verraten, dass er mit dem Messer schon zwei Leute umgenietet hat." Rakete ließ sich von dem misstrauischen Blick des Beamten nicht abschrecken, seinen Partner Indy weiter anzuschwärzen. „Er ist aus Bergen-Enkheim. Dort, wo es diese mittelalterlichen Frommen gibt. Von denen neulich zwei Mitglieder ermordet worden sind." Er wies mit dem Kopf auf Indy. „Das war er. Wissen Sie, diese Frommen haben viel Geld. Die Kirche jedenfalls. Das wollte er bekommen. Weil er ständig in Geldnot ist." Er hob die

Stimme laut an. „Verstehen Sie jetzt? Aber seien Sie vorsichtig. Er ist auch einer von denen. Die haben Zaubermittel, um sich zu schützen.“ Fast flehentlich senkte er seine Stimme. „Wollen Sie mich jetzt nicht laufen lassen? Ich stehe Ihnen bestimmt wieder für meine Aussage zur Verfügung. Und ich bleibe auch dabei. Mit mir können Sie Ihren Mordfall aufklären.“

Der Polizist sah in die Runde seiner Kollegen. „Wir werden vorsorglich Schreiner im Präsidium informieren. Vielleicht kann er mit dem Gerede etwas anfangen. Auf alle Fälle soll er sich aber das Messer genauer anschauen. Damit nicht hinterher wieder ein Überschlauer von irgendeiner Zeitung kommt und behauptet, wir hätten, wie immer, die wesentlichen Dinge viel früher gewusst und nichts getan.“

24

Als Schreiner und Schultz das Café *Estrela Doce* in der Triftstraße über die wenigen Sandsteinstufen der Außentreppe betraten, waren gerade keine Gäste anwesend. Allein der Betreiber, Herr Santos, stand hinter seiner Kuchentheke und kam ihnen mit strahlendem Lächeln entgegen. Dem vorangehenden Schreiner streckte er die Hand zur Begrüßung entgegen. „Das ist schön, dass Sie gekommen sind. Ich habe schon auf Sie gewartet."

„Schneller ging es nicht. Ich habe noch den Staatsanwalt informiert, der den Fall mit mir bearbeitet. Wegen der möglichen Bedeutung Ihrer Beobachtung ist er gleich mitgekommen." Schreiner machte Schultz mit Santos bekannt. „Diesen wunderbaren portugiesischen Patissier besuche ich regelmäßig, seit ich aus persönlichen Gründen für einige Zeit in eines der nahe gelegenen Paragon-Apartements an der *Galopprennbahn* umgezogen bin. Sie erinnern sich bestimmt an die Hintergründe, die ich Ihnen neulich erzählt habe."

Schultz nickte. „Das müssen Sie nicht wiederholen. So viel kann ich mir in meinem Alter gerade noch merken."

Schreiners Grinsen fiel wohl mit Rücksicht auf die Anwesenheit des Patissiers zurückhaltend aus. Er sah Santos an. „Wir danken Ihnen für den Anruf und sind sehr gespannt, was Sie uns zu zeigen und zu berichten haben."

Mit leicht ehrfürchtiger Haltung blickte Santos Schultz an und forderte die beiden Männer auf, an einem der Tische Platz zu nehmen. Gleichzeitig befestigte er ein Schild an der gläsernen Eingangstür mit dem Hinweis, das Café sei kurzzeitig geschlossen. Dann empfahl er Schultz und Schreiner aus gutem Grund, wie er betonte, seinen Bohnenkuchen. Er nahm ihre weiteren Wünsche entgegen und entfernte sich Richtung Theke. Dort bediente er die Kaffeemaschine, bestückte ein Tablett mit allen Bestellungen und fischte schließlich ein Stück Papier aus einer Schublade. Als er zum Tisch zurückkam, nahm er sich ebenfalls einen Stuhl und legte das mitgebrachte Blatt vor sich. Den beiden Männern servierte er Kaffee und Kuchen. Sich selbst einen doppelten Espresso. Er lächelte sie auffordernd an. „Lassen Sie es sich schmecken. Das geht auf Kosten des Hauses." Nachdem er die leisen Proteste erfolgreich abgewehrt hatte, nahm er das Blatt Papier in die Hand und hielt es Schultz hin. „Schauen Sie sich das bitte an. Das habe ich hier auf dem Boden gefunden."

Schultz war nicht glücklich über seine bevorzugte Behandlung. Gerade hatte er mit der Hand ein mächtiges Stück des Bohnentörtchens in den Mund geschoben und mit dem behaglichen Gesichtsausdruck des Genießers zu kauen begonnen. Die Kaffeetasse hielt er in der anderen Hand.

Santos bemerkte das Dilemma. Kurzerhand veränderte er die Richtung seiner Handbewegung und hielt das Papier Schreiner entgegen. Der war den kulinarischen Teil des Besuchs langsamer angegangen und deshalb in der Lage, das Blatt entgegenzunehmen.

Ungläubig staunend betrachtete er das Kreuzworträtsel. „Mario. Der Name ist ausgefüllt. Senkrecht und waagerecht. Darunter waren wohl die Fragen vorgesehen, die zu dem Namen führen sollten. Die Ziffern eins bis fünf sind schon untereinander geschrieben." Er sah zu den beiden Männern auf. „Aber wer ist Mario?"

Mit schnellem Griff entriss Santos ihm das Papier, drehte es um und reichte es Schreiner ein zweites Mal zu. „Bevor Sie weiter überlegen, sollten Sie sich vielleicht noch die Rückseite anschauen. Da ist ein Bild. Das Foto einer Pflanze. Ich glaube, der Druck ist mit einem Computer gemacht worden."

Schreiner befasste sich mit der Rückseite des Blattes. Er hielt es Schultz so hin, dass dieser weiter essen konnte. „Sehen Sie! Wir müssen das Kreuzworträtsel mit den Rätseln vergleichen, die wir bei den beiden Opfern unserer Morde gefunden haben. Auf den ersten Blick sieht die Machart für mich identisch aus." Er warf einen Blick auf Santos. „Schade, dass Sie es angefasst haben. Sicher waren Spuren des Verfassers darauf. Das hätte uns weiterhelfen können."

Mit betroffener Miene erhob Santos beide Arme. „Das tut mir so Leid. Aber als ich das Blatt aufhob, konnte ich doch nicht wissen, dass es möglicherweise mit einem Verbrechen zu tun hat."

Sofort beruhigte Schreiner ihn. „Nein, das soll kein Vorwurf sein. Nur Ausdruck meines Bedauerns. Jetzt müssen Sie uns aber bitte alles erzählen, was Sie über den Besucher wissen, der das Blatt bei Ihnen liegenließ."

Schultz hatte aufgegessen und mischte sich ein. „Kennen Sie ihn? Wie sah er aus? Was ist Ihnen aufgefallen? Am besten, Sie schildern Ihre Erinnerungen im Zusammenhang."

Santos seufzte laut auf. „Das ist das Problem. Er war zum ersten Mal da. Ich hatte zunächst keinen Anlass, mir den Mann genauer anzusehen. Er war ein Gast wie hundert andere. Ich habe von Kind an ein äußerst schlechtes Personengedächtnis. Mir fiel nur auf, dass er irgendetwas notierte und dabei laut stöhnte. Oder lachte. Ich weiß nicht mehr genau. Jedenfalls bin ich an seinen Tisch und fragte, ob alles in Ordnung sei. Irgendwie wollte er wohl nicht, dass ich seine Notizen sehe. Er schob sie zusammen und drehte dabei die Blätter um. Möglich, dass da noch mehr Blätter mit gemalten Kästchen waren. Sicher bin ich mir nicht."

Schreiner schien enttäuscht. Schultz hingegen schaute weiter aufmerksam. „Welche Erinnerungen haben Sie denn an den Mann selbst? Können Sie ihn wenigstens grob beschreiben?"

Santos stützte seinen Kopf auf der der Faust ab und zögerte. „Ehrlich gesagt, nein. Wie soll ich mich ausdrücken? Er sah normal aus. Unauffällig."

„War er dunkelhaarig oder blond, groß oder klein? Hatte er Verletzungen oder Narben? Trug er einen Bart?"

Intensiv betrachtete Santos Schreiners vollbärtiges Narbengesicht, bevor er Schultz einen hilflosen Blick zuwarf. „Sie können mich dafür schlagen. Aber ich weiß es wirklich nicht mehr. Als er weg war und ich das Papier gefunden hatte, habe ich mich selbst einen Idioten genannt, dass ich nicht besser aufgepasst habe."

Schreiner schüttelte den Kopf und tippte mit dem Fingernagel mehrfach auf die Tischplatte. „Das kann nicht sein. Konzentrieren Sie sich bitte. Irgendetwas muss doch hängengeblieben sein, was uns weiterhelfen kann."

Schultz ergriff den Arm des Kriminalhauptkommissars. „Lassen Sie. Das ist doch oft so. Ich habe mal während der Ausbildung einiger Studenten eine fremde Frau mitgebracht, die mir nach wenigen Sekunden eine Ohrfeige verabreichte und fluchtartig den Saal verließ. Anschließend habe ich die Studenten gebeten aufzuschreiben, was sie gesehen hätten. Sie werden es kaum glauben. Jeder hatte andere Farben der Kleidung, einen anderen Ablauf, manche ein Messer, einer eine Pistole gesehen. Das ging so bunt durcheinander, dass ein Student sogar steif und fest behauptete, es sei keine Frau sondern ein Mann gewesen." Er zog die Augenbrauen hoch. „Das ist der armselige Wert von Zeugenaussagen. Zeugen sind das schlechteste Beweismittel, das es gibt."

Schreiner resignierte. „Ich hatte so gehofft, dass wir heute einen Schritt weiter kommen."

„Immerhin haben wir das Kreuzworträtsel zum Vergleich. Aber auch dabei dürfen wir nicht zu viel erwarten. Der Name ist in Druckbuchstaben geschrieben. Das taugt nicht unbedingt zur Identifikation des Verfassers. Auf jeden Fall müssen wir jetzt dringend herausfinden, wer dieser Mario sein soll. Er scheint mir höchst gefährdet. Mir bereitet aber noch mehr Kopfzerbrechen, dass Herr Santos eventuell noch mehr Kästchen gesehen haben will. Der Mörder hat also vielleicht noch mehr Opfer im Visier."

Santos ergriff seinen Arm. „Vielleicht kann ich doch noch eine Kleinigkeit beitragen, die nicht unwesentlich sein könnte. Mit der Pflanze auf der Rückseite habe ich mich erfolglos beschäftigt und gequält. Schließlich bin ich zu einem portugiesischen Freund, der einen kleinen Blumenladen am Friedhof hat. Der konnte mir sagen, was auf dem Foto abgebildet ist."

Schultz beugte sich schnell zu ihm. „Hochinteressant. Was ist es?"

„Rizinus."

Schultzes und Schreiners Mienen zeigten abwechselnd Enttäuschung und Höflichkeit. Bevor sie reagieren konnten, fuhr Santos fort. „Mein Freund sagte mir, die Samen hätten die Form von Bohnen und seien hochgradig giftig. Schon kleinste Mengen. Und, was noch schlimmer ist, jeder Idiot könne das Zeug benutzen. Problemlos könne man damit ganze Gruppen von Menschen auslöschen."

Schultz dachte nach. „Das ist sehr schade. Hätte es dazu eines Spezialisten bedurft, könnten wir unseren mutmaßlichen Täterkreis viel kleiner fassen. Das stützt meine Annahme, dass es nicht nur um Mario geht. Wenn der Kerl mehrere Rätsel ausgefüllt hat, will er vielleicht einen Massenmord begehen."

Wieder schaltete sich Santos ein. „Ich habe vergessen, Ihnen zu sagen, dass der Mann nochmal wiederkommen wollte. Er hat mich gefragt, ob ich immer zehn Bohnenkuchen vorrätig habe, oder ob er dann vorbestellen muss. Vielleicht hat es damit zu tun, dass die Rizinussamen wie Bohnen aussehen. Er will den Kuchen Freunden vorsetzen."

Fassungslos schüttelte Schultz den Kopf. „Das bestätigt meine Theorie. Ich fürchte, der hat ein dickes Ding vor. Und ich sehe im Augenblick noch keinen Ansatz, wie wir diesen Irren stoppen können. Wiederkommen wird er aber wohl nicht mehr. Inzwischen hat er sicher bemerkt, dass ihm ein Blatt mit Aufzeichnungen fehlt. Das Risiko, nur wegen ein paar Stückchen Kuchen hierher zurückzukehren, wird ihm zu groß sein."

Schreiner hatte brütend zugehört. Unvermittelt sprang er auf und stellte sich vor Schultz. „Eigentlich wollte ich Ihnen noch ausführlich die Ergebnisse unserer Untersuchung des Messers mitteilen, das meine Kollegen diesem Süchtigen am Bahnhof abgenommen haben. Aber jetzt ist mir gerade eingefallen, wer Mario sein könnte. In den beiden Mordfällen haben wir nur einen kennengelernt, der diesen in Deutschland weniger gebräuchlichen Vornamen trägt. Das war Mario Beckstein. Seines Zeichens Vorstandsmitglied der Freikirche in Bergen-Enkheim."

„Nehmen wir einmal an, dass Sie richtig liegen. Das hilft uns trotzdem nur begrenzt weiter. Wir wissen nicht, wie viel Zeit uns noch bleibt, bevor dieser Wahnsinnige wieder zuschlägt. Selbst wenn Sie richtig lägen, steht nicht fest, ob er mit Mario Beckstein beginnt."

Schreiner überlegte. Plötzlich lachte er auf. „Wir können nicht einmal ausschließen, dass der Kerl den Zettel mit Absicht fallen ließ, um uns auf eine falsche Spur zu locken." Er runzelte die Stirn und fasste sich kurz mit dem Finger an die Nasenspitze. „Am Ende könnte es Mario selbst gewesen sein, der das Papier fallen ließ, um von sich als Täter abzulenken." Schreiner schüttelte den Kopf. „Ich fange schon an, in viel zu viele unwahrscheinliche Richtungen zu denken. Haben Sie einen besseren Vorschlag?"

Schultz dachte lange nach, bevor er antwortete. „Einen überzeugenden Vorschlag habe ich auch nicht. Wenn wir Ihrer ersten Überlegung folgend davon ausgehen, dass Mario Beckstein getötet werden soll, haben alle Opfer einen eindeutigen Bezug zur Kirchengemeinde in Bergen-Enkheim. Das lässt mich vermuten, dass auch eventuelle weitere Todeskandidaten aus dem Dunstkreis dieser Freikirche kommen ."

„Damit könnten Sie recht haben. Aber wir können deshalb nicht sämtliche Gemeindemitglieder in ein Schutzprogramm nehmen."

„Stimmt auffallend. Das können wir personell gar nicht leisten. Außerdem ist es bisher nur eine Theorie." Schultz sinnierte mit gesenktem Kopf weiter. Dann schaute er Schreiner plötzlich an. „Die beiden Toten und das mögliche weitere Opfer stehen alle in engem Bezug zum Vorstand der Gemeinde. Wir sollten den gesamten Vorstand zu mir laden. Gleichzeitig. Vielleicht kann oder will uns einer dieser Herren weiterhelfen."

Schreiner blickte ihn zweifelnd an. „Der Täter kann ebenfalls Vorstandsmitglied sein. Außerdem werden sie sich untereinander absprechen, sobald wir den ersten von ihnen vernommen und entlassen haben."

Schultz lächelte listig. „Daran habe ich auch gedacht. Wenn der Täter dabei sein sollte, verdirbt das unsere Ermittlungen nicht. Ich halte ihn sowieso für gerissen genug, dass er bei seinen Spielchen mit uns immer an ein paar Hinweise denkt, die ihn nicht als Täter, sondern ebenfalls als mögliches Opfer darstellen. Vielleicht verrät ihn dennoch eine Kleinigkeit, die er übersehen hat. Möglicherweise ist auch den Anderen irgendein Indiz aufgefallen. Auf alle Fälle müssen wir sie erst einmal warnen und für die bevorstehende Gefahr sensibilisieren, in der sie jetzt schweben. Sie könnten zudem Ideen haben, wer außerhalb des Vorstands noch gefährdet sein könnte. Diese Überlegungen müssen sie uns mitteilen oder zumindest durch Schutzmaßnahmen innerhalb und außerhalb der Kirche umsetzen. Und selbstverständlich sorgen wir dafür, dass sie sich nach den Vernehmungen nicht absprechen können. Wir werden alle gleichzeitig vorladen und jeden am Schluss seiner Aussage einzeln durch die Hintertür der Staatsanwaltschaft hinauslassen." Er rieb sich die Hände. „Ein paar Fragen, die uns weiterführen können, sind mir schon eingefallen."

25

Das Café *Zum Kuckuck* in der Eckenheimer Landstraße lag gegenüber vom pompösen Portal des *Frankfurter Hauptfriedhofs*, das mit viel Ornamentik im Jahre 1912 errichtet worden war. An einem größeren Tisch am Fenster hatte sich eine Vierergruppe eingefunden. An der Art, wie sie miteinander sprachen und sich verhielten, war zu erkennen, dass sie sich noch nicht lange kannten. Vor wenigen Minuten erst hatten sie sich hier getroffen und einander vorgestellt. Alle waren gedeckt gekleidet. Immer wieder blickten sie auf ihre Armbanduhren und durch die Sehschlitze der Vorhänge, angeregt durch das Quietschen der in der Straßenmitte oberirdisch fahrenden U-Bahn.

Ein mittelgroßer Mann mit goldumrandeter Brille und ostfriesischem Kinnbart wandte sich an seinen Tischnachbarn, Harro Spangenberg. „Vielen Dank, dass Sie auf meinen Anruf hin gekommen sind. Selbst bis zu mir ist vorgedrungen, dass es kleinere Differenzen zwischen Ihrer Kirche und meiner Tochter Karina gegeben hat. Wir hatten seit einigen Jahren, genauer gesagt, schon vor ihrer Hochzeit, keinen regelmäßigen Kontakt mehr.“ Er zeigte auf die hagere, weißblonde Dame und die durchsichtig zarte Frau im Mädchenalter auf den anderen Stühlen. Während es der älteren Frau auch mit allzu heftig aufgetragenem Make-up nicht gelungen war, die Anzahl ihrer Jahre optisch zu reduzieren, entsprach die junge Dame durchaus dem gegenwärtigen Idealbild des hochgewachsenen und extrem schlanken Fotomodells. „Deshalb haben meine Frau Dörte, meine jüngere Tochter Marietta und ich auch nicht an den damaligen Feierlichkeiten teilgenommen.“

Dörte Hövelspröck nickte eifrig. Dagegen war Marietta von ihrem Smartphone so abgelenkt, dass die Vorstellungsrunde an ihr vorbeiging.

Mit dem Unterschenkel rückte Hövelspröck seinen Stuhl ein wenig näher an Spangenberg heran. „Damals gab es Verletzungen, wenn Sie verstehen, was ich damit meine. Wir haben ein offenes Haus. Ich will sagen, dass Religion bei uns keine große, jedenfalls keine entscheidende Rolle spielt. Wir sind evangelisch. Getauft und konfirmiert. Mehr nicht. Keine sonntäglichen Kirchgänge, keine strikte Beachtung von Feiertagsregeln. Höchstens an Karfreitag Fisch zum Essen." Er seufzte. „Karina hatte sich diesbezüglich plötzlich verändert. Sie mäkelte an uns herum. Alles, was wir taten, war ihrem neuen Verständnis nach Sünde. Ständig erteilte sie uns Belehrungen. Als wir dies leid wurden, brach der Kontakt ab."

„Wie haben Sie von Karinas Zugehörigkeit zu unserer Gemeinde erfahren, Herr Hövelspröck? Durch sie selbst?"

„Ja, aber erst viel später. Irgendwann rief Karina bei uns an. Wir waren völlig erstaunt, aber freundlich und versöhnlich. Wir Norddeutschen sind nicht so steif, wie immer angenommen wird." Er machte eine hilflose Geste. „Sie nahm unsere ausgestreckte Hand und unsere offenen Arme nicht an. Jetzt war sie nämlich ins andere Extrem verfallen. Unablässig plauderte sie von rauschenden Festen und wechselnden Freundschaften. Darüber machten wir uns so unsere Gedanken. Aber was sollten wir tun? Sie war schließlich volljährig. Unsere Einladungen oder auch Angebote, sie zu besuchen, lehnte sie kategorisch ab. Irgendwie muss es ihr den entscheidenden Knacks gegeben haben, als ihr Kind tot zur Welt kam. Sie war ein anderer Mensch geworden." Er legte den Arm auf Spangenbergs Schulter. „Schön jedenfalls, dass Sie an der kleinen Feier teilnehmen und ein paar Worte sprechen wollen."

„Selbstverständlich. Wir Laienprediger machen das gerne. Wenn ich mich recht entsinne, bin ich nicht der einzige Redner. Stimmt das?“

Hövelspröck wiegte den Kopf hin und her. Augenscheinlich war ihm die Frage nicht ganz angenehm. „Wir waren nicht sicher, ob Sie überhaupt kommen würden. Schließlich hatte sich unsere verstorbene Tochter in letzter Zeit ja nicht gerade im Sinne Ihrer Kirche verhalten.“ Er breitete die Handflächen zur Decke aus. „So haben wir eben mit dem Evangelischen Regionalverband telefoniert. Dieser hat uns einen Pfarrer vermittelt, der eine kleine Ansprache halten will. Wir haben ihn nach unserer Anreise aufgesucht und ein paar Worte mit ihm gewechselt. Er ist ein ausgesprochen hilfsbereiter und freundlicher Mann. Nachdem er die Besonderheiten um Karinas Tod erfahren hat, hat er versprochen zu kommen. Er wird sich um einen würdigen Blumenschmuck kümmern. Außerdem will er noch jemanden mitbringen, der auf der Orgel spielen wird. Damit erhält das Ganze einen angemessenen Rahmen.“

„Nehmen Sie es mir nicht übel, aber Sie sagen das so geschäftlich. So emotionslos. Ihre Gattin und Ihre Tochter machen ebenfalls einen gefassten Eindruck. Zwar ist Karinas Tod, wie ich wohl weiß, schon einige Tage her. Aber dennoch vermitteln Sie, mit Verlaub gesagt, nicht den Eindruck, als habe Sie ihr Tod sehr getroffen.“

Wieder Hövelspröcks abwägende Kopfbewegung. „Das kann man so und so sehen. Wir Norddeutschen gehen solche Dinge realistischer an. Und wir zeigen unsere Gefühle nicht so. Aber es hat uns schon wehgetan, was aus Karina geworden ist. Dass sie sich so ganz von uns abgewandt hat.“

Dörte Hövelspröck empfand wohl den Verlauf der Unterhaltung als unangenehm. Vielleicht meinte sie auch, zu wenig gezeigtes Interesse sei ihrem Ansehen abträglich. Sie beugte sich zu Spangenberg hinüber und sprach ihn näselnd an. „Wir waren schon sehr betroffen. Das dürfen Sie uns glauben. Könnten Sie uns eventuell noch etwas zu den mysteriösen Begleitumständen von Karinas Tod sagen? Sie waren schließlich viel näher an der Sache dran als wir. Die Rede war von einer symbolischen Kreuzigung, von Goldfäden und einem Kreuzworträtsel, aus dem sich Karinas Name ergeben habe. Außerdem soll eine ominöse achtstellige Zahl eine Rolle spielen. Was hat es denn mit diesen Dingen auf sich?"

„Das kann ich Ihnen leider auch nicht sagen."

„Sie haben doch sicher Kontakt zu den Ermittlungsbeamten. Haben Sie von der Polizei nichts Näheres erfahren?"

„Ich bedaure sehr. Die Beamten behandeln ihre Erkenntnisse äußerst vertraulich. Ich gehöre nicht zum Kreis derer, die in die Entwicklung der Ermittlungen einbezogen werden."

„Wie seltsam! Sie sind ein bedeutender Mann in gesellschaftlich hochstehender Position, wie Sie uns gesagt haben. Da müsste man erwarten, dass unsere Polizei mehr Entgegenkommen zeigen würde. Das ist leider alles nicht mehr so wie früher." Sie rümpfte die Nase. „Haben Sie denn eine eigene Meinung, wer der Täter sein könnte und warum er unser Kind so bestialisch umgebracht hat?"

Ein säuerliches Lächeln umspielte Spangenbergs Mund. „Da fehlt mir jede Fantasie. Wer zu so etwas fähig ist, gehört nicht zu meinem gesellschaftlichen Umgang."

Dörte Hövelspröck stöhnte auf. „Keine Frage. Das wollte ich Ihnen keinesfalls unterstellen."

Spangenberg war anzusehen, dass ihn das auf Neugier und Höflichkeiten beschränkte Gespräch über Karinas Tod nicht zufriedenstellte. Er sah auf die Uhr. „Ich müsste mich noch kurz mit dem Pfarrer absprechen, damit wir nicht zweimal dieselben Sachen über Karinas Leben erzählen. Wollen wir langsam hinüber zur Trauerhalle gehen?"

Hövelspröck zückte das Portemonnaie. „Das sollten wir tun.“ Er entnahm seiner Geldbörse einen Schein und gab ein Zeichen, dass er zahlen wolle. „Sie sind natürlich eingeladen.“

Als Hövelspröck vom Kellner sein Wechselgeld erhielt, öffnete sich die Tür und ein rothaariger, schwerer Mann mit Talar über dem Arm betrat das Café. Er schaute sich um, lächelte erkennend und kam an den Tisch. Nach der Begrüßung der Familie Hövelspröck machte er sich mit Spangenberg bekannt, zog einen Stuhl herbei und setzte sich dazu. „Zellweger ist mein Name. Wir haben nicht mehr viel Zeit. In wenigen Minuten müssen wir in der Trauerhalle sein. Hier auf dem *Frankfurter Hauptfriedhof* finden die Beerdigungen und Feierlichkeiten in sehr kurzen Abständen statt. Kein Wunder bei den vielen Menschen, die hier leben und sterben.“

Der Pfarrer besprach sich kurz mit Spangenberg über ihre Reden. Dann mahnte er zum Aufbruch.

Die kleine Trauergesellschaft überquerte die Eckenheimer Landstraße und erreichte den Friedhof. Am Eingang mussten sie ihre Schritte verlangsamen, da gerade eine Besuchergruppe mit einem ornithologischen Führer den Weg versperrte.

Schließlich erreichten die Hövelspröcks und Spangenberg hinter dem nun kräftig ausschreitenden Pfarrer Zellweger die Trauerhalle. Bis auf den Pfarrer nahmen alle auf seinen Fingerzeig hin in der ersten bestuhlten Reihe Platz. Zellweger selbst bewegte sich zu einer kleinen, mobilen Kanzel aus hellbraunem Holz, auf der ein Papierhalter und eine kleine Leselampe angebracht waren. Rechts und links davon standen zwei Bodenvasen mit weißen Margeriten, die einen leicht verwelkten und ärmlichen Eindruck machten. Ein ähnlich trauriges Blumenarrangement fand sich vor dem Kreuz des kleinen Altars.

Zellweger legte seinen Talar an und warf einen Blick nach oben, wo vor der Pyramide der Orgelpfeifen der Kopf einer Dame sichtbar wurde. Die Frau drehte ihr Gesicht kurz zu

Zellweger und zeigte danach wieder ihren brünetten Hinterkopf.

Als Zellweger sich leicht geräuspert hatte und sich anschickte zu reden, fiel sein Blick auf den Blumenschmuck vor dem Altar. Seine Gesichtszüge erstarrten, sein Mund öffnete sich leicht. Mit leichtem Kopfschütteln verwandelte sich seine eingefrorene Miene zu ungläubigem Staunen. Er verließ seinen Platz hinter der Kanzel und zeigte mit Betroffenheit zum Altar. Seine Stimme krächzte. „Sie ist fort. Einfach weg."

Von der kleinen Trauergemeinde gab es noch keine Reaktion, sah man von der Verwunderung ab, die mit dem unerwarteten Verhalten des Pfarrers zusammenhing. Zellweger ging nun auf die vier Leute zu und drehte mehrfach seinen Kopf zurück zum Altar. „Dort stand die Urne. Karinas Urne." Ein Hauch von Empörung mischte sich in seine Stimme. „Wir können die Feier doch nicht ohne die Urne durchführen." Er hob die Arme wie zum Segen. „Das verstehe ich nicht. Bevor ich Sie im Café aufsuchte, um Sie hierher zu bitten, war ich hier. Da stand Karinas Urne am Altar. Ein Irrtum meinerseits ist nicht möglich. Es stand ja ihr Name darauf. Und jetzt steht hier nichts mehr. Sonst hätte ich vielleicht an eine Verwechslung glauben können."

Die Hövelspröcks und Spangenberg hatten sich von ihren Plätzen erhoben. Ratlosigkeit und Empörung machte sich breit. Spangenberg fasste sich zuerst. „Das ist unglaublich. Blasphemie! Wir müssen die Polizei benachrichtigen. Das ist eine Störung der Totenruhe. Soviel ich weiß, ist das strafbar."

Der Pfarrer stimmte zu. Die Familie gab ihr Einverständnis, sich an die Polizei zu wenden. Spangenberg behielt die Regie und fischte nach seinem Handy.

Was sie allesamt nicht bemerkten, war das satanische Lächeln eines Mannes, der sich aus der Vogelwanderung gelöst und einen Moment lang durch den Schlitz der nur angelehnten Eingangstür gespäht hatte.

26

Sensationsreporter Dennis Hauschild war wieder aufgetaucht. Ein Kollaps seines Vaters, der als Musiker mit einer Band auf dem jährlichen Rockkonzert in Wacken aufgetreten war, hatte ihn von weiteren Recherchen abgehalten. Während des Krankenhausaufenthalts seines Vaters musste Hauschild seine Mutter, eine gebildete, stilvolle, jedoch etwas zart besaitete Psychologieprofessorin, mehrmals aufrichten und unterstützen. Sein Vater, ein notorischer Frauenheld und Aufreißer, war ihre unbewältigte Vergangenheit. Obwohl die Ehe mit dem gelernten Sozialarbeiter seit Jahren geschieden war, hatte sie die in ihrer Erinnerung glorifizierte gemeinsame Zeit in den Wirren der 68er Jahre nie als erledigt begreifen können.

Als die väterliche Gesundheit wieder im Lot war, hatte Hauschild sich vom Babystress zu Hause kurzentschlossen eine Auszeit genommen. Mit einem früheren Klassenkamerad aus der Walldorfschule flog er auf dessen Einladung hin für ein paar Tage nach Bangkok. Mit ihm hatte er schon vor Jahren seinen Junggesellenabschied gefeiert. Im Tigerslip und mit viel Alkohol. Jetzt sollte es gemäßigter, aber doch unterhaltsam zugehen. Er hasste Langeweile. „Stress gegen Stress", lautete seine Devise.

Hauschilds Frau Susanne hatte dem Kurztrip sogar zugestimmt. Für die gelegentlich wechselnden Gemütslagen ihres Mannes brachte sie viel Verständnis mit. Sie kannte eben seine Lebensgeschichte. Er wollte es besser machen als sein Vater, der die offene Ehe immer propagiert hatte, aber nur für sich selbst gelten ließ. Hauschild benötigte indessen diese gelegentlichen kleinen Auszeiten, um sich aufs Neue zu motivieren. Die Familie hatte bislang stets davon profitiert.

Als er nach zehn Tagen wieder in seine geräumige Altbauwohnung im Frankfurter Stadtteil Sachsenhausen und damit ins Familienleben zurückkehrte, brachte er zunächst mit ausgeglichenem Gemüt viel Zeit für seine Frau Susanne und die Zwillinge Julius und Julian auf. Nur langsam zog es ihn an die Arbeit zurück.

Zuerst rief er bei Schultz an und ließ sich auf den neuesten Stand der Ermittlungen bringen. Natürlich war er sich dabei bewusst, dass Schultz ihn sicher nicht vollständig unterrichten würde. Vorsorglich telefonierte er deshalb unmittelbar danach mit Schreiner, um einen Vergleich zu haben.

Als die Kinder eingeschlafen waren, schaltete er seinen Computer ein und schaute sich in aller Ruhe seine letzten Aufzeichnungen an. Nach und nach gewann er den Überblick über seinen letzten Stand der Dinge zurück. Die Schwerfälligkeit der Einarbeitung belegte ihm, dass er im Urlaub gut abgeschaltet hatte. Jetzt allerdings weckte hauptsächlich ein Gegenstand sein Interesse. Was war mit dem goldenen Schädel? Vor allem bewegte ihn die Frage, wo er abgeblieben sein mochte.

Langsam kehrte die Erinnerung zurück, welchen Schritt er als nächsten anpeilen wollte, bevor er sich spontan für ein paar Tage verabschiedet hatte. Eine Idee war ihm gekommen, die er selbst nach der einwöchigen Denkpause für zielführend hielt.

Hauschild überzeugte während des gemeinsamen Abendessens seine Frau von der Unaufschiebbarkeit der vorgesehenen Recherche. Ihr Einverständnis bewegte sich zwischen Traurigkeit und Widerwillen. Er versprach, es werde nicht lange dauern. Anschließend sei mit Sicherheit noch Zeit für ein Fläschchen Wein. Mit dem Totschlagsargument, es müsse unbedingt Geld ins Haus kommen, setzte er sich mühevoll durch.

Er nahm das Auto. Mit öffentlichen Verkehrsmitteln dauerte es zu lange bis Bergen-Enkheim. Vor allem zu späterer Zeit würden die Bahnen nur noch in großen Zeitabständen fahren.

Das seiner Frau gegebene Versprechen ließ sich nur mit dem eigenen Wagen einhalten. Vielleicht!

Am Abend einen Parkplatz zu finden, war nicht leicht. Hauschild stellte seinen PKW in der Landgrafenstraße ab, in einiger Entfernung von seinem Zielort. Er wollte nicht zu nahe parken, um nicht gesehen zu werden. Nicht heute. Und nicht vom Eigentümer des Grundstücks, für das er hierher gekommen war. Der Fußweg dorthin war ihm geläufig. Mit hochgeschlagenem Mantelkragen und Mütze auf dem Kopf hatte er Vorsorge getroffen, nicht auf den ersten Blick erkannt zu werden.

Als er das Haus erreichte, hätte er sich am liebsten auf die Schultern geklopft. Hier lag alles im Dunkeln. Mit gewisser Wahrscheinlichkeit war niemand zu Hause. Trotzdem wollte Hauschild vorsichtig sein. Man wusste nie. Es gab durchaus Menschen, die gerne bei Dämmerlicht Musik hörten oder frühzeitig eingeschlafen waren.

Vorsichtig öffnete er die Gartentür, die in den Holzzaun eingelassen war. Sie war nicht verschlossen und bot keinen Widerstand. Mit einem Gummiband um die Klinke und den Pfosten des Zauns wurde sie lediglich daran gehindert, bei jedem Windstoß von selbst aufzugehen. Leise schob er sich hindurch, verschloss das Törchen wieder und stand nun auf dem Rasen des „Gartens der Vergänglichkeit", wie sein Studienkollege Lucius Tillich seinen Garten getauft hatte.

Eine Ausrede für den Fall seiner Entdeckung hatte er sich vorsorglich zurechtgelegt. Falls Tillich ihn erwischen sollte, würde er ihm die heimliche Absuche als wichtige Vorbereitung für einen Artikel in der Boulevardzeitung präsentieren. Darin werde es um Geschichten über die Existenz von Geistern gehen. Tillichs Figuren sollten dazu fotografiert werden, um die Fantasie der Leser durch etwas handfesteren Grusel zu steigern. Diese Kunstwerke heimlich bei Dunkelheit gesehen zu haben, erlaube eine authentische Berichterstattung. Er war sicher, dass Tillich sich durch diesen Vergleich und die einhergehende zu erwartende Reklame geehrt fühlen würde.

Wäre er nicht ein hartgesottener Reporter gewesen, der schon manch aufregende Situation gemeistert hatte, so hätte ihn beim Betreten des Gartens ein Grausen befallen können, eine unerklärliche Furcht, die ihn zum Rückzug bewogen hätte. Ein bizarres Gruselkabinett begrüßte ihn in den absonderlichsten Posituren. Körper aus morschen Knochen, gewundenen Ästen und verschlungenen Metallstücken, ausgestattet mit bizarren Werkzeugen aus der Landwirtschaft, Musikinstrumenten und technischen Geräten, und vor allem Schädel sämtlicher Größenordnungen und in den unterschiedlichsten Zuständen umringten ihn. Schädel mit Verletzungen, mit Farbresten, mit künstlichen, teilweise leuchtenden Augen, mit Federschmuck, Perlen und bunten Steinchen übertrafen alles, was Hauschild im Oppenheimer Beinhaus gesehen hatte. Dies hier war entweder der Gipfel der Perversion oder es war schon wieder Kunst. Kunst der besonderen Art. Als seien die Untoten, Werwölfe und Vampire wiederauferstanden und hätten sich zu einem grandiosen Fest der verlorenen Seelen versammelt.

Die Schädel waren es, die Hauschild vor einigen Tagen auf den Gedanken dieses Besuchs gebracht hatten. Er hatte sich lange mit der Frage befasst, was er wohl mit dem goldbehafteten Schädel von Kaiser Heinrich V. gemacht hätte, wenn er ihn vor der Welt hätte verbergen wollen. Die sichersten Verstecke waren von jeher solche, die eine größere Menge gleich aussehender Gegenstände beherbergten. Konnte es deshalb nicht sein, dass dieser verruchte Haufen unwirklicher Gestalten in Tillichs „Garten der Vergänglichkeit" auch zur Heimat des verschollenen Goldschädels von Kaiser Heinrich V. geworden war? Jedenfalls wäre es das ideale Versteck, um vor allen unerwünschten Nachforschungen sicher zu sein. Wer auch immer und gleich aus welchen Gründen den kaiserlichen Schädel im *Frankfurter*

Dom entwendet hatte, hätte hier eine unauffällige Bleibe dafür gefunden. Sofern er aus den Kreisen der Freikirche oder der Umgebung Bergen-Enkheims kam und den „Garten der Vergänglichkeit“ kannte.

Um ein größeres Maß an Hoffnung oder Sicherheit für das Gelingen seines Vorhabens zu erhalten, hatte er sogar mit aller Vorsicht Kontakt zu Silvana Tillich aufgenommen. Ihren Adoptivvater, so hatte er behauptet, wolle er nicht persönlich ansprechen, weil es um eine Überraschung gehe. Bei einem Treffen hatte er dazu irgendetwas zusammengelogen und ihr einen Deal angeboten. Sie sollte ihm genauestens die neueren Kunstwerke ihres Adoptivvaters beschreiben und zunächst Schweigen über das Treffen bewahren. Im Gegenzug hatte er sich bereiterklärt, zu gegebener Zeit einen kleinen Artikel über ihre Vorzüge als Sängerin in der Boulevardzeitung *Klartext* zu veröffentlichen. Sie hatten im *Starbucks* an der *Hauptwache* einen Kaffee getrunken und geplaudert. Dabei war allerdings nichts herausgekommen, was ihm weiterhalf.

Hauschild achtete darauf, dass möglichst wenig Licht von der Straße auf ihn fiel und begann mit der Absuche der Kunstwerke. Er bewegte sich mit äußerster Vorsicht. Seinem Studienkollegen Tillich traute er zu, dass er die Objekte mit Alarm- oder Selbstschussanlagen gesichert hatte. Allerdings wagte er aus Angst vor Entdeckung nicht, eine kleine LED-Taschenlampe einzuschalten, die er in der Jackentasche bei sich trug.

Mit schlangenartigen Bewegungen kroch er von Kunstwerk zu Kunstwerk. Aus seiner Sicht war es unglaublich, welch scheußliche Vielfalt sich ihm dabei offenbarte. Dabei achtete er weniger auf die zusammengeschraubten, genagelten und gelöteten Körper der Figuren. Auch die absonderlichen Bewaffnungen mit Äxten, Armbrüsten, Lanzen und Morgensternen oder die Ausstattung mit kuriosen alten Musikinstrumenten wie Leiern, Harfen, Ölfässern und Tubas interessierten ihn kaum.

Sein Hauptaugenmerk galt vielmehr den Schädeln. Dabei präsentierte sich ihm ein überwiegender Teil aus der Tierwelt. Hauschild staunte. Woher mochte sein Studienfreund nur diese Vielfalt erworben haben? Skelettierte Köpfe von Krokodilen, Meerschweinchen, Säuen, Affen und anderen Exoten mit roten, grünen und gelben Augen leuchteten ihn an, teilweise sogar mit Ein- und Ausschaltautomatik. Hauschild fühlte sich an die Karussells der Jahrmärkte, die Geisterbahnen und die Deckenbeleuchtungen der Discos erinnert.

Langsam umrundete er das Haus und schaute sich sorgfältig die Phalanx der Schädel an. Ohne Erfolg. Als er wieder am Ausgangspunkt anlangte, stieß er einen unterdrückten Seufzer aus. Alle Vorbereitung, alle Vorsicht und alle Angst vor Entdeckung waren vergeblich gewesen. Ein goldener Menschenschädel war nicht dabei.

Sein Körper schmerzte vom andauernden Kriechen und der krummen Haltung, die er während der ganzen Zeit der Suche eingenommen hatte. Morgen würde er mit einem üblen Muskelkater dafür büßen müssen. Gerne hätte er das hingenommen, wenn er nur fündig geworden wäre.

Er war schon im Aufbruch begriffen und auf dem Weg Richtung Gartentor, als ihm plötzlich noch eine weitere Idee kam. Schließlich ging es um einen Schädel von hohem Wert. Sofern Tillich ihn überhaupt besaß, war es nicht verwunderlich, dass er ihn nicht mit einem Kunstwerk im Freien verbunden hatte. Wenn er im Besitz dieses historischen Relikts sein sollte, würde er es vernünftigerweise im Haus aufbewahren.

Mit gleitenden Schritten näherte sich Hauschild dem Haus. Wand für Wand tastete er sich entlang und spähte durch die Fenster. Erfolglos.

Als er vor der Terrassentür stand, die Nase an die Scheibe presste und seine Augen abschirmte, überfiel ihn eine ungeahnte Unruhe. Eine Gänsehaut überzog seinen Körper und ließ ihn erschauern. Der Wohnraum hinter den beiden bis zum Boden reichenden Fensterscheiben war angefüllt von den gleichen Figuren, wie sie auch im Garten standen. Und alle trugen auf den unorthodoxen Körperkonstruktionen knochig weiße Schädel irgendwelcher Lebewesen.

Hauschild hätte etwas darum gegeben, wenn ihm eine Idee gekommen wäre, wie er den Wohnraum heimlich hätte betreten können. Es würde ihm wohl nichts anderes übrigbleiben, als seinem ehemaligen Studienkollegen in den nächsten Tagen unter irgendeinem Vorwand einen Besuch abzustatten. Vielleicht würde er ihn für den angeblich geplanten Artikel über Geisterwelten zu einem Interview bewegen können.

Er war schon im Abdrehen, als eine menschengroße Figur im Zimmer unmittelbar rechts neben der Terrassentür seine Aufmerksamkeit fesselte. Grund des plötzlichen Interesses war eine Besonderheit an dem Schädel des Kunstwerks. Nicht allein das es sich um einen menschlichen oder menschenähnlichen Schädel handelte. Dem Kopf fehlte der Unterkiefer.

So sehr sich Hauschild auch drehte, bückte und seinen Körper an die Scheibe drückte, konnte er mangels ausreichender Beleuchtung im Innenraum nicht feststellen, ob an dem Schädel irgendwelche goldenen Spuren oder Fäden hafteten.

Trotz aller Aufregung, die ihn jetzt überkam, machte sich eine leichte Enttäuschung breit. So kurz vor dem möglichen Ziel hätte er gerne Gewissheit gehabt. Intuitiv drückte er mit seinem ganzen Körper gegen die Terrassentür. Sie gab nicht nach. Aussichtslos.

Hauschild war noch nicht bereit, aufzugeben. Noch einmal umrundete er das ganze Haus und drückte gegen jede Fensterscheibe, die er vom Erdboden aus erreichen konnte. Alle waren fest verschlossen. Schließlich stemmte er sich sogar gegen die Haustür. Aber sie öffnete sich nicht.

Am Ende seines aussichtslosen Unterfangens stellte sich Hauschild unter die ausladenden Äste eines mächtigen Walnussbaumes, atmete tief durch und dachte nach, wie es weitergehen solle. Er trug einen schweren Kampf mit sich aus, ob er nicht versuchen sollte, die Terrassentür einzudrücken. Einen Einbruch. Sollte er das wagen und so weit gehen? Gut, er hielt sich ohnehin schon unerlaubt auf dem Grundstück auf. Vielleicht war das schon etwas Strafbares. Vielleicht ein Hausfriedensbruch. War es dann nicht nur ein weiterer kleiner Schritt und außerdem konsequent, wenn er jetzt seine Art zu recherchieren auch zu Ende führte? Andererseits, so sagte er sich, war der Einbruch in ein verschlossenes Haus sicher ein anderes Kaliber als das unbefugte Betreten eines Grundstücks. Und wahrscheinlich würde dies bei Entdeckung auch höher bestraft werden. Außerdem war ja überhaupt nicht sicher, dass sich niemand im Haus aufhielt. Vielleicht war es nur dunkel, weil jemand in einem anderen Raum schlief. Ein Einbruch würde Lärm machen, ganz gleich, ob er die Scheibe einschlug oder aufdrückte. Wenn dann ein Bewohner aufwachte und ihn entdeckte, war er geliefert.

Aber seine frühere Idee, Tillich unter einem Vorwand zu besuchen, garantierte eben nicht, dass er in den Raum hinter der Terrasse kam. Vielleicht empfing Tillich seine Besucher in einem ganz anderen Raum. Wie sollte er dann erklären, dass er in ein anderes Zimmer gehen wolle? Selbst wenn es gelänge, wäre unklar, wie viel Zeit ihm bliebe, um die Figur neben der Terrassentür genau zu inspizieren.

Als Hauschild sich eben umdrehte, um das Grundstück zu verlassen, ging im Haus das Licht an. Jetzt galt es, kühlen Kopf zu bewahren und nicht die Nerven zu verlieren. Ihm wurde klar, dass er es sich nie verzeihen würde, wenn dieser Schädel später verschwunden wäre, und er nicht alle Möglichkeiten ausgeschöpft hätte zu prüfen, ob es sich tatsächlich um den Goldschädel handelte.

Hauschild warf seinen ursprünglichen Plan über den Haufen und klingelte. Hinter der Tür hörte er ein paar schlurfende Schritte, die plötzlich stoppten. Er musste noch eine geraume Weile warten, bis Lucius Tillich öffnete. Tillich schaute ihn überrascht an. „Was treibt dich denn hierher? Mit dir habe ich gar nicht gerechnet. Ich war gerade mit meiner Frau Helena im Hobbyraum unten im Keller und habe an einer neuen Figur gebastelt. Sie hat mir dabei geholfen." Er schaute auf seine Armbanduhr. „Komm rein und erzähl mir, was dich zu mir führt. Noch ist es nicht sehr spät." Tillich ließ Hauschild eintreten, schloss die Eingangstür hinter ihm und sah sich einen Moment lang um. Dann deutete er auf eine geschlossene Tür. „Lass uns hier in mein Arbeitszimmer gehen. Helena hat es sich gerade im großen Wohnzimmer mit einem Puzzle von 2.000 Teilen gemütlich gemacht. Wir wollen sie nicht stören." Hauschild hatte Mühe, seine Enttäuschung zu verbergen. Das war sicher nicht das Arbeitszimmer, dass er von der Terrasse aus gesehen hatte. Also würde er den Schädel ohne Unterkiefer, der ihn so brennend interessierte, vermutlich nicht zu Gesicht bekommen. „Danke, dass du dir die Zeit nimmst."

Das Arbeitszimmer war ein Sinnbild der Unordnung. Tillich musste ein Genie sein, um dieses Chaos zu beherrschen. Auf Regalen, Schreibtisch und Stühlen türmten sich Akten, Fotos, Bücher, Organisationspläne, Laufmappen und Aktenordner. Alles machte den Eindruck, als seien sämtliche Unterlagen nach dem Zufallsprinzip abgelegt worden, sobald sie nicht mehr gebraucht wurden. Er schob auf einer kleinen Couch einige lose Blätter beiseite und bot Hauschild einen Platz an. „Setz dich und leg los. Was kann ich für dich tun?"

Hauschild fühlte sich unbehaglich. „Ich habe den Eindruck, dass ich störe. Tut mir Leid. Ich komme ein anderes Mal und kündige mich vorher an."

„Ach was! So sieht es hier immer aus."

Hauschild schickte sich in die Situation. „Ich war gerade

zufällig in der Nähe, weil ich in Bergen einen anderen Termin hatte. Vielleicht habe ich dir bei unserem letzten Treffen schon angedeutet, dass ich gerne einen Artikel über deine außergewöhnlichen Kunstprodukte platzieren würde. Dazu gehört natürlich ein Interview. Vor allem, wie du auf die Idee gekommen bist, seit wann du in diese Richtung arbeitest, und ob du schon Interessenten gefunden hast." Er sah sich suchend um. „Der Vollständigkeit halber würde ich mir natürlich auch gerne die gesamte Armada deiner Figuren anschauen. Ich habe eben schon einige davon im Garten betrachtet. Sehr ungewöhnlich. Parallelen in der Kunstszene sind mir nicht bekannt. Deshalb glaube ich, unsere Leser dafür interessieren zu können."

Während Hauschild erzählte, waren Tillichs Augen plötzlich unruhig über seinen Schreibtisch gewandert. Eine leichte Röte flog über seine Wangen. Hauschild bemerkte, wie er mit seinem Stuhl so vor den Tisch rutschte, dass sein Sichtfeld die Tischplatte nicht mehr in vollem Umfang erfassen konnte. Gleichzeitig legte Tillich mit ein paar Armbewegungen ein plötzliches Temperament an den Tag, das Hauschild als Ablenkungsmanöver verstand. „Du hast ein wichtiges Stichwort gegeben. Da der Artikel eine tolle Werbung für mich wäre, verstehe ich dein Anliegen, dass dazu eine Präsentation meiner Werke gehört. Sicher willst du auch ein paar Fotos machen und einige Geschichten dazu hören. Das können wir heute wegen der Dunkelheit nicht mehr leisten. Lass uns über einen baldigen Termin reden."

Hauschild zückte sein Handy und schlug den Terminkalender auf. „Wie wäre es mit morgen? Mir liegt daran, die Story sehr schnell unterzubringen. Du weißt, dass ich davon lebe und zwei kleine Kinder zu versorgen habe. Bist du morgen zu Hause?"

Tillich erhob sich. „Morgen bin ich den ganzen Tag unterwegs. Wie wäre es mit übermorgen? Da stehe ich dir den ganzen Tag zur Verfügung."

Als Hauschild ebenfalls aufstand und sich zum Gehen anschickte, drehte er sich linkisch an Tillich vorbei. Aus den Augenwinkeln konnte er noch einen raschen Blick auf den Schreibtisch werfen, den Tillich nicht bemerken sollte. Was er dort sah, raubte ihm den Atem. Er benötigte seine ganze Kraft, um bei der Verabschiedung ein möglichst unbeteiligtes Gesicht aufzusetzen.

Kaum hatte er das Haus verlassen, wurde ihm klar, was er zu tun hatte. Er würde jetzt sofort Schultz anrufen und informieren. Schultz könnte versuchen, einen Durchsuchungsbeschluss zu bekommen. Sicher wäre er dankbar genug, ihm im Anschluss unter der Hand ein paar Infos für einen reißerischen Artikel zu geben.

27

Am nächsten Morgen saß Hanspeter Schultz in seinem Büro und hatte die Ellbogen auf den Schreibtisch gestützt. In seinen Handflächen ruhte sein Kinn. Entgegen sonstiger Gewohnheiten hatte er den Sakko des Nadelstreifenanzugs über die Rückenlehne des Ledersessels gehängt. Schwer atmend sinnierte er, ob er sich zur Aufbesserung seiner Müdigkeit mit einer Nougatpraline verwöhnen sollte. Er entschied sich dagegen, da ihm der Kaffee dazu fehlte. Ohne Kaffee schmeckten Nougatpralinen seines Erachtens nur halb so gut. Selbst wenn sie, wie in diesem Fall, von dem Schokoladenstand in Frankfurts Einkaufsparadies herrührten, der *Kleinmarkthalle* hinter dem *Liebfrauenberg*. Er wollte auf Schreiner warten, der gleich kommen musste. Der kochte den besseren Kaffee.

Schultz streckte die Arme aus und gähnte herzhaft. Er musste sich erst einmal von dem merkwürdigen Traum der letzten Nacht erholen. Fünf Männer mit Masken vor den Gesichtern hatten einen Anschlag auf seine Frau verübt. Dummerweise hatte er die Einzelheiten nach dem Aufwachen schon wieder vergessen. Was er allerdings behalten hatte, waren die Personen, deren Konterfei sich auf den Masken widergespiegelt hatte. Die fünf Vorstandsmitglieder der Freikirche von Bergen-Enkheim. Im Traum war ihm natürlich nicht bewusst, ob das Wirklichkeit oder Fantasie, Spiel oder Ernst war. So hatte er in der Nacht etwas für ihn Ungewohntes erlebt. Angst!

Endlich klopfte es. Schreiner war da. Schultz begrüßte ihn auf seine Art. „Machen Sie bitte erst mal einen ordentlichen Kaffee. Das ist etwas, was Sie können."

Ein breites Grinsen überzog Schreiners Narbengesicht, während er zur Fensterbank ging, wo die Kaffeemaschine stand. „Sie sind offenbar gut in Form. Hat die Waage etwa 100 Gramm weniger angezeigt?"

Schultz überging den Hinweis auf seine größte Schwäche. „Machen Sie nicht so viele Worte. Wir haben keine Zeit mehr, bis unsere vorgeladenen Gäste eintreffen. Was muss ich vorher noch wissen? Gibt es etwas Neues?"

In aller Seelenruhe zog Schreiner eine geschälte Karotte aus seiner Jeansjacke und nahm sie zwischen Zeige- und Mittelfinger, so, wie er früher als Kettenraucher eine Zigarette gehalten hätte. Übers Knabbern begann er zu erzählen. „Wir haben diesen Wilhelm Wilhelmi, Spitzname Indy, ausgequetscht, nachdem er wieder ansprechbar war. Er redet viel daher. Manchmal macht er den Eindruck, als habe er Angst. Gelegentlich sah er auch so aus, als sei er nicht ganz bei Trost. Das Messer sei ein Geschenk, behauptet er. Natürlich von einem Unbekannten. Das ist allerdings in der Rauschgiftszene nicht einmal unwahrscheinlich. Für ein bisschen Stoff oder Geld findet man dort immer seine Handlanger."

„Was will dieser Indy dafür getan haben?"

„Er erzählt eine krude Story. Sein Auftraggeber habe Angst, entdeckt zu werden. Die Hintergründe kenne er nicht. Er habe Indy gebeten, nach Bretzenheim in eine Eremitage zu fahren. Dort sollte er ein paar persönliche Dinge abholen. Dafür habe er einen kleinen Geldbetrag erhalten. Die erste Hälfte sofort, die zweite Hälfte nach Erledigung des Auftrags. So sei es gelaufen. Das Messer habe er bei seinem Auftraggeber gesehen. Weil es ihm gefallen habe, sei es zusätzlich zum Geld versprochen worden, falls er ordentliche Arbeit leiste und vor allem den Mund halte. Die Kontaktaufnahme sei nie ein Problem gewesen, weil der Unbekannte immer gewusst habe, wo er sich aufhalte."

„Ist dieser Indy glaubwürdig? Macht es Sinn, auf seine Angaben hin Ermittlungen anzustellen?"

„Das ist wie mit allen Süchtigen. Sie haben ihre eigene Wahrheit, wie sie auch in ihrer eigenen Welt leben. Allerdings sollten wir uns schon nach Bretzenheim aufmachen und überprüfen, wie es dort aussieht. Die Eremitage gibt es nämlich tatsächlich. Sie liegt bei Bad Kreuznach. Das haben wir gecheckt."

„Das sind kaum Neuigkeiten, die uns jetzt weiterhelfen. Konzentrieren Sie sich auf das Wesentliche, solange wir noch allein sind."

Schreiner grinste breit. „Charmant wie immer! Wir haben das Messer untersucht, das er bei sich führte. Sowohl auf der Wache als auch in der Gerichtsmedizin. Spuren, die im Zusammenhang mit den beiden Morden stehen, konnten wir nicht feststellen. Das mag daran liegen, dass sie durch anderweitigen Gebrauch und Reinigung beseitigt wurden. Das Messer ist aber interessant, weil es ein ungewöhnliches Stück ist. Es könnte ein altes Militärmesser sein. Eine Ehrengabe vielleicht. Wir haben eine Gravur von irgendeiner besonderen Einheit entdeckt. Vorläufig haben wir aber keine polizeilichen Erkenntnisse, welcher Person oder welcher Tat wir das Messer zuordnen können. Unsere Personen- und Sachdateien geben da nichts her. Bis jetzt jedenfalls." Er biss herzhaft in die Möhre. „Frau Doktor Lubitsch meint, das Messer komme als Tatwaffe in Betracht. Länge und Breite der Klinge stimmen mit den Untersuchungen der Obduktionen überein. Da der Täter jetzt offenbar eine andere Tötungsart plant, braucht er das Messer nicht mehr. Möglich also, dass Indys Kontaktperson unser Mörder ist."

Das Telefon klingelte. Schultz nahm ab, hörte kurz zu und legte auf. „Das war die Pforte. Sie kommen."

Wenig später klopfte es. Schreiner steckte den Rest seiner Karotte weg. Die Vorstandsmitglieder der Freikirche in Bergen-Enkheim, Harro Spangenberg, Mario und Johannes Beckstein, Peter Felbrich und Josef Weiss traten ein. Das kleine Büro war kaum in der Lage, alle Geladenen aufzunehmen.

Schultz betrachtete die fünf Männer der Reihe nach. Er musste in sich hineinlächeln, als er deren durchaus unterschiedliche Bekleidung begutachtete. Spangenberg, Johannes Beckstein und Josef Weiss trugen Anzüge mit Krawatten, während Mario Beckstein und Felbrich es vorgezogen hatten, sich leger zu kleiden. Schultz begrüßte jeden einzelnen. „Ich will zunächst an Sie alle gemeinsam ein paar Worte richten." Er zeigte auf Schreiner. „Die jüngsten Ermittlungen von Kriminalhauptkommissar Schreiner und meiner Wenigkeit geben begründeten Anlass, Sie nachdrücklich zu warnen. Wir haben Anhaltspunkte dafür, dass der Mörder von Karina und Benedikt Weiss aus Ihrem kirchlichen Umfeld kommt. Außerdem gibt es Hinweise dafür, dass dieser Mörder weitere Verbrechen vorhat. Wir haben Beweismittel gefunden, die es nahe legen, dass er als nächstes die Vorstandsmitglieder im Auge haben könnte. Auch seine Methode ändert sich vielleicht. Anstelle des Messers könnte er auch zu Gift greifen. Deshalb raten wir Ihnen vor Beginn der Vernehmungen dringend, mit uns zusammenzuarbeiten und mit nichts mehr hinter dem Berg zu halten. Das ist in Ihrem ureigenen Interesse. Jede Kleinigkeit, die Sie in letzter Zeit als ungewöhnlich, auffällig oder seltsam registriert haben, kann für uns von größter Wichtigkeit sein. Nehmen Sie bitte meine Warnung sehr ernst. Sie sind wirklich in großer Gefahr." Er lockerte seine Krawatte. „Bevor ich Sie nun einzeln zu uns bitte, möchte ich noch klarstellen, dass Ihre kircheninterne Schweigeregelung, die mir zu Ohren gekommen ist, vor der Justiz nicht gilt. Sie können sich eventuell sogar strafbar machen, wenn Sie von einem Verbrechen wissen, ohne es uns anzuzeigen. Ich hoffe, wir haben uns verstanden." Er schaute sich in der Runde um. „Wir möchten mit Ihrem Vorsitzenden, Herrn Spangenberg, beginnen. Die übrigen Herren warten solange vor meinem Büro. Dort können Sie auf den Bänken Platz nehmen. Wir begleiten jeden von Ihnen nach seiner Vernehmung durch einen

Seiteneingang nach draußen. Sie müssen nicht unnütz warten, bis der letzte von Ihnen vernommen wurde."

Die beiden Becksteins, Felbrich und Weiss verließen den Raum. Schultz bot Spangenberg einen Platz an. Er lehnte sich zurück und setzte zu einer ersten Frage an. Spangenberg kam ihm zuvor. „Wenn Sie gestatten, möchte ich zunächst ein paar Worte zu meinem missglückten Alibi sagen." Er wartete einen Moment. Als Schultz keinen Einspruch erhob, fuhr er fort. „Damals ging alles so schnell. Ich hatte meine Sekretärin unzureichend instruiert und mich nur sehr nachlässig über meine Termine informiert. Deshalb habe ich Ihnen wohl etwas Falsches gesagt. Das war keine böse Absicht. Als dann Josef Weiss mit seiner Quittung der *Weinhandlung Teufel* ankam, glaubte ich, wir seien aus dem Schneider. Aber auch da hat es Missverständnisse gegeben. Ich will helfen, dies aufzuklären. Zurzeit haben wir es sehr schwer. Bei uns in der Kirche herrscht eine Atmosphäre des Misstrauens und der Angst. Verlässliche Auskünfte sind dort kaum zu bekommen. Zu allem Unglück ist gleichzeitig mein elektronischer Kalender zusammengebrochen. Irgendwann hatten Kollege Weiss und ich völlig den Überblick verloren, um welches Datum es überhaupt ging. Dann habe ich meine Frau gefragt. Aber auch sie wusste nicht weiter. Trotzdem kümmere ich mich so schnell wie möglich darum, Ihnen eine Tabelle meiner Aufenthalte während der fraglichen Zeit zukommen zu lassen. Herr Weiss will das auch tun. Wir setzen Himmel und Hölle in Bewegung."

Schultz spöttelte. „Merkwürdig, dass diese Formulierung ausgerechnet von Ihnen kommt."

Spangenberg schien die Bemerkung nicht zu verstehen. „Wir haben erst nach und nach die Ernsthaftigkeit verstanden."

„Meistens muss es erst an den eigenen Kragen gehen, bevor man aufwacht. Belassen wir es erst einmal dabei und warten insoweit auf Ihre Aufstellung. Und nicht nur auf die Ihre. Bitte machen Sie eine solche Aufstellung für jedes Vorstandsmitglied. Das können Sie intern leisten. Die Listen lassen Sie dann zu den Akten kommen. Sie wollen sicher nicht länger als nötig zum Kreis der Verdächtigen gehören. Stellen Sie sich nur vor, ich wäre aufgrund von Nachfragen der Presse gezwungen, diese Geschichte öffentlich zu machen. Dann würde Ihnen auch Ihre herausgehobene Stellung nichts mehr nützen." Schultz schlug sich mit den flachen Händen auf seine Oberschenkel. „Also, bitte Butter bei die Fische. Sie wollen uns nun endgültig helfen? Jetzt haben Sie die Gelegenheit dazu."

„Ich beginne mal mit den beiden Toten. Sie sollten wissen, dass es eine handfeste Ehekrise gab. Karina konnte keine Kinder mehr kriegen, nachdem ihre erste Schwangerschaft so verhängnisvoll mit dem Tod im Mutterleib geendet hatte. Sie müssen das vor dem Hintergrund sehen, dass wir in unserer Kirche den Kindersegen als etwa Hohes und Heiliges propagieren. Da Karina geistig beweglicher war als ihr Mann, stellte sie die Situation wahrheitswidrig vor allen Leuten so hin, als trage ihr Mann die Schuld daran, dass es mit den Kindern nicht klappe." Er presste nervös die Handflächen zusammen. „Darf ich davon ausgehen, dass alles unter uns bleibt, was ich sage?"

Schultz kratzte sich am Kopf. „Soweit uns das Gesetz nichts anderes vorschreibt. Wenn Ihre Angaben vor Gericht benötigt werden, sind wir verpflichtet, sie zu präsentieren."

Spangenberg zögerte kurz. Dann gab er sich einen sichtbaren Ruck. „So sei es denn. Karinas Manöver wurden natürlich von uns durchschaut, blieben aber ohne Kommentar. Nur ihr Schwiegervater empörte sich laut darüber und tobte." Er hielt inne. „Andere von uns fanden offenbar den Umstand, dass Karina keinen Nachwuchs mehr empfangen konnte, aus anderen Gründen interessant. Ich will damit sagen, dass sie ihr den Hof machten."

„Wer genau? Und mit welchem Ergebnis?“

„Ich kann das nicht mit letzter Sicherheit sagen.“ Er druckste herum. „Nach meinen Informationen bemühten sich jedenfalls meine Vorstandskollegen Mario Beckstein und Peter Felbrich um die Dame. Herr Felbrich ist ein weitgereister und wohlhabender Mann, der nach weiblichem Verständnis als gut aussehend und interessant gilt. Ähnliches verlautet über Mario Beckstein. Das ist der Herr mit dem südländischen Äußeren.“ Er schien zunächst Schultzes Reaktion abwarten zu wollen, redete dann jedoch weiter. „Eine Beziehung zu Karina Weiss wird auch unserem wieder neu eingetretenen Gemeindemitglied Lucius Tillich nachgesagt. Tillich nimmt, wie noch ein paar andere Gemeindemitglieder, gelegentlich beratend an unseren Vorstandssitzungen teil. Er ist ein reicher Mann, studierter Historiker. Früher gehörte er dem Vorstand an, war sogar mein Vorgänger. Als er ausschied, wurde ich sein Nachfolger und Josef Weiss rückte in den Vorstand nach.“

„Gibt es öfters Wechsel im Vorstand? Wenn ja, beruht dies auf Wahlergebnissen? Und warum schied beispielsweise dieser Herr Tillich aus?“

Wieder legte Spangenberg eine Pause ein. Ihm war anzumerken, dass ihm das Thema schwerfiel. „Veränderungen im Vorstand sind nicht so häufig. Ursache sind meist unterschiedliche Auffassungen, was die weitere Entwicklung der Kirche anlangt. Wir sind da nicht immer einer Meinung. Herr Tillich trat damals auf eigenen Wunsch ganz aus der Kirche aus, weil er eine andere Vorstellung über seinen künftigen Lebensinhalt entwickelt hatte. Das alles ist nicht der Haken an der Sache. Vielmehr ist das Problem, dass alle drei Herren, die ich Ihnen eben nannte, verheiratet sind. Das gestaltet sich hin und wieder schwierig. Sowohl im privaten Umgang mit deren Ehefrauen, als auch innerkirchlich. Außereheliche Verhältnisse verstoßen gegen unsere Grundhaltung.“

Schultzes Miene zeigte keine Regung. „Lassen wir das mal so stehen und kommen zu den Morden. Wir haben in beiden Fällen eine symbolische Kreuzigung, ein Kreuzworträtsel mit dem Namen des Opfers, eine rätselhafte achtstellige Zahl und einige Goldfäden in der Mundhöhle. Haben Sie dafür eine Erklärung?“

Spangenberg presste wieder seine Hände gegeneinander. Er wirkte äußerst angespannt und sprach stoßweise. „Wenn man ein Unternehmen nach vorn bringen will, kostet das Geld. Eine Kirchengemeinde, die ihre Ideen für richtig hält und sie daher verbreiten möchte, benötigt ebenfalls reichlich Mittel. Da wir eine ehrgeizige Gemeinde mit großen Zielen, hohem moralischen Anspruch und einer unerschütterlichen Überzeugung vom sittlichen Wert unserer Weltauffassung sind, wollen wir natürlich mit unseren Werten die Menschen in aller Welt ansprechen und glücklich machen. Ein höchst ehrenwertes Ziel also.“

Schultz rief scharf dazwischen. „Kommen Sie bitte wieder zur Sache. Sie müssen hier nicht missionieren, sondern die Wahrheit sagen.“

Spangenbergs langgezogenes Nicken machte allzu deutlich, wie sehr er nun über seine Formulierungen nachdachte. „Vor nicht allzu langer Zeit fanden wir vor dem Altar in unserer Kirche einen Schädel. Wir waren alle total verblüfft. Der Schädel war mit einigen Goldfäden behaftet. Wir konnten uns auf diesen Fund keinen Reim machen. Aber wir erkannten, dass der Schädel sehr alt sein musste. Außerdem waren wir überzeugt, dass es sich bei den Fäden um echtes Gold handelte. So etwas sieht man auf den ersten Blick. Schließlich baten wir unseren Historiker Lucius Tillich um Hilfe bei der Bestimmung. Nach vielen Untersuchungen und Rückfragen erklärte er uns, es handele sich um den Schädel des deutschen Kaisers Heinrich V.“ Spangenberg strahlte. „Sie können sich nicht vorstellen, welchen Freudentaumel diese Nachricht bei unseren Gemeindemitgliedern ausgelöst hat.“

Etwas ruppig unterbrach ihn Schultz. „Tut mir Leid. Ich kann Ihnen nicht folgen."

Mit verträumtem Blick starrte Spangenberg die Decke an. „Heinrich V. war im Mittelalter der Retter der Christenheit. Ich muss das so pathetisch formulieren. Viele Historiker gehen noch davon aus, er sei ein machthungriger Jüngling gewesen. Mit der Gefangennahme und Absetzung seines Vaters und kaiserlichen Vorgängers Heinrich IV. habe er aus Eigennutz, Geltungssucht und Ehrgeiz eine schwere Sünde begangen. Wenn man allerdings weiß, dass der Vater durch seine andauernde Missachtung der kirchlichen Rechte, durch Morde, Hurereien, Zügellosigkeiten und Provokationen alle Welt mit Füßen trat und sich zu einem gottesgleichen Herrscher aufschwang, versteht man, was wir dem Sohn zu verdanken haben."

„Gut! Nun lag plötzlich der Schädel in Ihrer Kirche. Nehmen wir einmal an, es handelt sich tatsächlich um den Kopf von Heinrich V. Was spielt das hier für eine Rolle?"

„Ich habe Ihnen erklärt, warum wir diesen Schädel gleichsam wie eine Reliquie verehren, auch wenn dieser Brauch sonst nur in der katholischen Kirche üblich ist. Daneben ist dieser Fund aber natürlich ein Vermögen wert. Daran hat sich ein innerkirchlicher Streit entzündet. Wegen der religiösen Bedeutung dieses Kaisers wollen einige von uns den Schädel behalten und in der Kirche verehren. Andere halten es für ausreichend, aus Gründen des Respekts und der Dankbarkeit einen Teil davon aufzubewahren, zum Beispiel einen Zahn. Dann hätte der Rest verkauft werden können. Mit dem Geld könnten wir die Missionierung vorantreiben und für die weitere Verbreitung unserer Ideen sorgen. Diese Auseinandersetzung dauert an. Um zu vermeiden, dass es vor einer Abstimmung zu vollendeten Verhältnissen kommt, hat der Vorstand entschieden, den Schädel Lucius Tillich als Treuhänder zu überlassen."

„Lag es zunächst nicht ziemlich nahe, dass jemand diesen Schädel auf illegale Weise beschafft haben musste? Ich kenne mich in dieser Geschichte zu wenig aus. Aber entweder muss doch irgendwo eine Grabräuberei erfolgt sein, oder jemand hat den Schädel aus einem Museum entwendet. Sind Ihnen solche Gedanken nicht gekommen? Und falls doch, wieso hat Ihre Gemeinde anstelle des Verkaufs oder der Aufbewahrung nicht vielmehr an die Einschaltung der Polizei oder sonst zuständiger Behörden gedacht?“

Spangenberg war deutlich anzumerken, dass Schultz einen wunden Punkt berührt hatte. Er benötigte lange Zeit für die Antwort. „Sie liegen sicher richtig. Unterbewusst musste uns klar sein, dass etwas an diesem Ablauf faul sein konnte. Unsere überschäumende Freude war wohl anfangs so groß, dass wir diese Gedanken verdrängten. Wir hätten mit dem Schädel etwas zu bieten gehabt, das uns über alle anderen Gemeinden stellt. Oder der Verkauf hätte uns reich werden lassen. Wahrscheinlich haben wir das schlechte Gewissen einfach ausgeschaltet. Es war ja auch nicht völlig von der Hand zu weisen, dass ein berechtigter anonymer Spender unsere Kirche mit einem legalen Geschenk nach vorn bringen wollte.“

Schultzes geringschätziger Blick machte deutlich, dass er diese Rechtfertigung in die Rubrik „Ausrede“ einstufte. Er überging eine weitere Diskussion dazu. „Wer war für, und wer war gegen den Verkauf des Schädels?“

Spangenbergs extrem tiefer Atemzug verdeutlichte seine Qual. „Ich war jedenfalls dagegen. Wie Sie wissen, verfüge ich über weit reichende Kontakte in Politik und Wirtschaft. Dadurch bin ich jederzeit in der Lage, Geld für die Gemeinde zu besten Konditionen zu akquirieren. So hätte ich das Missionsinteresse auf lange Sicht gewährleistet.“

„Wer war alles dafür?“

Spangenberg presste die Lippen aufeinander. „Im Vorstand

alle anderen. Die Gemeindemitglieder haben wir noch nicht beteiligt."

„Sie sind wohl gerne Außenseiter? Viel Feind, viel Ehr?"

„Das verstehe ich nicht."

„Nun, beim Verkauf des Kopfes stehen Sie mit Ihrer Meinung im Vorstand alleine. Und im Leben provozieren Sie vielleicht Ihre Partner durch die Zugehörigkeit zu einer Kirche, die nicht gerade zum Mainstream gehört."

Spangenberg seufzte genervt und setzte einen trotzigen Blick auf. „Im Gegenteil! Exzentrik ist Macht. Hauptsache, man ist in einer Kirche. Welche, ist gleichgültig. Verbindungen sind das Zauberwort. Außerdem vertrete ich natürlich die Haltung unserer Freikirche. Wir müssen die Welt erneuern. Mit christlichem Glauben neue Inhalte und Ideale vorstellen. Anstelle von vermeintlichem, ständigen technischen Fortschritt und immer neuen Events. Mit dieser Einstellung komme ich sehr gut an."

Schultz reagierte angewidert. „Das ist nicht jedermanns Lebensphilosophie. Zum Glück! Wo ist denn dieser Schädel zurzeit? Noch immer bei Herrn Tillich?"

„Ich hoffe, kann es aber nicht mit Bestimmtheit sagen."

„Noch eine abschließende Frage. Kennen Sie einen Wilhelm Wilhelmi? In Szenekreisen wird er Indy genannt."

Die Antwort kam schnell, viel zu schnell. „Da muss ich passen. Soll er zu meiner Gemeinde gehören? Das schließe ich aus."

Mit einem Blick zu Schreiner versicherte sich Schultz, dass es auch von ihm keine Fragen mehr gab. Als Schultz ihn bat, Spangenberg zum Seiteneingang zu begleiten, meldete dieser sich nochmals zu Wort. „Nur noch ein Wort, um Ihre Zeit zu sparen. Meinen Sie nicht, mit den versprochenen Aufstellungen zu den Alibis der Kollegen sei für den Augenblick alles gesagt? Ich kann mir nicht vorstellen, dass einer meiner Vorstände Ihnen mehr berichten kann, als ich es eben getan habe."

Wieder stimmte sich Schultz durch kurzen Blickkontakt mit Schreiner ab. Unausgesprochen war beiden klar, dass Spangenberg seine Aussage zuvor mit den restlichen Vorstandsmitgliedern abgesprochen hatte. Schultz rief Mario und Johannes Beckstein, Peter Felbrich und Josef Weiss in sein Büro. „Meine Herren, ich danke für Ihr Kommen und Ihre Geduld. Nach Vernehmung Ihres Vorsitzenden sind für heute die wesentlichen Fragen geklärt und Sie sind entlassen. Das setzt voraus, dass Sie sich dem Versprechen Ihres Vorsitzenden folgend kooperativ verhalten. Vor allem erwarten wir von Ihnen schriftlich stichhaltige, nachprüfbare Angaben zu Ihren Aufenthalten während der Tatzeiten der beiden Morde an Karina und Benedikt Weiss. In allerkürzester Zeit. Immerhin geht es um Mord. Das lässt keine Verzögerungen zu. Die Einzelheiten hierzu wird Herr Spangenberg Ihnen mitteilen." Schultz wandte sich an Spangenberg und reichte ihm die Hand. „Nun ist es nicht mehr erforderlich, dass wir Sie einzeln zum Seiteneingang begleiten. Sie können gemeinsam die Behörde über den Haupteingang verlassen."

Josef Weiss trat plötzlich vor und wandte sich an Schultz. „Selbstverständlich habe ich kein Recht, auf meiner Vernehmung zu bestehen. Ich möchte Sie nur ausdrücklich darauf hinweisen, dass mir an einer schnellstmöglichen Ermittlung des Täters gelegen ist, der meinen Sohn auf dem Gewissen hat. Meine Auffassung hierzu habe ich schon zu Protokoll gegeben. Aus meiner Sicht war es dieses Weib Karina, die anschließend dafür büßen musste. Solange diese Frage allerdings nicht hundertprozentig geklärt ist, kann ich nicht in Frieden an das Grab meines Sohnes treten. Jede Nacht wache ich mehrmals auf, weil ich von meinem Sohn träume und ihn tot vor mir liegen sehe. Erst wenn Sie, Herr Staatsanwalt, mir verbindlich darlegen können, wer es war, finde ich wieder meine Ruhe."

Schultz nickte ihm verständnisvoll zu. Als die fünf Männer gegangen waren, setzte er sich wieder zu Schreiner. „Spangenberg hatte recht. Das hätte keinen Sinn gehabt, sie jetzt alle durch die Mangel zu drehen. Obwohl sie alle fünf nach wie vor als Täter in Betracht kommen. Was den zweiten Mord anlangt, auch Josef Weiss mit seinem grenzenlosen Hass auf Karina." Er schlug mit der Faust auf den Tisch. „Sie waren alle von Spangenberg geimpft. Keiner hätte etwas anderes ausgesagt. Ich bin mir ziemlich sicher, dass Spangenberg sein Versprechen hält. Bei seiner Stellung in der Öffentlichkeit kann er es sich nicht leisten, uns nichts zu liefern. Außerdem muss er uns allein schon von seinem Naturell her beweisen, dass er seine Leute im Griff hat und die Vorgaben ausschließlich von ihm gemacht werden."

„Das sehe ich auch so. Solange wir keine konkreten Vorhaltungen machen können, hätten weitere Vernehmungen keine Ergebnisse gebracht."

Das Telefon klingelte. Schultz hob ab. Dann zwinkerte er Schreiner zu. „Guten Tag Herr Hauschild. Darf ich laut stellen? Herr Schreiner ist gerade bei mir."

Schultz drückte den Lautsprecherknopf. Dann ertönte metallisch Hauschilds Stimme. „Ich habe Neuigkeiten für Sie. Schon gestern Abend habe ich vergeblich versucht, Sie oder Herrn Schreiner telefonisch zu erreichen. Ich habe vielleicht die Geschichte mit dem Schädel aufgeklärt. Ich glaube, ich weiß, wo er sich befindet. Letzte Klärung könnte es geben, wenn Sie einen Durchsuchungsbeschluss bekommen."

Mit breitem Schmunzeln verschränkte Schultz die Arme und lehnte sich wippend in seinem Ledersessel zurück. „Darf ich raten? Doch nicht etwa bei Herrn Lucius Tillich?"

Hauschild brauchte mehr als eine Schrecksekunde, bis er sich wieder meldete. „Donnerwetter! Woher wissen Sie das?"

„Wussten Sie nicht, dass alle Frankfurter Ermittler Hellseher sind? Spaß beiseite. Sie werden uns sicher einiges mehr dazu sagen wollen. Vor allem, wie Sie ihre Feststellungen treffen konnten."

„Nicht nur das. Hören Sie mir bitte noch kurz zu. Fragen Sie jetzt nicht nach den Einzelheiten. Ich war gestern Abend unter einem Vorwand bei Lucius Tillich. Dabei lud er mich in sein Arbeitszimmer. Dort habe ich etwas gesehen, was es jedenfalls erforderlich machen könnte, dass Sie ihn aufsuchen."

„Nämlich?"

„Ich weiß nicht, ob es klug ist, wenn ich Ihnen das am Telefon erkläre. Das ist sehr heikel. Möglicherweise ist Ihr Telefonnetz sicherer als das in meiner Redaktion. Hier vermeiden wir immer, Namen oder brisante Details telefonisch zu erörtern."

„Im Augenblick müssen Herr Schreiner und ich sowieso noch ein paar andere Dinge auswerten. Am besten, Sie machen sich morgen in aller Herrgottsfrühe auf den Weg hierher. Dann können wir uns zu dritt unterhalten. Schaffen Sie das? Sie dürfen auch als erster Reporter über die Sache berichten, sobald ich Ihnen grünes Licht gebe. Ihre Kollegen benachrichtigen wir dann einfach einen Tag später."

„Ich bin um acht Uhr bei Ihnen."

„Der arme Kerl", sagte Schreiner, als Hauschild aufgelegt hatte.

„Wieso?", fragte Schultz.

„Weil Sie es als polizeibekannter Langschläfer niemals schaffen werden, so früh hier zu sein."

28

Am Abend war die Dämmerung wegen des schlechten Wetters schon früh hereingebrochen. Erst spät riss die Wolkendecke auf. Himmelfahrt stand vor der Tür. Noch wenige Tage, dann würde das Fest in der *Freien Kirchengemeinde Golgatha/Bergen-Enkheim* würdig und feierlich begangen werden. Die Vorbereitungen dazu liefen auf Hochtouren.

Das Außenlicht zeichnete nur noch schemenhafte Konturen, als sich eine dunkel gekleideter Mann der Freikirche näherte. Über dem Rücken hatte er eine mächtige Sporttasche hängen. An deren Gurt war noch eine aufgeblähte Plastiktüte befestigt. Ein überwältigender Sternenhimmel, das fahle Mondlicht und eine in der Nähe aufgestellte Straßenlaterne beleuchteten die Auffahrt zum Kirchengebäude gerade noch ausreichend, um keine zusätzliche Lichtquelle zu benötigen. Langsam öffnete der vermummte Eindringling die mit christlichen Symbolen gestaltete Leichtmetalltür, die nach oben von einem halbrunden Fenster abgeschlossen wurde. Darauf war mit unterschiedlich blauen Mosaiksteinen ein Fisch eingelassen. Ichtios, das Zeichen der Urchristen.

Der Mann schloss die Tür hinter sich. Seine Vermummung, eine schwarze Sturmhaube, legte er ab. Durch die hohen Glasfenster drang ganz matt das Außenlicht. Das reichte aber nicht mehr aus, um sich zu orientieren. Er ließ den Kegel einer kleinen LED-Taschenlampe aufflammen und leuchtete in den Mittelgang zum Altar. Vorsichtig setzte er seine Schritte, um keine unnötigen Geräusche zu verursachen.

Am Altar setzte er unterhalb der wenigen Stufen seine Sporttasche ab. Behutsam löste er von dem Tragegurt die Plastiktüte und zog mit spitzen Fingern einen Blumenstrauß weißer Lilien hervor. Mit aller Vorsicht legte er die Blumen auf die Stufen und ging hinter den Altar. Der Mann wusste genau, wo er eine Vase finden und sie mit Wasser füllen konnte. Er steckte den Blumenstrauß in die messinggelbe Vase und stellte sie auf den Altar unterhalb des großen Holzkreuzes. Anschließend trat er einen Schritt zurück, betrachtete sein Werk und grunzte zufrieden.

Dann widmete er sich seiner Sporttasche. Zunächst entnahm er ihr zwei hohe goldene Kerzen, die er rechts und links vom Blumenstrauß aufstellte. Mochten andere Gemeindeverantwortliche morgen die passenden Kerzenständer suchen. Dazu hatte er jetzt keine Zeit.

Als nächstes fischte er aus der Tasche einen seltsamen Topf. Dieser hatte die Größe einer Teekanne und glich einer chinesischen Deckelvase. Er sah nach Emaillearbeit aus und war mit einem Kranz bunter Blumenmuster umrandet. Diesen Topf stellte der Mann direkt vor den Blumenstrauß.

Schließlich griff er in die Innentasche seiner Jacke und holte einen Briefumschlag heraus. Er klappte ihn auf, nahm einige Blätter Papier heraus und steckte das Kuvert wieder ein. Die Zettel legte er im Halbkreis auf die oberste Stufe vor dem Altar. Im Schein der Taschenlampe war zu sehen, dass auf den Blättern Kästchen gezeichnet und darunter hinter unterschiedlichen Nummerierungen irgendwelche Sätze oder Fragen in Computerschrift aufgelistet waren. Ganz unten am rechten Rand war jeweils eine achtstellige Zahl eingetragen.

Der Eindringling ging einige Schritte rückwärts und begutachtete sein Arrangement. Er nickte mehrfach. Ein mephistophelisches Grinsen umspielte seine Lippen, als er sich die Hände rieb.

Das war seine Form der Andacht. Himmelfahrt konnte kommen. Anders als der auferstandene und an diesem Tag endgültig in den Himmel aufgenommene Christus würde er den

Vorstand vielmehr zur Hölle schicken. Mit diesem Feiertag nahte also endlich das Finale auf Golgatha. Hier würde es mehr im volkstümlichen Sinne des Wortes eine Himmelfahrt geben. Und gleich für mehrere Personen. Was für ein Fest!

Er liebte Perfektion. Da er hier die nötige Ruhe hatte und um diese Zeit eine Entdeckung nicht zu befürchten brauchte, ging er zur Sicherheit nochmals seinen gesamten Plan in Gedanken durch. Ins Café *Estrela Doce* hatte er sich nicht mehr gewagt. Nach seinem Besuch bei Herrn Santos war ihm zu Hause das Fehlen einer Unterlage aufgefallen. Eine Kopie fehlte, die er im Internet-Café gezogen hatte. Mit dem Ausdruck würde Santos nicht viel anfangen können. Jedenfalls bot sie keinen unmittelbaren Anlass, Verdacht zu schöpfen. Anders verhielt es sich allerdings schon mit den Kästchen, die er auf die Rückseite gezeichnet hatte. Nach einem Vergleich mit allen Papieren, die in seinem Besitz geblieben waren, musste es sich um das Kreuzworträtsel auf den Namen Mario handeln. Er hielt es für unwahrscheinlich, dass Santos daraus einen Bezug zu den Morden an Benedikt und Karina Weiss herstellen konnte. Santos war Portugiese. Wer wusste schon, ob er überhaupt deutsche Zeitungen las oder Nachrichten hörte. Aber man konnte nicht wissen. Falls er wegen des Bohnenkuchens wieder hinginge, würde Santos ihm vielleicht unbequeme Fragen stellen. Das musste nicht sein.

Er hatte stattdessen kurzerhand eine große Buchhandlung im *Steinweg* aufgesucht, mitten im Herzen Frankfurts. Das über vier Etagen angelegte Geschäft war überaus geeignet, wenn man als Käufer anonym bleiben wollte. Natürlich hatte der Verkäufer am Info-Stand ein wenig fragend geschaut, als er ein portugiesisches Backbuch bestellen wollte. Der Bezug über einen falschen Namen war indessen problemlos abgelaufen. Am nächsten Tag konnte er das Buch abholen. Natürlich enthielt es ein Rezept für Bohnenkuchen. Das würde nicht das erste Backwerk sein, das er erfolgreich zubereitete. Niemandem im Haus würde etwas auffallen, da er häufig genug alleine war. Die Zutaten hatte er alle vorrätig.

Selbst die Wichtigste. Die Bohnen. Und zwar nicht nur die im Rezept empfohlenen, sondern zusätzlich die bohnenförmigen Samenkapseln aus der Rizinuspflanze. Deren Beschaffung war ein Kinderspiel gewesen. Dank der ihm bekannten und noch immer existenten Bezugsquellen aus der Militärzeit. Die boten immer noch an, was das Herz begehrte. Und frisch. Zwar bewahrte er auch aus seiner privaten Pflanzensammlung Samenkapseln auf. Allerdings wusste er nichts über die Haltbarkeit der innewohnenden Gifte. Zu Hause hatte niemand bemerkt, dass seine Pflanzensammlung, sein privater Palmengarten, wie er das nannte, um ein Exemplar größer geworden war. Sein Umfeld war gewohnt, dass er mit allen möglichen Exoten experimentierte.

Während der Bewirtung der Teilnehmer an der Gemeindesitzung seinerseits auf den Genuss des selbstgebackenen Kuchens zu verzichten, würde auch kein Problem bereiten. Alle wussten, dass er viel zu hohe Harnsäurewerte hatte, seit Jahren gichtkrank war und täglich zur Vermeidung von Anfällen *Allopurinol* einnehmen musste. Bohnen waren nun einmal äußerst purinhaltig und daher für Gichtkranke tabu. Außerdem würden alle erst zwei bis drei Tage später sterben. Bis dahin wäre nicht mehr aufklärbar, wer beim Kaffeetrinken des Vorbereitungskomitees für die Ausrichtung des Feiertags dabei gewesen war.

Der Mörder war mit seiner Vorbereitungsarbeit zufrieden. Langsam schritt er zu den Kirchenstühlen in der ersten Reihe. Er setzte sich links vom Mittelgang auf den ersten Platz und schaute zu der Figur des gekreuzigten Christus über dem Altar.

In gedehnter Sprache begann er zu flüstern. „Bist du zufrieden mit deinem Diener? Habe ich alles in deinem Sinn vorbereitet?“ Seine Augen glühten. Keine Sekunde wandte er seinen Blick ab. Erst nach einer längeren Weile sackte er etwas in sich zusammen und zuckte resigniert mit den Schultern. „Du willst dich heute nicht zeigen? Willst nicht mit mir sprechen? Hoffentlich ist dies kein böses Zeichen. Ich habe doch alles getan, wozu du mich motiviert und aufgefordert hast.“ Er reckte sich auf. „Warte. Noch wenige Tage. Du wirst stolz auf mich sein. Und hoffentlich einhalten, was du mir als Belohnung zugedacht hast.“ Im selben Moment schalt er sich in Gedanken einen Narren. Wie konnte er nur an den Worten seines Meisters zweifeln?

Noch einmal sah er konzentriert zum Antlitz der geschnitzten Jesusfigur auf. Da packte ihn das blanke Entsetzen. Das war nicht mehr das leidende, gütige Gesicht des Erlösers. Mit einem Mal trug das Gesicht die Züge von Benedikt Weiss. Und es lachte ihn schamlos aus.

Dann wechselte das Gesicht. Jetzt war es Karina, die ihn ansah. Und sich ausschüttete vor Lachen.

Er vergaß völlig die Heimlichkeit seiner Mission. Mit einem Schrei stürzte er auf das Kreuz zu. Wie konnte das sein? Natürlich hatte er gewollt, dass alles einen spielerischen Charakter hatte. Aber die Spielregeln wollte ausschließlich er bestimmen, von Anfang bis Ende. Wieso war ihm mit einem Mal die Regieführung entglitten? Unsicherheit überfiel ihn. Brach seine neue Welt, die er erschaffen wollte, schon vor Abschluss seiner Aufgabe in Trümmern zusammen?

Als er sich vor dem Altarkreuz zu Boden warf und nach oben sah, schaute ihn wieder das lächelnde Bild Christi an. Und endlich sprach es mit ihm, wenigstens den einen Satz. „Du erhältst, was du verdienst.“

Das war eindeutig, meinte er. Sein Auftrag war klar. Nach Erledigung würden sich für ihn die Tore des Paradieses öffnen.

Er erhob sich und schlug die Hände vors Gesicht. Dann begann er hemmungslos zu weinen.

29

Der kleine Versammlungsraum der Golgatha-Gemeinde war am nächsten Morgen schon sehr früh beleuchtet. Harro Spangenberg hatte seine Vorstandskollegen auf heute eingeladen, da am Vortag aufgrund unaufschiebbarer Termine nicht alle konnten. Anders als sonst waren keine weiteren Gemeindemitglieder erschienen. Ebenfalls anders als sonst fehlten Kaffee und Kuchen und die brennenden Kerzen auf dem Tisch. Wie eine erweiterte Skatrunde saßen die Vorstände um den kleinen runden Holztisch und schauten betreten vor sich hin. Die Atmosphäre war gespannt, die Stimmung düster. Keiner wagte seinen Nachbarn anzuschauen. Das gegenseitige Misstrauen war mit Händen greifbar.

Spangenberg ergriff das Wort. Er raunte. „Die Hölle tut sich dem Sünder auf, der *uns* ans Leben will. Die Gefahr, die der Staatsanwalt für uns heraufbeschworen hat, ist für unsere Kirche existenziell. Deshalb muss sich der Sünder heute bekennen. Das Schweigen muss gebrochen werden, auch wenn es sonst in unserer Kirche ein eherner Grundsatz ist. Jetzt sofort. Ich verspreche im Gegenzug, dass wir den Sünder schützen werden, soweit dies möglich ist. Auch dem Staat gegenüber."

Felbrich schaute ihn feindselig an. „Wer sagt denn, dass du es nicht selbst bist? Der Staatsanwalt hat uns erklärt, der Täter sei so schlau, sich bei allem mit einzubeziehen, um nicht aufzufallen."

Mario Beckstein stieß in dasselbe Horn. „Ich gebe Peter recht. Außerdem verstehe ich nicht, warum du nicht unsere sonstigen Berater aus dem Kreis der Gemeinde hierher gebeten hast. Kommen sie nicht genauso als Mörder in Frage wie jeder von uns fünf?"

Spangenberg hob die Hände, als wolle er den Rest der Gruppe segnen. „Denkt doch bitte einmal mit. Wer trägt in erster Linie die Verantwortung für unsere Kirche? Der Vorstand natürlich. Und wer sind die Vorstandsmitglieder? Wir! Deshalb finde ich, dass wir zu allererst die Verpflichtung haben, unter uns zu prüfen, wie wir dieses Problem lösen können. Außerdem kommen unsere üblichen Berater sowieso übermorgen zur turnusmäßigen Versammlung und zur Vorbereitung der Feiern zu Himmelfahrt. Dann können wir sie ins Gebet nehmen, falls wir bis dahin ausschließen, dass es einer von uns war."

Weiss griff nun in das Gespräch ein. „Ich gebe Harro in dem Punkt recht, dass wir unmittelbar vor dem Abgrund stehen. Es ist fünf Minuten vor zwölf. Wollen wir wirklich weiter streiten und dabei unsere Kirche mit all unseren wunderbaren Zielen vor die Hunde gehen lassen? Das kann doch nicht euer Ziel sein." Er atmete tief durch. Sein Gesicht war rot angelaufen. „Ich mache jetzt den Vorschlag, dass wir unser Gespräch über das weitere Vorgehen und die Erklärungen, inwieweit wir Schuld einzuräumen haben, in die Kirche verlegen. Im Angesicht des Herren wird es keiner von uns wagen, die Unwahrheit zu sagen. Wer vor dem Herrn lügt, dem ist die Fahrt zur Hölle garantiert."

Alle fünf Männer nickten sich zu, standen auf und begaben sich auf den Weg zur nebenan gelegenen Kirche. Mit gesenkten Köpfen traten sie ein. Alle blieben vollkommen still. Auf dem Weg zur ersten Stuhlreihe malte sich plötzlich ungläubiges Staunen auf den Gesichtern ab. Dann entstand ein heilloses Durcheinander. Sich gegenseitig drängend und schiebend stürzten alle nach vorn zum Altar, um das unerwartete Arrangement genauer zu betrachten.

Spangenberg nahm die Kreuzworträtsel auf. Er sah sie sich kurz an, dachte einen Augenblick nach und drehte sich zu den anderen um. „Sie sind nicht schwer zu lösen, wenn man nur ein wenig die kirchlichen Begriffe kennt. Wir sind alle dabei. Alle!"

Panik brach aus. Laute Schreie wurden durch die extravagante Akustik, ursprünglich für musikalische Darbietungen entwickelt, in wellenförmigen Echos von den Kirchenwänden zurückgeworfen. Voller Angst, mit weit aufgerissenen Augen schauten sich die Vorstandsmitglieder an, unfähig, die Situation durch Erklärungen auf ein erträgliches Maß zurückzuschrauben.

Johannes Beckstein, sonst die Ruhe selbst, geriet völlig aus dem Häuschen. „Das ist unser Ende. Wir sind die Nächsten. An Himmelfahrt sollen wir sterben."

Peter Felbrich, deutlich beherrschter, ergänzte mit hilfloser Stimme. „Und wir wissen immer noch nicht, wer überhaupt unser Gegner ist, und warum er uns nach dem Leben trachtet."

Mario Beckstein und Josef Weiss hielten sich die gesamte Zeit in den Armen, unfähig zu sprechen. Auf den Wangen von Mario zeichneten sich ein paar Tränen ab.

Spangenberg mahnte mit erhobenen Händen zur Ruhe. „Sammelt Euch. Ich wundere mich sehr. Ihr wollt gläubig sein, glaubt an unseren Herrn und das Paradies? Und vor dieser Begegnung habt ihr so große Angst? Warum? Habt ihr euch etwas vorzuwerfen? Dann sprecht es jetzt im Angesicht eures Schöpfers aus."

Er fragte sie der Reihe nach, ob sie sich der Taten schuldig gemacht hätten und forderte sie zum Schwur vor dem Kreuz. Alle verneinten und leisteten den geforderten Eid mit erhobenen Fingern. Spangenberg trat als letzter vor das Kreuz und machte es ihnen nach. Anschließend richtete er wieder das Wort an die verängstigte Gruppe. „Lasst uns nun den Rest dieser seltsamen Dekoration betrachten und schauen, ob wir daraus etwas herleiten können."

Er nahm die Deckelvase hoch, hielt sie seinen Kollegen entgegen und wies auf eine kleine Inschrift. Hier steht „Karina W., geb. H". Das ist eine Urne."

Weiss stürzte auf ihn zu. „Was will der Täter damit sagen? Dass sie wieder vor das Antlitz des Herrn treten darf? Dann hätte er sie nicht töten müssen."

Peter belehrte ihn. „Jetzt darf sie wieder, weil sie gebüßt hat."

Und Mario unterstützte ihn. „Wenn es überhaupt der Mörder selbst war, der die Urne gestohlen und in unsere Kirche gebracht hat."

Spangenberg beendete die Diskussion. „Das ganze Hin und Her hilft uns nicht weiter, solange wir nicht wissen, wer der Täter ist. Er spielt ein Spiel mit uns. Ein teuflisches Katz- und Maus-Spiel. Die Spielregeln sind unfair und der Kerl ist feige, weil von vornherein feststehen soll, wer die Verlierer sind. Und die Verlierer sind wir. Klar ist, dass der Mörder Zugang zu unserer Kirche hat und damit einer von uns ist." Er stellte die Urne wieder an ihren ursprünglichen Standort. „Wir kommen nicht weiter. Bis übermorgen zu warten und unsere Berater auszufragen, macht auch keinen Sinn. Hier ist eine Grenze überschritten, die wir nicht mehr ignorieren können. Profis müssen her und dieses Arrangement auswerten. Ich rufe den Staatsanwalt an."

30

Um acht Uhr morgens saß Hauschild in Schultzes Büro. Neben ihn hatte sich Schreiner gesetzt, der fortwährend gähnte. Schultz grinste ihn spöttisch an. „Wer von uns hat das von Ihnen zitierte gesteigerte Schlafbedürfnis und woher rührt es bei Ihnen bloß?" Er wandte sich an Hauschild. „Wir wollen das jetzt nicht vertiefen, weil wir Wichtigeres zu tun haben. Was wollten Sie uns über Ihren Besuch im Hause Tillich so dringend mitteilen?"

Hauschild berichtete ausführlich über seinen Besuch in Oppenheim, im Frankfurter Dom und seinen heimlichen Aufenthalt im Garten Tillichs. Er schilderte in allen Details den Schädel des Kunstwerks neben der Terrassentür im Inneren des Hauses, soweit er ihn hatte sehen können. „Deshalb nehme ich stark an, dass es sich bei diesem Schädel um den Goldschädel handelt."

Schultz kam ihm entgegen, indem er ihm Teile der Aussage Spangenbergs mitteilte, soweit sie den Schädel betrafen. „Wir sind also auf legalem Wege zu demselben Ergebnis gekommen wie Sie. Aber ich will jetzt die Bewertungen einmal weglassen. Ihre Erkenntnis nützt sowieso nicht viel, weil Tillich den Schädel vom Vorstand zur Aufbewahrung erhalten hat. Allerdings haben Sie am Telefon angedeutet, noch mehr herausgefunden zu haben."

In allen Einzelheiten erzählte Hauschild nun von seinem Gespräch mit Tillich in dessen Arbeitszimmer. „Dann bemerkte ich plötzlich, wie er seine Sitzhaltung veränderte, um mir den Blick auf seinen Schreibtisch zu verstellen. Gleichzeitig arbeitete er darauf hin, dass unsere Unterhaltung besser zu einem anderen Zeitpunkt fortgesetzt werden sollte."

Schreiner fuhr ihn von der Seite an. „Nun machen Sie es nicht unnötig spannend. Was haben Sie noch gesehen?"

„Im Weggehen gelang es mir, für einen Moment aus den Augenwinkeln auf die Schreibtischplatte zu schauen. Dort lag ein aufgeschlagenes, bebildertes Buch. Das erinnerte mich sofort an mein Telefonat mit Ihnen nach meiner Thailandreise, um auf den neuesten Stand der Ermittlungen zu kommen."

Mit den Fingernägeln trommelte Schreiner einen Takt auf seinem Oberschenkel. „Na und? Lassen Sie sich doch nicht die Würmer aus der Nase ziehen."

Hauschild ignorierte die Bemerkung und redete ausschließlich Schultz an. „Auf dem Foto war ein Gebäck abgebildet. Als Überschrift standen dort die fettgedruckten Worte *Pastel de Feijao*." Er sah Schultz herausfordernd an. Als Schultz keine Reaktion zeigte, sprach Hauschild langsam weiter. „Das ist portugiesisch und heißt Bohnenkuchen."

Schultz sprang aus seinem Ledersessel auf. Fast schrie er Hauschild an. „Sind Sie ganz sicher? Ist eine Täuschung wirklich unmöglich?"

Leichter Triumph lag in Hauschilds Miene. „Bombensicher!"

„Dann ist Tillich unser Mann! Das kann nur bedeuten, dass er sich nach dem verlorenen Internet-Ausdruck nicht mehr in das Café von Santos wagt und die Kuchenproduktion nun auf eigene Faust probt. Warum er unbedingt diese Methode weiterverfolgt, wissen wir nicht." Wieder schnauzte er Hauschild an. „Warum haben Sie das nicht gleich gesagt? Stattdessen haben Sie auf ominöse Abhörrisiken hingewiesen. Es geht hier vielleicht um Minuten und um Leben und Tod. Wir wissen ja nicht, wann er zuschlägt. Hoffentlich kommen wir nicht zu spät."

Hauschild reagierte beleidigt. „Gestern wäre Tillich nicht zu Hause gewesen. Das hatte er mir gesagt, als ich bei ihm war.

Daher weiß ich auch, dass er heute den ganzen Tag daheim ist. Er hat mir nämlich diesen Tag für unser Interview und die Besichtigung seiner Kunstwerke vorgeschlagen."

„Lassen wir die Empfindlichkeiten beiseite. Dafür haben wir keine Zeit. Hat Tillich mitbekommen, dass Sie das Backbuch gesehen haben?"

„Nein! Ganz sicher nicht."

Schultz ließ sich in seinen Sessel fallen. Seine Augen formten sich zu winzigen Schlitzen. Er fuhr sich nachdenklich über seine außergewöhnliche Barttracht und sprach Schreiner an. „Wie lange brauchen Sie, um fünf bis sechs versierte Kollegen von der Kripo für einen Einsatz loszueisen?"

Schreiner legte die Stirn in Falten, was seinem Narbengesicht den Anschein eines Flickenteppichs verlieh. „Das wird ganz schwer. Wir sind, wie immer, hoffnungslos unterbesetzt." Er zog eine Karotte aus der Brusttasche seines roten Polohemds und grinste. „Aber ich werde auch dabei wieder mein Bestes geben."

„Dann werde ich zwischenzeitlich zum Ermittlungsrichter gehen und einen Durchsuchungsbeschluss beantragen. Das wird nicht leicht werden. Die Richter stellen meist hohe Anforderungen, obwohl für einen Beschluss ein einfacher Tatverdacht genügt."

„Darf ich zu Tillich mitgehen, falls Sie den Beschluss bekommen?", fragte Hauschild.

„Das wird nicht gehen. Es wäre auch zu gefährlich, da Tillich auf Anhieb den Schluss ziehen könnte, dass Sie ihn verpfiffen haben. Aber ich verspreche Ihnen, dass Sie als Erster die Story erhalten. Immerhin haben Sie uns einen heißen Tipp gegeben."

Ohne Hauschild zu verabschieden, stürzte Schultz aus seinem Büro. Als er nach einer guten Stunde zurückkehrte, trällerte er gutgelaunt die Puccini-Arie *Nessun dorma* vor sich hin. In der Hand hielt er ein Bündel Papiere, auf dem schon von weitem ein frisches Gerichtssiegel zu sehen war.

Aus seinem Büro hörte er laute Stimmen. Als er eintreten wollte, stockte die Tür. Er musste sich fest dagegenstemmen, um sie aufzubekommen.

Drinnen traf er auf eine kleine Gruppe unkonventionell gekleideter Männer, die sich wegen der Enge des Raums und unzureichender Sitzmöglichkeiten gegen die Tür gelehnt hatten. In seinem Ledersessel saß Schreiner und grinste ihn an. „Na, jetzt erwarte ich ein großes Lob. Ist das nicht perfekt? Fünf Kollegen, die darauf brennen, uns zu unterstützen." Er warf einen Blick auf die Papiere in Schultzes Hand. „Wie ich sehe, waren Sie ebenfalls erfolgreich." Der Reihe nach stellte Schreiner die fünf Kripobeamten vor. „Mehr konnte ich auf die Schnelle nicht erreichen. Dafür haben wir noch zwei unauffällige alte Zivilfahrzeuge mitgebracht. Sie müssen uns jetzt nur noch sagen, wann wir losschlagen."

Schultz nickte anerkennend. „Prima. Mit dieser Truppe werden wir das Grundstück einigermaßen absichern können, damit der Vogel nicht ausfliegt. Ich hätte gerne noch ein paar mehr Männer gehabt, aber wir können nicht länger warten. Die Gefahr ist zu groß. Wir haben keine andere Wahl."

Als Schultz ein Taschentuch hervorzog und sich die Stirn abtupfte, verschränkte Schreiner lächelnd die Arme. „Es war wohl nicht ganz leicht, den Ermittlungsrichter zu überzeugen? Sie sehen etwas abgekämpft aus."

„Sie liegen nicht falsch. Es bedurfte einiger Seelenmassage. Aber wen wundert das? Es gehört auch Mut dazu, auf ein schlichtes Kochbuch eine Hausdurchsuchung zu stützen. Jetzt müssen wir aber sofort los."

31

Die Ermittler parkten direkt vor Tillichs Haus. Dann ging alles blitzschnell. Vier Beamte stellten sich sofort an den Ecken des Grundstücks auf. Währenddessen erklommen Schultz, Schreiner und der Kriminalbeamte Alfons Pechstein, ein äußerst kräftig gebauter Athlet, im Laufschritt die Treppen zur Eingangstür. Die beiden Polizisten hatten die Hand an ihren Waffen, als Schultz klingelte.

Tillich öffnete. Er trug NATO-Kleidung. Verdutzt schaute er die drei Männer an. „Sie wünschen?"

Schultz zeigte ihm den Durchsuchungsbeschluss, während Schreiner einen Fuß in die Tür stellte und Pechstein sich mit seinem ganzen Gewicht dagegenlehnte. „Wir haben einen Beschluss zur Durchsuchung Ihrer Wohnung. Wenn Sie uns bitte einlassen würden. Wegen Ihrer Nachbarn möchten wir das Aufsehen so gering wie möglich halten. Drinnen gebe ich Ihnen eine Durchschrift."

Tillichs Stimme blieb ruhig und gefasst, der Tonfall war kalt. „Sie haben sich offenbar in der Tür geirrt. Was wollen Sie hier finden? Und was werfen Sie mir überhaupt vor? Mehr als ein Parkverstoß fällt mir nicht ein, was ich zugeben könnte. Sie müssen viel Personal haben, dass Sie sich das leisten können, zu dritt hier aufzukreuzen."

Schultz gab Pechstein und Schreiner einen Wink. Die Beamten drängten Tillich ins Haus. Schultz folgte und schloss die Tür. „So geht es mit der Verständigung besser. Wir wollen uns ein wenig bei Ihnen umsehen. Hier besteht der Verdacht, dass Sie Gegenstände im Haus haben, die für Verbrechen benutzt wurden oder benutzt werden sollen."

Tillich blieb kämpferisch. „Als da wären?"

„Wir fangen in Ihrem Arbeitszimmer an. Sie bleiben bitte bei uns. Wenn Sie unsere Amtshandlung stören, muss ich Sie mit der Acht, also mit den Handschellen an die Heizung fesseln. Bitte orientieren Sie Ihr Verhalten daran."

Die vier Männer betraten das Arbeitszimmer. Pechstein lehnte sich von innen gegen die Tür. Während Tillich sich auf die Couch setzte, durchstöberten Schultz und Schreiner die Ablagen auf dem Tisch und in den Regalen. Seit Hauschilds Besuch hatte sich nichts geändert. Die Papiere, Aktenordner, Bücher und Laufmappen lagen nach wie vor wahllos verstreut herum.

Schultz wurde als Erster fündig. Als Hobbykoch nutzte er seinen gewohnten Umgang mit Kochbüchern, um sich an deren Aufmachung zu erinnern. Er zog zunächst alle bunt bedruckten Buchrücken aus dem Regal. Nach wenigen Minuten strahlte er über das ganze Gesicht und holte ein portugiesisches Backbuch hervor. Er blätterte kurz im Inhaltsverzeichnis und schlug das Rezept für Bohnenkuchen auf. Mit dem Buch in der Hand ging er zu Tillich und zeigte es ihm. Tillichs Gesichtszüge erstarrten. „Jetzt verstehe ich. Hauschild hat Sie hergeschickt. Ja und? Darf man kein europäisches Backbuch besitzen? Was wollen Sie mir damit sagen?"

Schultz hielt das Buch geöffnet. „Nicht ich. Sie sollen etwas sagen. Wollen Sie Bohnenkuchen backen? Für wen? Und mit welchen Bohnen? Haben Sie vielleicht vor, den Kuchen noch mit ein paar Samenkapseln anzureichern?"

Tillich erblasste und stand von der Couch auf. „Ich weiß überhaupt nicht, worauf Sie hinauswollen. Sie vertun hier Ihre Zeit. Und meine leider auch."

Schultz trat dicht an ihn heran. Er musste seinen Kopf heben, um Tillich in die Augen schauen zu können. „Bei der Anfahrt zu Ihrem Grundstück habe ich eben einen wunderschönen Wintergarten gesehen. Sie müssen wissen, dass ich außer

Kochen noch Rosenzüchten als Hobby habe. Daher interessiere ich mich für Pflanzen." Er wartete Tillichs Reaktion ab. Als dieser ungerührt blieb, fuhr Schultz fort. „Wir Ermittler kombinieren gerne. Mich würde einfach interessieren, ob Sie unter Ihren Zimmergewächsen auch Rizinuspflanzen beherbergen."

Nun war es um Tillichs Fassung geschehen. Mit rot unterlaufenen Augäpfeln starrte er Schultz an. „Sie sind der Teufel. Scheren Sie sich weg. Sonst garantiere ich für nichts mehr. Ich habe einen Verbündeten, gegen den Sie ein armseliger Wicht sind. Hüten Sie sich vor seinem Eingreifen. Das könnte Ihr Ende sein."

Kühl drehte sich Schultz zu Schreiner um. „Festnehmen, bitte! Vorläufig erst einmal wegen Bedrohung eines Beamten, Widerstands gegen die Staatsgewalt und Störung einer Diensthandlung. Jetzt bin ich mir sicher, dass noch einiges hinzukommt."

Bevor Tillich überhaupt an eine Gegenwehr denken konnte, überschlugen sich die Ereignisse. Ein Lehrstück für ihn. Während Pechstein hinter ihn trat und ihn wie einen Schraubstock umklammerte, griff Schreiner nach dem hinteren Teil seines Gürtels und zog ein Paar Handschellen hervor. Im Bruchteil einer Sekunde hatte er dem völlig perplexen Tillich die Eisen um die Handgelenke gelegt und zuschnappen lassen.

Währenddessen hatte Schultz so wenig Zweifel am Gelingen der Aktion, dass er nicht einmal hinschaute. Mit unbeteiligter Miene sah er sich weiter um. Sein Interesse galt einem Stapel Fotos, die auf dem Schreibtisch verstreut lagen.

Schultz entschied, dass er seine Arbeit genauso gut im Sitzen verrichten könne. Er nahm auf dem Schreibtischstuhl Platz und rückte an die Tischplatte heran. Dabei fiel ihm auf, dass die Sitzhöhe nicht mit der Höhe der Tischkante harmonierte. Die Sitzfläche lag deutlich zu tief. Schultz bediente einen Hebel am Fuß des Stuhls, um den Sitz höher zu pumpen. Als es ihm gelungen war, rollte er mit dem Stuhl näher zum Tisch. Im selben

Moment entfuhr ihm ein Fluch. Er hatte sich die Beine angeschlagen.

Erstaunt kniete er auf dem Boden, um zu inspizieren, woran er sich gestoßen hatte. Er entdeckte eine flache Lade, die auf zwei Schienen verschiebbar unter der Tischplatte so angebracht war, dass sie durch deren Verkleidung nicht von umstehenden Personen erkannt werden konnte. Die Lade war nach vorn aufklappbar.

Mit hastigem Griff untersuchte Schultz den Inhalt der Lade. Völlig verblüfft zog er zunächst ein Bündel Papiere heraus, bei denen es sich um die vollständigen Internet-Ausdrucke über den Wunderbaum handelte. Als Schultz auf den Rückseiten die gezeichneten Kreuzworträtselkästchen entdeckte, rief er Schreiner. Im gleichen Augenblick versuchte Tillich, sich von Pechstein loszureißen. Doch er hatte die Rechnung ohne den Wirt gemacht. Der voll auf seine Aufgabe konzentrierte Pechstein holte mit seinem rechten Fuß aus und trat dem Flüchtigen die Beine weg.

Tillich schrie auf. Schreiner gab Pechstein ein Zeichen, worauf dieser Tillich ergriff und ihn an den Heizkörper fesselte. Dann erst ging Schreiner zu Schultz und betrachtete den Fund. „Das sind dieselben Blätter wie das Papier, das wir bei Santos sichergestellt haben."

Schultz hörte kaum zu. Das Jagdfieber hatte ihn gepackt. Er wühlte weiter in der Lade und holte nach und nach eine Reihe von Dingen hervor, die er Schreiner reichte. Dabei fand er ein Bündel Goldfäden, ein Knäuel Lederriemen und schließlich ein Foto des gesamten Kirchenvorstands. Über den Köpfen der Vorstandsmitglieder waren mit schwarzem Filzstift Kreuze gezeichnet. Dann folgten noch ein paar handschriftliche Seiten, die am linken Rand eingerissen und offensichtlich gewaltsam aus einem Buch herausgetrennt worden waren. Eine grobe Lektüre ergab, dass es sich um Tagebuchaufzeichnungen einer Frau handeln konnte. Ein paar Mal tauchte darin auch der Name Tillich auf. Einen Moment lang fragte sich Schultz, warum ihm Silvana Tillich diesbezüglich die Unwahrheit gesagt hatte. Er tröstete sich mit der Erklärung, dass sie wohl aus persönlichen Gründen, um ihren Adoptivvater nicht belasten mochte, der zugleich ihr Sponsor war. Auf die näheren Gründe würde es nun nicht mehr ankommen.

Als Schultz schon glaubte, alles gefunden zu haben, ertastete er ganz am Ende der Lade noch einen Briefumschlag. Neugierig zog er dessen Inhalt heraus und las. Dann pfiff er durch die Zähne. „Nach allem, was ich oberflächlich sehe, handelt es sich um einen Brief von Benedikt Weiss an seine Frau Karina. Das müssen wir uns im Büro genauer anschauen."

Stöhnend erhob er sich vom Boden und massierte seine Gelenke. „Das war es. Die Lade ist leer. Jetzt müssen wir nur noch feststellen, ob es sich bei dem Schädel auf der Figur neben der Terrassentür um den goldenen Schädel Heinrichs V. handelt. Wenn Sie das bitte mal prüfen wollen, Herr Schreiner."

Schreiner war in kürzester Zeit zurück und bot den Anblick eines Schauspielers im Theater. Auf seiner ausgestreckten Handfläche ruhte ein Schädel ohne Unterkiefer, an dem Spuren von Goldlahn klebten. „Wir sind nicht in einer Szene von *Hamlet*. Uns genügt schon Heinrich V." Er zeigte auf den Schädel. „Das muss er sein. Wir lassen das eingehend untersuchen."

Schultz wandte sich an Tillich. „Jetzt nehme ich Sie auch noch wegen Mordes an Karina und Ben Weiss sowie wegen des von Ihnen schon eingeleiteten Versuchs der Ermordung aller fünf Vorstandsmitglieder der Kirchengemeinde hier in Bergen-Enkheim fest."

Tillich sog tief die Luft ein und spuckte vor Schultz auf den Boden. „Weiche von mir, Satan. Du wirst in der Hölle schmoren."

Mit regungslosem Gesicht wandte sich Schultz an Pechstein. „Abführen!"

Als Pechstein mit Tillich gegangen war, tippte Schreiner sich an die Stirn und sah Schultz grinsend an. „Der tickt nicht richtig."

„Das sehe ich auch so. Ein Fall für unseren psychiatrischen Sachverständigen Professor Rotherz. Wir werden ihn zur Vernehmung von Tillich hinzubitten."

32

Staatsanwalt Hanspeter Schultz stand mit aufgelehnten Ellbogen am Fenster des Sozialraums im dritten Stock der Staatsanwaltschaft. Das erheblich größere Zimmer hatte er gewählt, um die vielen Personen unterzubringen, die er heute erwartete. Nachdenklich schaute er den vorbeischaukelnden, weißen Quellwolken zu. Mit einem Schmunzeln attestierte er sich philosophische Fähigkeiten. Gerade hatte er die himmlische Vielfalt bewundert und dabei mit der Frage gespielt, ob die unerschöpflichen Veränderungen der Wolkenbildungen vergleichbar mit der Einzigartigkeit der menschlichen Fingerabdrücke sei. Wenn er in vielen Jahren einmal in Pension ginge, würde er darüber Betrachtungen anstellen und die Welt mit der Erkenntnis verblüffen, dass jede Wolkenformation etwas Einmaliges sei.

Nach kurzem Klopfen traten der psychiatrische Sachverständige Professor Doktor Rotherz und Kriminalhauptkommissar Schreiner ein. Die Männer nahmen an dem großen runden Holztisch Platz, der die Mitte des Raums beherrschte. Schreiner nahm die Zuhörerrolle ein. Schultz meinte, Professor Rotherz eine Erklärung abgeben zu müssen. „Wir brauchen den großen Raum für die Vernehmung von Herrn Tillich. Er wird in Handschellen vorgeführt. Ich habe die beiden Wachtmeister gebeten, während der Vernehmung bei uns zu bleiben. Halten Sie das auch für geboten?“

Der weißhaarige, untersetzte Professor nickte. „Wir wissen nicht, in welcher Stimmungslage wir ihn antreffen. Ich kann nicht einmal sagen, ob er durchgängig dasselbe Verhalten an den Tag legen wird. Bei meinen Gesprächen mit ihm reagierte er zeitweise recht sprunghaft.“

Schultz blieb ungerührt. „Davon bin ich ausgegangen. Außerdem wissen wir inzwischen, dass er als junger Mann eine Nahkampfausbildung mitgemacht hat. Nach Ende dieses Trainings muss er völlig gefühlskalt gewesen sein. Das ist wohl typisch für diese Elitetruppe und Sinn des Lehrgangs. Genaueres müssen wir dazu noch ermitteln."

„Er hat mir viel davon erzählt. Mit großem Stolz. Diese Ausbildung beherrscht noch immer zu großen Teilen seinen Umgang mit Konflikten."

Schultz zog seine goldene Taschenuhr aus der Anzugsweste und warf einen Blick darauf. „Weil es um schwere Verbrechen geht, mussten wir Tillich einen Pflichtverteidiger bestellen. Er wird gleich hier sein. Sagen Sie uns doch bitte vorher noch, zu welchem Ergebnis Sie in Ihrem Gutachten zu Tillichs Geisteszustand kommen werden."

Rotherz lehnte sich zurück und stieß die Atemluft aus. „Das ist noch ein vorläufiges Ergebnis. Trotzdem bin ich schon in der Lage, Ihnen ein paar wichtige Dinge an die Hand zu geben. Sonst hätte ich Ihnen nicht vorgeschlagen, Herrn Tillich heute zu vernehmen. Dabei spielt allerdings auch eine Rolle, dass er im Moment einen belastbaren Eindruck macht." Er tupfte mehrmals seine Fingerspitzen gegeneinander. „Soweit ich es bisher sagen kann, müssen wir bei Herrn Tillich von einer paranoiden Persönlichkeitsstörung sprechen. Angelegt wird diese Störung meist schon in der Kindheit oder Jugend. Verantwortlich dafür sind Vererbungsfaktoren, vor allem aber auch ein ungünstiges soziales Milieu. Vor allem hat er mir bisher von seinem dominanten und extravaganten Vater mit militärisch geprägten Zügen erzählt, die stark in die Erziehung hineinwirkten. Sie mündeten bei Herrn Tillich nicht nur in der eigenen Teilnahme am Militärdienst, sondern sogar in einer Nahkampfausbildung mit extremen Anforderungen. Diese Zeit dürfte ihn stark geprägt haben. Sie förderte die bei Paranoiden übliche Neigung zu übermäßigem Misstrauen. Neutrales oder freundliches Verhalten Dritter wird als feindselig aufgenommen. Übertriebene Empfindlichkeit und Kränkbarkeit führen dann zu rechthaberischen und streitsüchtigen Gegenreaktionen. Eigene Aggressionen werden im Zuge der Rechthaberei anderen Menschen zugeordnet und bekämpft. Die Annahme, alles besser zu wissen und zu können, ist Teil dieser Persönlichkeitsstruktur. Mangelndes Vertrauen und überzogene Eifersucht lassen keine unbelasteten Beziehungen zu. Selbst Personen aus dem unmittelbaren Umfeld werden ständig verdächtigt und ihre Treue angezweifelt. Äußerst beliebt sind Verschwörungstheorien. Damit geht eine starke Ichbezogenheit und Überheblichkeit einher." Rotherz setzte eine ernste Miene auf. „Das alles kennzeichnete auch seine Beziehung zu Karina Weiss. Das Unglück nahm seinen Lauf, als sie in Tillichs Leben trat und mit ihrer spielerischen, kindlichen Art von ihm als die große Liebe seines Lebens empfunden wurde. Auf der einen Seite meinte er tatsächlich, sie sei die einzig wahre Frau für ihn und war rasend vor Eifersucht wegen ihrer echten oder angedichteten Verhältnisse zu anderen Männern. Andererseits hasste er nicht nur sich selbst, sondern vor allem sie, weil sie ihm einen Fehltritt angetan hatte. In seinen Augen hat sie seine Weltordnung gefährdet. Weil er seine Liebe zu ihr für nicht gottesfürchtig und gottgewollt hielt, ersann er immer wieder Aufträge von Gott, die in sein Weltbild passten. Sein Wille gaukelte ihm die Bilder als Alibi vor. Die geplante Tötung des Gemeindevorstands sollte dann quasi ein Ausgleich sein, um seinen Gott zu versöhnen." Rotherz atmete einmal tief durch. „Tillichs Abgleiten in die Kriminalität fing zu dem Zeitpunkt an, als er den historischen Hintergrund des goldenen Schädels erkannte. Er ist ja studierter Historiker und ahnte, dass da ein einzigartiger Schatz zu heben war. Ihm gelang es vor allem, diese Kostbarkeit in Bezug zu seinen Gottesvorstellungen zu setzen." Er lächelte mild. „Ich belasse es bei diesen Stichworten. Schließlich wollen Sie ja den Originalton von Herrn Tillich hören."

Schreiner hatte jedem eine Tasse Kaffee zubereitet. Rotherz nahm sie dankbar an, nippte daran und fuhr fort. „Die genauen zeitlichen Abläufe konnte ich noch nicht herausfinden. Ich sage dies, damit Sie nicht die Hoffnung hegen, mit ihm eine strukturierte Vernehmung durchführen zu können." Auf dem Flur vor dem Büro waren Schritte zu hören. Rotherz sprach jetzt schneller. „Er scheint zu kommen. Am besten, Sie fragen ihn erst einmal ein paar nebensächliche Dinge. Dann kommt er von selbst auf sein Lieblingsthema und zu seinem Motiv. Das will ich jetzt nicht schon vorwegnehmen. Dazu ist auch nicht mehr die Zeit."

Es klopfte. Zwei Wachtmeister führten Tillich an Handschellen herein. Hinter ihnen betrat der bestellte Pflichtverteidiger, Rechtsanwalt Doktor Heinrich Fromm, das Büro. Einer der Wachtmeister fragte Schultz, ob er Tillich losschließen sollte. Schultz bejahte. Tillich nahm ihm gegenüber Platz, daneben sein Verteidiger. Die Wachtmeister setzten sich rechts und links neben die Tür. Schultz stellte ein paar Fragen zu Tillichs Personalien und belehrte ihn über seine Rechte.

Tillich reagierte gefasst und unauffällig. „Ich möchte aussagen."

Schultz rückte seine Anzugsjacke zurecht, legte seine Hände flach auf den Tisch und sah Tillich ruhig an. „Die Beteiligten am Tisch sind Ihnen alle bekannt. Wir wollen mal davon absehen, gleich zu Beginn von Ihnen eine lange, zusammenfassende Darstellung der Ereignisse zu verlangen. Mich interessieren zunächst ein paar Einzelheiten, die ich vorab geklärt haben möchte." Ohne eine Reaktion abzuwarten, fuhr Schultz in monotonem Tonfall fort. „Fangen wir mit diesem einzigartigen historischen Fund an, dem goldenen Schädel. Was für eine Kapriole der Geschichte, nachdem der Schädel Jahrhunderte als verschollen galt. Ich war von Ihrer Hartnäckigkeit beeindruckt, mit der Sie um den Besitz dieser Kostbarkeit gekämpft haben. Wenn auch vielleicht nicht mit zulässigen Mitteln. Wollen Sie uns die Abläufe dazu schildern?“

Ein Hauch Überlegenheit zeichnete sich in Tillichs Gesicht ab. Er lächelte abgehoben. „Ich antworte Ihnen gleich. Aber lassen Sie mich zunächst meiner Enttäuschung Ausdruck verleihen. Ihre Ermittlungsarbeit machte überdeutlich, dass es offenbar an Elementarkenntnissen fehlt.“

In dieser frühen Phase wollte Schultz es nicht darauf ankommen lassen, durch eine Zurechtweisung die Fortsetzung der Vernehmung platzen zu lassen. Er entschied sich, vorläufig auf das Spiel einzugehen. „Sie werden uns sicher sofort sagen, was wir falsch gemacht oder übersehen haben. Wir sind an jeder Form der Aufklärung brennend interessiert.“

Theatralisch warf Tillich die Augen zur Decke. „Sie sind an den Inhalten meines Spiels gescheitert. Ich hatte Ihnen ein derart klares Bonbon zugeworfen. Danach hätten Sie doch unmittelbar erkennen müssen, wer Ihr Mitspieler ist.“

Schultz blieb gelassen. „Würden Sie uns das bitte etwas näher erklären? Momentan verstehe ich nicht, worauf Sie hinauswollen.“

Tillichs Tonfall ließ eine leichte Ungeduld erkennen. „Auf die acht Zahlen natürlich. Unter jedes Kreuzworträtsel hatte ich Ihnen acht Ziffern eingetragen. Ich hielt dies für ein riesiges Entgegenkommen. Aus meiner Sicht hätten Sie damit ohne Weiteres schon nach Auffinden der Leiche von Benedikt Weiss wissen müssen, wer sich auf der anderen Seite des Spielfelds tummelt. Die Ziffernfolge lautete 18861965. Ist Ihnen da nicht sofort ein Licht aufgegangen?“

„Wir lernen immer gerne dazu. Was hätte uns auffallen sollen?“

„Meine Güte. Das sind Jahreszahlen. Das Geburts- und Sterbejahr von meinem Namensvetter Paul Tillich, dem bedeutendsten Theologen dieser Zeit. Mit diesem Namen wären Sie auf meiner Spur gewesen. Tillich wurde einmal der „Denker auf der Grenze“ genannt. Er griff die existenziellen Fragen seiner Zeit auf und interpretierte sie religiös. Paul Tillich prägte die Frankfurter Schule um Adorno und Horkheimer maßgeblich mit. Er bestimmte das Verhältnis von Glaube und Mythos. Nach Paul Tillich sind Mythen Symbole, die zu Geschichten verbunden sind, in denen Begegnungen zwischen Göttern und Menschen erzählt werden.“ Er lehnte sich selbstbewundernd zurück. „Mehr müssen Sie eigentlich nicht wissen. Damit ist alles über mein Handeln gesagt.“

Die Adern an Schultzes Schläfen traten sichtbar hervor. Zu gerne hätte er Tillichs Hochmut eine Grenze gesetzt. Die Ausführungen von Professor Rotherz hatten dies jedoch als wenig sinnvoll aufgezeigt. Deshalb beherrschte er sich. Der Fall musste abgeschlossen werden. Da war für sein Ego kein Platz. „Würden Sie bitte nach diesem generellen Hinweis auf meine ursprüngliche Frage antworten?“

Tillich lachte laut auf. „Der Schädel. Ja, den hätte ich fast vergessen. Den zu erobern, war sehr leicht. Auf meine Veranlassung hin hatten ein paar Gemeindemitglieder und ich den Dom besichtigt. Beim Aufbruch aus dem Tresorraum gab es eine heftige kirchengeschichtliche Diskussion mit unserem Domführer. Ich nutzte das Durcheinander und griff unbeobachtet zu. Den Schädel verstaute ich rasch in meinem Leinenbeutel, in dem ich meine persönlichen Sachen verwahre. Katholiken sind außerdem leichtgläubig, vertrauensvoll und von sich selbst und ihren Fähigkeiten eingenommen. Diese Leute im *Frankfurter Dom* wussten gar nicht recht, wessen sterbliche Überreste sie da beherbergten. Sie haben deshalb nicht verdient, ihn behalten zu dürfen. Ihm muss Ehre zuteil werden. Ein Platz in einem Regal wurde diesem herausragenden Regenten nicht gerecht.“ Argwöhnisch musterte er Schultz. „Oder wissen Sie auch hier nicht, von wem die Rede ist? Wie vorhin bei Paul Tillich. Hätten Sie von Anfang an die Jahreszahlen erkannt und richtig mitgespielt, wäre Karinas Tod vielleicht verhindert worden. Sie tragen daran also eine Mitschuld."

Für einen Augenblick arbeitete es in Schultz, der wachsenden Anmaßung Einhalt zu gebieten. Doch dann sagte er sich, dass Tillich gar nicht in der Lage sei, seine Wertungen zu dessen Untaten nachzuvollziehen. Er gab sich einen Ruck weiterzumachen und an das angesprochene Thema mit Karina anzuknüpfen. „Sie haben uns gerade berichtet, wie sie den Schädel an sich gebracht haben. Wollen Sie uns auch erzählen, ob Sie es waren, der Karinas Urne auf dem *Hauptfriedhof* gestohlen und in der Freikirche der *Golgatha-Gemeinde* aufgestellt hat?"

Tillich schlug sich auf die Schenkel. „Fein, dass Sie das ansprechen. Ein tolles Ding habe ich da gedreht. Dabei unbeobachtet zu bleiben, war gar nicht so einfach. Karina hätte es verstanden. Sie war gewohnt, dass ich mich in kuriosen Präsentationen ausdrückte. Immerhin bin ich Künstler. Ich habe den „Garten der Vergänglichkeit" geschaffen, ein monumentales Symbol der Sterblichkeit. Eine Schädelstätte. Wenn die Menschen nur lernen wollten." Er seufzte. „Als Künstler bin ich frei in allem, was ich tue. Meine Frau Helena hat das verstanden. Sie liebt mich. Das genügt ihr." Plötzlich verzog sich sein Gesicht zu einer maskenhaften Fratze. „Dieser Hauschild nennt sich einen Freund und hat alles verdorben. So viel gab es noch zu tun."

Bevor Tillich in Allgemeinheiten abschweifen konnte, unterbrach Schultz. Er legte seinen Zeigefinger an den Mund und fixierte Tillich mit zusammengekniffenen Augen. „Waren Sie das, der Hauschild diese E-Mail mit dem Anraten geschickt hat, nach Speyer zu gehen?"

Wieder strahlte Tillich über das ganze Gesicht. „Alles Teile meines Spiels. Das musste doch Spaß machen und voller Rätsel sein. Klar, ich habe ihm das Ding geschickt. Aber er hat ungeheuer lange gebraucht, bis er darauf kam, was dahintersteckte."

„Bleiben wir bei Ihren Spielfiguren. Welche Rolle spielte eigentlich Ihr Nachbar Wilhelm Wilhelmi, den alle Indy rufen?"

Tillich sog lange die Luft ein, was ihm ein hochnäsiges Aussehen verlieh. „Keine. Indy spielt nie eine Rolle. Er ist zweite Geige. Ein Hausmeistertyp. Ich benutzte ihn für niedrige Botengänge. Sicher hat er Ihnen in seinem Entzug mitgeteilt, dass er meine Einsiedelei in Bretzenheim für mich ausräumen musste. Der Ort muss für Sie nicht wichtig sein. Für mich ist es ein mythischer Platz. Eine Stätte der Begegnung von Auserwählten. Ich gab ihn auf, weil die Zeit meiner Vorbereitung auf das große Finale vorbei war. Ich hatte meine Aufträge erhalten und stand vor meiner Berufung zum Erneuerer der Kirche. Bretzenheim war überflüssig geworden. Da ich noch ein paar persönliche Dinge dort aufbewahrte, schickte ich Indy hin, sie zu holen. Als Geschenk dafür gab ich ihm ein Messer, das mir vor Jahren mein Vater überlassen hatte. Indy war immer scharf auf dieses Messer gewesen. Mein Vater hatte es beim Militär bekommen. Ich glaube, er war bei einer besonderen Einheit, die sich *Bonner Husaren* nannte."

Mit Mühe hielt Schultz die Frage zurück, ob die Überlassung des Messers an Indy nicht vielmehr den Zweck hatte, einen Tatverdacht für den Mord an Ben und Karina Weiss auf Indy zu lenken. Er schielte zu Professor Rotherz, der jedoch leicht mit dem Kopf schüttelte. Also entschloss sich Schultz noch zu ein paar Nebensächlichkeiten. „Die Gemeinde in Bergen-Enkheim hatte sie vor einiger Zeit aus der Kirche ausgeschlossen. Können Sie uns die Gründe dafür nennen? Und vielleicht auch erklären, weshalb man Sie wieder aufgenommen hat?"

Mit einer exaltierten Geste strich sich Tillich über sein volles, dunkles Haar. „Zu der Zeit war ich Vorsitzender des Vorstands. Ich hatte den übrigen Vorstandsmitgliedern und Harro Spangenberg den Abfall vom Glauben vorgeworfen. Sie waren alle nur scharf auf die Mehrung des Kirchenvermögens. Dabei haben Sie die religiösen Aufgaben aus den Augen verloren. Spangenberg war scharf auf mein Amt. Er brauchte für seine politische Karriere den Fuß in der Tür der Kirche. Das war ein Machtspiel. Hinter meinem Rücken hat er die anderen Vorstandsmitglieder auf seine Seite gezogen. Mit welchen Methoden, weiß ich nicht." Er warf den Kopf in den Nacken. „Am Ende hatte ich den stärkeren Verbündeten. Gott sprach zu mir. Ich schlug alle mit ihren eigenen Waffen, nämlich Habgier. Da ich nicht unvermögend bin, bot ich an, der Kirche eines meiner Häuser im Gegenzug zu meiner Wiederaufnahme zu schenken. Sie sind alle sofort darauf angesprungen. Mir eröffnete das die Möglichkeit, wieder nahe an diese Herren heranzukommen, um meinen Auftrag zu erledigen. Sie sollten bestraft werden. Gotteslästerung ist das schlimmste Verbrechen. Das hat mir Gott selbst gesagt. Unter dem Birnbaum in Bretzenheim. Ich müsse die Kirche alleine übernehmen, um ihre Existenz zu sichern."

„Jetzt sind wir beim Thema", sagte Schultz. „Beginnen wir am Anfang. Bei Benedikt Weiss. Was war mit ihm? Warum musste er sterben?"

Tillich zögerte. Dann warf er sich in die Brust und reagierte angeberisch. „Da gab es diesen Brief von Ben an Karina."

Schultz nickte. „Den ich in der Lade unter Ihrem Schreibtisch gefunden habe?"

„Genau! Er gab vor, sich mit ihr versöhnen zu wollen. Aus purer Romantik schlug er ein abendliches Treffen unter einer Mainbrücke vor. Dort hätten sie sich zum ersten Mal geküsst und seien glücklich gewesen. So solle es wieder werden." Er lachte schrill. „Natürlich zeigte mir Karina den Brief und fragte mich um Rat. Sie hatte Angst vor einem Treffen, weil Ben so jähzornig sein konnte. Aber sie war harmoniesüchtig und hoffte auf eine einvernehmliche Trennung. Jedenfalls nahm ich den Brief an mich und meinte, es müsse endlich eine Lösung für diese Beziehung geben. Sie solle ihn treffen. Ich würde in gehörigem Abstand folgen und sie beschützen, falls notwendig. Damit war sie einverstanden." Tillich stockte, sah zur Decke und nickte mehrfach. „Ben musste weg, weil er ein Störenfried war. Er hätte meine Beziehung zu Karina verraten können. Dass ich ihn aus Eifersucht getötet habe, stimmt nicht. Auch wenn Karina meine große Liebe war. Alles ging sehr schnell. Das hatte ich in meiner Nahkampfausbildung gelernt. Immer wieder hat mein Lehrer damals betont, die Verteidigung dürfe nicht länger als 15 Sekunden dauern. Sonst werde man selbst zum Opfer. Ein Hieb, ein Stich, mehr nicht. Danach habe ich die Rituale für die Herrichtung der Leiche durchgeführt. Alles, was ich dazu brauchte, hatte ich mir vor dem Treffen in die Taschen gesteckt. Schon da war mir klar, dass ich ihn aus dem Weg räumen musste." Wieder stockte sein Atem. Er wurde kreidebleich. Langsam liefen ihm ein paar Tränen über die Wangen. „Karina mied mich die erste Zeit danach. Doch ihre Liebe zu mir siegte. Nur ganz nebenbei hatte ich erwähnt, ihrem Schwiegervater Bens Brief zeigen zu wollen. Sie geriet in Panik, klammerte sich an mich und befürchtete, er würde ihr die Schuld an Bens Tod zuschieben. Ich sei ihr Ein und Alles. Auf ewig werde sie mich lieben. Aber was heißt das schon? Gefühl? Nein! Nur ein Austausch von Körpersäften. Als mir das klar wurde, habe ich mich wieder Gott anvertraut. Vielleicht auch schon vorher. Er erteilte mir den Auftrag, Karina zu töten. Sie war die personifizierte Versuchung, die mich von meiner wirklichen Aufgabe in der Welt abhalten wollte."

„Den Sinn der Kreuzworträtsel und der achtstelligen Ziffer am unteren Blätterrand habe ich begriffen. Sie wollten Ihr Spielchen mit uns treiben. Sehen, wann und auf welche Weise wir darauf anspringen und, aus Ihrer Sicht, mitspielen würden. Aber warum die übrigen Rituale bei Ben und Karina? Warum drapierten Sie beide mit den Goldfäden, weshalb die symbolische Kreuzigung?"

Tillichs Antwort erfolgte fast entrüstet. Etwas Oberlehrerhaftes lag in seiner Stimme. „Das liegt doch auf der Hand! Die beiden haben sich gegen die Kirche versündigt. Die existentiellen, tragenden Prinzipien der Kirche missachtet. Selbstsüchtig gierten beide nur noch nach Vergnügen und Unterhaltung. Das war ihnen zum Lebensinhalt geworden. Stattdessen hätten sie Selbstlosigkeit, Nächstenliebe, Demut und Respekt vor der übergeordneten göttlichen Instanz als Leitlinien des Lebens anerkennen sollen."

Leicht gelangweilt zog Schultz seine goldene Taschenuhr aus der Weste, warf demonstrativ einen Blick darauf und verstaute sie dann wieder in seinem Anzug. Langsam hatte er Tillichs selbstherrliches, narzisstisches Getue satt. Er entschloss sich, ihn härter zur Brust zu nehmen, ungeachtet der Hinweise des Professors. „Wir müssen ein wenig auf die Zeit achten und in der Sache weiterkommen. Ist das wirklich die Wahrheit? Man könnte auch auf den Gedanken kommen, dass Sie berechnend einen Ritualmord vortäuschen wollten, um den Verdacht in eine andere Richtung zu lenken. Beispielsweise auf die aktiven Verantwortlichen des Kirchenvorstands. Durch Ihre gerade erst sozusagen auf dem Gnadenweg erfolgte Wiederaufnahme in die Kirche lag es fern, in Ihnen den Verfechter strenger Glaubensrituale zu vermuten. Von Ihnen wurde zunächst wohlwollendes Anpassungsverhalten gefordert, um sich im Kreis der Kirche zu bewähren und Ihre Wiederaufnahme gerechtfertigt erscheinen zu lassen."

Jetzt mischte sich erstmals Rechtsanwalt Doktor Fromm ein. „Wir dürfen Herrn Tillichs Aussage nicht an den Maßstäben unserer Logik messen. Schließlich handelte er aus kirchlichen und nicht aus weltlichen Motiven."

In scharfem Tonfall fauchte Schultz ihn an. „Sie dürfen hier teilnehmen. Mehr nicht. Die Fragen stelle ich. Außerdem plädieren wir hier nicht, sondern nehmen eine Aussage auf. Die Bewertungen, die Sie angestellt haben, sind dem Gutachten von Professor Rotherz vorbehalten."

Tillich zeigte auf Doktor Fromm. „Dieser Herr hat ein wenig recht. Mein Denken und Handeln waren zwar nicht immer und ausschließlich von göttlichen Aufträgen und Zielen gedeckt. Aber von höchster Stelle war mir aufgetragen, diese beiden Unwürdigen zu bestrafen. Dadurch wurde ich von Sünden frei. Dafür sollte ich später eine Belohnung erhalten. Gott selbst gab mir den weiteren Auftrag, als Erneuerer der verratenen und verkauften Kirche den verlogenen, antichristlichen Vorstand abzulösen. Alle Jahrtausende sei die Verteidigung des Christentums erforderlich. Weil die Menschen immer und immer wieder vom rechten Weg abgleiten. Ich sei, so sagte mir der Herr, als Reinkarnation Kaiser Heinrichs V auserwählt. Der gegenwärtige Gemeindevorstand habe die Kirche zerstört, wie es schon vor tausend Jahren Kaiser Heinrich IV. im Sinn hatte. Wäre sein Sohn nicht zum Retter der Kirche geworden, indem er den Vater vom Thron jagte, wäre das Christentum zugrunde gegangen. Sein Vater wollte nur aus persönlichem Machttrieb nicht anerkennen, wo das weltliche Recht endete und das kirchliche begann. Aus Macht- und Geldgier wollte er nur ergebene, korrupte Menschen in alle Kirchenämter einsetzen. Das hat er bitter gebüßt." Tillich beugte sich mit erhobenem Zeigefinger zu Schultz vor. „Dasselbe hat heute der amtierende Vorstand unserer Kirche im Sinn. Ich habe in die Tiefe ihrer Seelen geschaut. Alles Gotteslästerer. Sie wollen diesen heiligen Schädel von Heinrich V. verkaufen, um mit dem Geld ihre Macht auszuweiten. Wir wären wieder beim Goldenen Kalb, das von allen angebetet wurde. Das werde ich verhindern. Immer noch. Sie können mich nicht aufhalten."

Rotherz gab Schultz ein Zeichen, dass es wohl keinen Sinn mehr mache, mit der Vernehmung fortzufahren. Einer der Wachtmeister deutete dies offenbar als Aufforderung, aufzustehen und Tillich wieder in Handschellen zu nehmen. Als er sich vom Stuhl erhob, streifte er den Lichtschalter. Plötzlich flammten die Neonlampen auf und tauchten den Sozialraum in ein gleißendes Licht. Verunsichert nahm der Wachtmeister wieder Platz. Tillich dagegen richtete den Blick zur Decke und strahlte. Seine Augen blitzten, als er sich Schultz zuwandte. „Sehen Sie, dass ich nicht allein gelassen werde?" Er zeigte auf Doktor Fromm. „Ich brauche nicht den von Ihnen ausgesuchten Verteidiger. Mein wirklicher Verteidiger hält seine Hand über mich und ist unbesiegbar. Ihre selbstgemachten Gesetze versagen gegenüber seinem Recht. Mein Ziel ist es, seine unangreifbare, absolute Wahrheit unter die Menschen zu bringen. Dazu habe ich vor Zeiten durch eine Vision unter einem Birnbaum den Auftrag erhalten. Das Leben ist ein einziges Spiel nach diesen höchsten Regeln. Sie verstehen nicht, dass alles Eins ist, die Welt und auch wir Individuen. Und damit alles, was wir tun. Aller Widerstand, aller Widerspruch gehören dazu."

„Aber nicht Mord", sagte Schultz. „Da hört das Spiel auf."

Tillich sackte in sich zusammen. Er schien verzweifelt und gebrochen. Leise wimmerte er vor sich hin. „Ich bin müde, todmüde ..."

Schultz forderte die Wachtmeister auf, Tillich in Handschellen zu nehmen und zurückzubringen. Der ließ sich widerstandslos hinausführen. Als er gegangen war, richtete Schultz noch im Beisein von Rechtsanwalt Doktor Fromm das Wort an die Runde. „Wir müssen ihn wohl wegsperren. Für immer! Herr Tillich darf nie mehr auf die Menschheit losgelassen werden. Einzelgängern gegenüber kann man Sympathien hegen. Aber nicht gegenüber Weltverbesserern, die Verbrechen als Mittel ihres Spiels begreifen. Hauptspielregel muss immer die Toleranz und der Respekt vor dem Leben der anderen Menschen bleiben." Er wandte sich an Professor Rotherz. „Als medizinischer Laie habe ich den Eindruck gewonnen, dass Herr Tillich krank ist. Sehr krank! Würden Sie das bestätigen?"

Rotherz zuckte mit den Schultern und nickte. „Man könnte Mitleid mit ihm haben. Ein einsamer Mensch, der unerlöst auf der Erde kreist. Er meint vielleicht zurecht, alles in der Welt sei Eins. Die Versöhnung des Ganzen ist aber unerreichbar, solange es Menschen wie ihn gibt."

Rechtsanwalt Doktor Fromm verabschiedete sich und verließ den Raum. Jetzt ergriff Schreiner erstmals das Wort. „Ich bin erschüttert, was sich im Kopf eines Menschen alles abspielen kann." Er lächelte vielsagend. „Aber seltsam ist für mich, dass unser Profiler Recht behalten hat, als er vor Wochen meinte, wir müssten nach einem Spieler fahnden. Diese Profiler scheinen doch etwas Hellseherisches an sich zu haben."

Schultz schüttelte den Kopf. „Vielleicht haben wir blinden Hühner auch mal ein Korn gefunden. Ich bin gespannt, wie das unser Sensationsreporter Hauschild zu einem reißerischen Artikel verarbeiten wird. Ich muss ihn anrufen. Er hat uns ganz gut unterstützt." Ein breites Schmunzeln überzog sein Gesicht. „Wenn ich heute Abend nach Hause komme, muss ich meiner Frau alles über den Fall erzählen. Schließlich war sie ja zeitweilig unser verdeckter Ermittler." Er machte eine Kunstpause. „Aber Tillichs Meinung zum Inhalt der Liebe erzähle ich ihr lieber nicht."

Epilog

Das kleine romantische Häuschen mit zugewachsenem Garten im Frankfurter Stadtteil Bonames fand Silvana Tillich dieses Mal ohne Navigationsgerät. Die Adresse hatte sie durch Zufall im Rahmen einer Sendung der *Hessenschau* ausfindig gemacht. Das Fernsehen hatte sich in einem kurzen Beitrag mit historischen Puppen befasst und dabei die Puppenklinik am Frankfurter Stadtrand vorgestellt.

Vor gut 14 Tagen war sie zum ersten Mal dort hingefahren. Nachdem sie im Radio gehört hatte, dass ihr Adoptivvater durch Urteil des Landgerichts Frankfurt am Main ohne zeitliche Begrenzung in eine psychiatrische Anstalt eingewiesen worden war. Frau Zehringer, eine alte, adrette Dame mit leicht violett eingefärbter Dauerwelle hatte sie empfangen und nach ihrem Anliegen gefragt. Erst nach einiger Überredungskunst war sie bereit gewesen, den zerzausten Teddy wieder in einen ansehnlichen Zustand zu versetzen. Zu sehr hatte er in den letzten Monaten unter Silvanas ständigen Zugriffen gelitten. Und zu sehr, so glaubte sie, hatte er dabei seine ursprüngliche Kraft verloren, ihre Wünsche zu erfüllen.

Frau Zehringer überreichte Silvana den reparierten Teddy mit einem süßlichen Lächeln, das genau auf ihre zarte Stimme zugeschnitten war. „Da haben Sie Ihren kleinen Liebling wieder. Sonst erneuere ich zwar nur Puppen. Aber die Arbeit an dem kleinen Wollknäuel hat mir durchaus Freude bereitet."

Silvana nahm den Teddy in ihre Arme und drückte ihn fest gegen ihre Brust. „Sie werden es nicht glauben. Vielleicht werden Sie mich auch für verrückt halten. Aber ich spüre tatsächlich, dass die Magie in ihn zurückgekehrt ist. Nun ist er wieder mein kleiner Talisman, mein intimer Vertrauter." Sie weinte und lachte abwechselnd, wobei ihre Gesichtszüge sich kaum veränderten. Silvana wusste selbst nicht genau, wie sie ihre Gefühlsausbrüche einzuschätzen hatte. Ihr war es aber mehr oder weniger gleichgültig. Hauptsache, sie hatte ihren Teddy in alter Frische zurück. In kindlicher Freude tanzte sie mit ihm im Kreis. „Jetzt können wir für den Rest des Lebens spielen. Nach unseren Regeln. Das ist Freiheit. Endlich. Der Böse ist weg. Für immer! Wir erklären ihn für tot. Ihn lassen wir nicht reparieren. Das Spiel ohne ihn macht viel mehr Spaß. Er war immer der Räuber in unserem Theater. Sein Spiel war, uns das Lachen zu nehmen. Das ist endgültig vorbei."

Frau Zehringer beobachtete Silvanas Auftritt mit verständnisloser Geduld. „Kindchen, was ist mit Ihnen? Ist alles in Ordnung? Ich kann nicht verstehen, was Sie mir da erzählen." Sie zeigte auf den Teddy. „Hat Sie der Umstand, dass Sie Ihren kleinen Wuschel wiederhaben, so glücklich gemacht?"

Mit angewinkelten Armen drehte Silvana mit ihrem Teddy einen Foxtrott. Sie dachte an Wilhelm Wilhelmi, ihren Indy. War er wirklich *ihr* Indy? die Chancen waren gut, dass er es werden konnte. Indy hatte sich nach langem Ringen endlich einer Therapie unterzogen, um seine Sucht loszuwerden. Mehrere Gespräche hatten sie vorher geführt. Und sich darin eine gemeinsame Zukunft ausgemalt.

Um ihre eigene Person fürchtete sie nicht. Sie hatte sich im Griff. Auch mit den Drogen. Ab und zu hatte sie nicht widerstehen können. Immer dann, wenn die eigenen Erwartungen ihr über den Kopf wuchsen. Wenn sie eine Rolle spielen wollte, die ihr eine Nummer zu groß war. Das war jetzt vorbei. Ihren Drang nach Popularität, etwas auszudrücken, was viele andere Menschen fühlten, dachten, verstanden und glaubten, spürte sie nicht mehr. Das Auf und Ab des Lebens selbst war Bühne, Casting und Spiel genug, um sich nicht langweilen zu müssen. Um sich darauf einzulassen, musste sie keine Sängerin werden.

Es musste klappen. Statt der großen Auftritte und des Millionenpublikums sollte nur Indy ihr seine Aufmerksamkeit zuwenden. Nur noch er.

Und es würde klappen! Weil sie jetzt ihren Teddy zurückbekommen hatte. Repariert und damit in der Lage, wieder ihre Wünsche zu erfüllen. Sie presste den Zausel fest an sich und schloss die Augen. Ihr sehnlichster Wunsch nahm feste Konturen an. Der Teddy würde es richten.

Danksagungen

Zunächst danke ich den vielen Menschen in meinem Familien-, Freundes- und Bekanntenkreis, die meine emotionalen Wechselbäder während der Entstehung dieses fünften Kriminalromans ertragen haben. Sie haben sich mittlerweile an das Hin und Her zwischen „Himmelhochjauchzend" und „zu Tode betrübt" gewöhnt und sind mir trotzdem treu geblieben.

Einen besonderen Dank möchte ich einer Reihe von Personen aussprechen, die diesen Roman erst möglich gemacht haben:

- Frau Angelika Katharina Albert, Buchhändlerin, für ihren Blick auf das Ganze;
- Herrn Dr. Klaus Arzberger, Soziologe, für die geknüpften Kirchenkontakte;
- Herrn Dr. Dieter Busch, Historiker, für die Präsentation militärischen Hintergrundwissens u. v. a. m.;
- Herrn Dr. Reinhard Dietrich, Referatsleiter im Hess. Ministerium für Wissenschaft und Kunst, für den umfassenden Feinschliff und seine sachverständigen Beiträge in den Themenbereichen Religion, Denkmalpflege und Archäologie;
- Frau Gabriele Dölling, Oberstudienrätin, für ihre Hinweise zur christlichen Religionsausübung;
- Herrn Kolja Gärtner, Reporter bei der auflagenstärksten deutschen Zeitung, für seine offenherzige Präsentation der vielfältigen Aufgaben seines Jobs;
- den Frankfurter Gerichtsreporterinnen und Gerichtsreportern für hilfreiche Tipps zu meinen ständigen Fragen;
- Herrn Dr. René Heinen, Verlagsleiter, für seine einfühlsame und verständnisvolle Begleitung aller Phasen des Romans;

- Herrn Prof. Dr. August Heuser, Direktor des Frankfurter Dommuseums, für seine spannende Domführung nebst Erläuterungen;
- Herrn Dr. Wilfried Köhler, ehemals Chefarzt, für die eingebrachte psychiatrische Kompetenz;
- Herrn Dr. Michael Matthäus, Institut für Stadtgeschichte, für seine historischen Beiträge zum salischen Zeitalter;
- Frau Prof. Dr. Hildegund Schmitt, Fachärztin, und Herrn Hanskarl Schmitt, Staatsanwalt, für die Einbringung existentieller Charaktertipps;
- Herrn Kriminaldirektor Robert Schmitt für Hinweise in Kirchenfragen;
- den Damen und Herren des Societäts-Verlags für ihre kollegiale Betreuung und professionelle Begleitung;
- Frau Dr. Gabriele Steuer und Herrn Dr. Hans Georg Steuer, Fachärzte für Orthopädie, für die Vermittlung medizinisch kompetenter Kontaktpersonen;
- Herrn Prof. Dr. Egon Wamers, Direktor des Frankfurter Archäologischen Museums, für seine Beiträge zur Rolle Frankfurts im Mittelalter;
- Frau Silvia Willig für die Einblicke in Verhaltensstrukturen.

Der Autor

Udo Scheu, ehemaliger Leiter der Staatsanwaltschaft Frankfurt und früherer Präsident der Hessischen Landespolizei, entführt die Leser in seinem fünften Frankfurt-Krimi in die streng religiös geprägte Welt der Freikirchen, die es selbstverständlich auch in der Mainmetropole gibt. Zuletzt sind von ihm „Kains Tattoo" (Krimi) und „Tatort Frankfurt!" (Sachbuch, gemeinsam mit Heike Borufka) im Societäts-Verlag erschienen.